后浪

之歌 马尔多罗

Les
Chants
de
Maldoror

[法] 洛特雷阿蒙—著　车槿山—译

Lautréamont

四川文艺出版社

目录

第一支歌

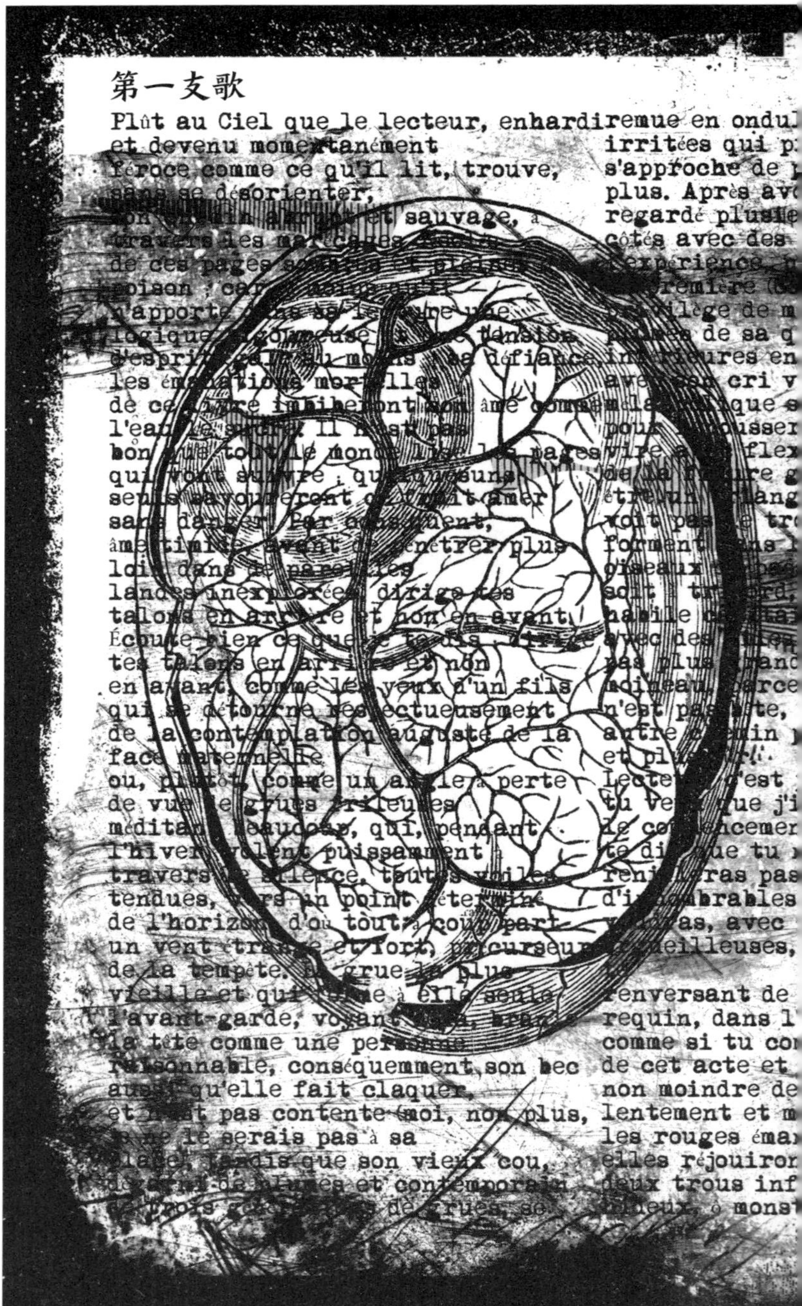

Plût au Ciel que le lecteur, enhardi et devenu momentanément féroce comme ce qu'il lit, trouve, sans se désorienter, son chemin abrupt et sauvage, à travers les marécages désolés de ces pages sombres et pleines de poison; car, à moins qu'il n'apporte dans sa lecture une logique rigoureuse et une tension d'esprit égale au moins à sa défiance, les émanations mortelles de ce livre imbiberont son âme comme l'eau le sucre. Il n'est pas bon que tout le monde lise les pages qui vont suivre; quelques-uns seuls savoureront ce fruit amer sans danger. Par conséquent, âme timide, avant de pénétrer plus loin dans de pareilles landes inexplorées, dirige tes talons en arrière et non en avant. Écoute bien ce que je te dis: dirige tes talons en arrière et non en avant, comme les yeux d'un fils qui se détourne respectueusement de la contemplation auguste de la face maternelle, ou, plutôt, comme un angle à perte de vue de grues frileuses méditant beaucoup, qui, pendant l'hiver, vole puissamment à travers le silence, toutes voiles tendues, vers un point déterminé de l'horizon, d'où tout à coup part un vent étrange et fort, précurseur de la tempête. La grue la plus vieille et qui forme à elle seule l'avant-garde, voyant cela, branle la tête comme une personne raisonnable, conséquemment son bec aussi qu'elle fait claquer, et n'est pas contente (moi, non plus, je ne le serais pas à sa place), tandis que son vieux cou, dépouillé de plumes et contemporain de trois générations de grues, se

... remue en ondul... irritées qui p... s'approche de... plus. Après av... regardé plusie... côtés avec des... expérience... première... privilège de m... de sa q... ures en... cri v... ... que s... pour... usser... flex... être un gang... ... vont pas tr... forment les oiseaux... sont turbid... habile... avec des ailes... pas plus grand... oiseau... force... n'est pas te, autre... et pi... Lecteur, c'est... tu vois que j'i... de ce commencem... te dis que tu n'en... rencontreras pas... d'innombrables... ... as, avec... merveilleuses, renversant de... requin, dans l... comme si tu ... de cet acte et... non moindre de... lentement et m... les rouges éma... elles réjouiront... deux trous inf... eux, ô monst...

toutefois tu t'appliques auparavant
à respirer trois mille fois de
suite la conscience maudite de
l'Éternel ! Tes narines, qui seront
démesurément dilatées de contentement
ineffable, d'extase
immobile ne demanderont pas

l'orage qui

ng-froid
de tous les
renferment
it.
elle qui a le
es
autres grues parfu
gence),   elles
de   comple
e,   qui ha
i commun, elle et la
la pointe   J'éta
ue (c'est peut- commen
on ne   pendan
ôté que   v er
es curieux   c'est r
à bord.   était u
                 extra
manoeuvrant   caract
paraissent   grand
elles d'un   rin, à
                 qui ne
nd ainsi un   chaque
hique   montan
                 pouvar
e la haine que pareil
dans   dans l
ouvrage ! Qui douce
                 embra
dans   enfan
s, tant que tu voul
nes   un re
et maigres, en so

pareil à un
u et noir,
l'importan
ance
petit le
sement
? Je

/

愿大胆的、一时变得和这本读物一样凶猛的读者不迷失方向，找到偏僻的险路，穿过荒凉的沼泽——这些阴森的、浸透毒汁的篇章；因为，如果他在阅读中疑神疑鬼，逻辑不严密，思想不集中，书中散发的致命烟雾就会遮蔽他的灵魂，仿佛水淹没糖。大家都读下文，这没必要，只有少数人能平安地品尝这枚苦果。因此，胆小鬼，在更深地进入这片未勘探的原野前，脚跟向后转，别向前。仔细听我说：脚跟向后转，别向前，如同一个儿子的目光恭敬地避开母亲威严的面孔，或者更确切地说，如同一群爱思考、怕寒冷的鹤，它们组成一个一眼望不尽的三角，越过冬天的寂静，展开翅膀全力飞向地平线上的一个定点，那里突然刮起一道奇怪的强风：暴雨的前兆。那只最老的、独自担任前卫的鹤看见这一切，像理性的人似的摇头、咂嘴、伤心（换了我也不高兴），落尽羽毛、历经三代的脖子晃成愤怒的曲波，预示暴风雨越来越近。它用富有经验的双眼多次镇定地审视各个方向，像忧虑的哨兵似的为了击退公敌而发出警觉的叫声。它第一个（因为它享有向另外那些智力低下的鹤显示尾羽的特权）谨慎、轻柔地转动几何形的尖顶（也许是一个三角形，但看不见这些奇妙的候鸟在空中组成的第三条边），时而左舷，时而右舷，像一个灵巧的船长，用似乎不比麻雀翅膀更大的双翼操纵，明智地选取了另一条更可靠的哲学之路。

2

　　读者，你大概指望我在这本著作的开端乞灵于仇恨！你尽情地沉溺在无数的享乐中，如鲨鱼般肚皮朝天，谁说你干瘪、宽阔、傲慢的鼻孔不能在漆黑、秀美的空气中徐缓、庄严地闻到书中的红色烟雾？仿佛你了解这一行为的重要性和这一正当欲望的同等重要性。啊，魔鬼，如果你事先努力地连续吸上三千次你对永恒上帝的恶意，我担保这些烟雾会美化你丑陋嘴脸上那两个不成形的窟窿，你的鼻孔将因难言的欣喜和持久的陶醉而无限地扩张，在如同洒过香水、燃过香草般芬芳的空间中不再要求更美妙的东西；因为，它们将饱餐完美的幸福，犹如居住在宏伟、安宁、惬意的天宇中的天使。

3

　　我将用几行文字证实马尔多罗童年时为人善良，生活幸福：结束了。他后来发现自己是天生的恶棍：离奇的命运！他多年来竭力掩饰个性，但最终这种不自然的努力使他血液沸腾；他无法再忍受这种生活，果断地投入恶的生涯……温柔的气氛！谁能料到！当他亲吻一个孩子时，想的却是用剃刀割下那粉红的脸蛋，如果不是正义女神每次用她那一长串惩罚来阻止，他早就干过多次了。他不是骗子，承认事实，自称残忍。人们，你们听见了吗？他敢用这支发抖的羽笔再说一遍！所以，他是比意志更强大的力量……厄运！石块想摆脱重力吗？不可能。恶要和善联姻吗？不可能。这就是我在上面说的话。

4

有人写作是为了寻求喝彩，他们的心灵凭空想象或天生具有高贵的品格。我却用我的才华描绘残酷的乐趣！但是，持久、人为的乐趣和人一起开始，也和人一起结束。在上帝神秘的决断中才华不能和残酷联姻吗？或者，因为残酷，所以就不能有才华？如果你们愿意，只要听我说就能在我的话中看到证据……对不起，我的头发似乎在头上立了起来，但没关系，因为我轻易地用手就把它们压回原处。歌手并不奢望他的咏叹调别出心裁；相反，他为人人都有主人公那高傲、恶毒的思想而感到庆幸。

5

我一生中看见双肩狭窄的人们无一例外地干出许多蠢事，用各种手段愚弄同类，腐蚀心灵。他们把自己的行为动机称作荣誉。看着这些表演，我真想像别人一样大笑，但是，这种奇怪的模仿却不可能。我抓起一把刃口锋利的折刀，划开双唇相交处的皮肉。我一时以为达到了目的。我在镜中凝视我自伤的嘴。错了！两道伤口中流出的大量鲜血使我无法看清那里是否确实显出了像别人一样的笑。但是，比较了一会儿，我发现我笑得和人们不一样，就是说我并没笑。我看见面容丑陋、可怕的双眼深陷在阴沉的眼眶中的人们比岩石更坚硬，比铸铁更呆板，比鲨鱼更凶残，比青年更蛮横，比罪犯更疯狂，比骗子更背信弃义，比演员更异想天开，比教士更具有个性，胜过天地之间最不动声色、最冷漠无情的生灵。他们让探索他们心灵的

道学家疲惫不堪，让上天无情的愤怒降临到他们头上。这些人我都见过，有时他们大概受地狱之鬼的怂恿，像一个邪恶的孩子反抗母亲那样向苍天举起粗壮的拳头，目光充满炽热、仇恨的内疚，保持着冰冷的沉默，不敢讲出掩藏在心中的广泛而徒劳的沉思，因为其中尽是错误和恐怖，却用一副可怜相使仁慈的上帝伤感；有时他们从早到晚、从幼年的起始到晚年的终结用难以置信、违背常识的咒骂来反对一切生灵，反对自己，反对上帝，糟蹋妇女和儿童，玷污身体上那个令人害羞的部位。于是，海水汹涌，把船板吞进深渊，飓风和地震推倒房屋，瘟疫和各种疾病摧毁虔诚的家庭。但是，人们察觉不到这一切。我也见过他们的脸发红或发白，为自己在这片土地上的表现感到羞耻：十分罕见。暴雨——狂风的姐妹，淡蓝色的天穹——我不承认它的美，虚伪的大海——我心灵的形象，内心神秘的土地，外星居民，整个宇宙，慷慨创世的上帝，我向你乞求：给我指出一个好人吧！……但愿你的恩德大大增强我天生的力量，因为，看到这个魔鬼的样子，我可能会因惊讶而死：有人的死因更小。

6

应该让指甲长上两个星期。啊！多美妙，从床上粗暴地拉起一个嘴上无毛的孩子，睁大双眼，假装温柔，抚摸他的前额，把他的秀发拢向脑后。然后，趁他毫无准备，把长长的指甲突然插入他柔嫩的胸脯，但不能让他死掉，因为，如果他死了，我们将看不到他悲惨的模样。接着，我们就舔伤口，饮鲜血，在这段应该永远持续下去的时间里，孩子会放声痛哭。除了他

那像盐一般苦的眼泪，没有比他的血更鲜美的东西了，用我刚才描述的方法吸出的血依然炽热。汉子，当你偶尔割破手指时，你从没尝过你的血吗？鲜血多美啊，不是吗？因为没有任何味道。另外，你可记得，有一天你在忧郁的沉思中把手握成杯形放到病恹恹、泪涟涟的脸上；然后你把这只手必然地伸向嘴巴，大口大口地畅饮眼泪，杯子像那个斜视着天生压迫者的学生的牙齿般颤抖。眼泪多美啊，不是吗？因为有陈醋的味道，仿佛是最痴情的情人的泪水，但孩子的泪水味感更佳。他还不懂得恶，所以不会背叛：情人却早晚要变心……我用类比法猜测，尽管我不知道什么是友谊，什么是爱情（我大概永远不会接受它们，至少不会从人类那里接受）。既然你不厌恶你的血和泪，那就放心地品尝，品尝少年的血和泪吧。蒙住他的眼睛，撕裂他悸动的肌肤，再像雪崩般离去。你先良久地倾听他那如同战场上垂死的伤员从嘶哑的喉咙里发出的悲壮、刺耳的喊叫，然后从邻屋飞跑过来，装作是救命。你一边舔他的血和泪，一边解开他筋脉暴突的双手，并使他迷茫的双眼恢复视觉。此时的悔恨多么真诚！我们固有的、难得闪烁的灵光出现了，太晚了！心灵因能够安慰受折磨的无辜人而涌出滔滔话语："少年，你刚忍受了惨痛，是谁对你犯下这无以名状的罪行！你多么不幸！你该有多疼！即使你那为罪犯所憎恨的母亲知道了此事，也不会比我现在更接近死亡。哎，什么是善？什么是恶？它们是一回事，表明我们疯狂地采用最荒谬的办法来达到无限的热情和枉然？或者，它们是两件不同的事？对……但愿善恶是一回事……否则，审判之日我会变成什么呢？少年，饶恕我，正是这个对着你高贵、神圣的面孔的人折断了你的筋骨，撕裂了

悬挂在你身体各处的皮肉。是我那病态理智的狂想，还是我那不依赖推理的神秘本能，如同苍鹰撕咬猎物，驱使我犯下这一罪行？但是，我和我的受害者一样痛苦！少年，饶恕我。一旦脱离这短暂的生命，我希望我们永远纠缠在一起，合成一个人，我的嘴贴着你的嘴。即使如此，我受的惩罚还不够彻底。那么，你来撕我，牙爪并用，永不停止。我将用芬芳的花环打扮我的身体，把它作为赎罪的祭品。我们两人都将受苦，我因为被撕，你因为撕我……我的嘴贴着你的嘴。啊，金黄头发、温柔眼睛的少年，你现在照我说的去做吗？不管你愿不愿意，我希望你这样做，你会欢娱我的良心。"说完此话，你在伤害一个人的同时又被这个人爱恋，这是可以想象出的最大幸福。以后，你可以把他送入医院，因为瘫痪病人无法谋生。人们将称赞你的善良，桂冠和金牌将埋起你那双站立在高高坟墓上的老人的赤脚。啊，我不想在赞美神圣罪行的诗页上写下你的名字，我知道你的宽容像宇宙一样辽阔。但是，我依然存在。

7

为了在家庭中散播混乱，我和淫荡订立了契约。我回想起建立这种危险关系的前夜。我看见面前有一座坟。我听见一只像房子般大的萤火虫对我说："我来启示你。念诵这条铭文。这个神圣的命令不是我发出的。"一道广袤的血色光线在空气中弥散，直达地平线。见到光线，我的颔发颤，臂垂落，无力地靠上一堵残墙，因为我快倒了。我念道："一个死于肺病的少年长眠于此：你们知道原因。不要为他祈祷。"大概很少有人像我一样勇敢。这时，一个裸体美女走来躺在我脚下。我满

面愁容地对她说："你起来吧。"我把手伸给他，残杀骨肉的哥哥用这只手割断了妹妹的喉咙。萤火虫对我说："你捡一块石头打死她。"我问它："为什么？"它对我说："你当心一点，我最软弱，因为我最强大。这个女人的名字叫淫荡。"我热泪盈眶，义愤填膺，感到身上产生了一种从未有过的力量。我搬起一块巨石，费尽气力把它举得和胸口平齐，又用胳膊将它放到肩上。我爬上一座山顶，从那儿砸死了萤火虫。它的头陷进地下一人深，石块弹起六个教堂高。石块掉到一个湖里，湖水一时落下去，卷起漩涡，形成一个巨大的漏斗。湖面重现平静，血光不再闪耀。裸体美女大喊大叫："哎！哎！你干什么？"我对她说："我喜欢你胜过喜欢它，因为我同情不幸的人。永恒的正义创造了你，这不是你的错。"她对我说："总有一天人们会正确评价我，我不多说了。让我走吧，我要去海底藏起无限的忧愁。只有你和那些群集在黑色深渊中的可怕鬼怪不轻视我。你是好人。永别了，你这爱过我的人！"我对她说："永别了！再说一遍：永别了！我永远爱你！……从今天起，我就抛弃美德。"所以，人们啊，当你们听到冬天的风在海上和海边、在那些很早就哀悼我的大都市上空、在寒冷的极地呼啸时，请说："这不是上帝的精神经过，而是淫荡的尖锐叹息，夹杂着那个蒙得维的亚人的沉重呻吟。"孩子们，这是我对你们说的。那么，满怀仁慈地跪下吧，愿那些比虱子还要众多的人类长久地祈祷。

8

月下，海边，乡村偏僻的角落，我们沉浸在苦涩的思索中，看见万物都呈现出朦胧、神奇的黄色形状。树影扁平，贴在地

上，时快时慢地跑来跑去，变化万千。从前，当我乘着青春的翅膀飞翔时，这一切令我幻想，令我惊奇，现在我已经习惯了。风儿吹动树叶，吟着萎靡的音符。鸥鹣唱着低沉的悲歌，听到它的人毛骨悚然。于是，被激怒的狗群挣脱锁链，逃离遥远的农庄，在原野上四处游荡，饱受发狂之苦。突然，它们停下来，眼中燃着火，凶狠、焦急地四处张望，如同临死前的大象，在荒野中最后看一眼苍天，绝望地抬起鼻子，无力地垂下耳朵；这些狗垂耳抬头，鼓起可怕的脖子，开始一个接一个地吠叫，有时像一个喊饿的孩子，有时像房顶上一只肚子受伤的猫，有时像一个临产的女人，有时像医院里一个垂死的瘟疫病人，有时像一个唱圣歌的姑娘，对着北方的星，对着东方的星，对着南方的星，对着西方的星，对着月亮，对着远看像横卧在黑暗中的巨石似的群山，对着它们大口吸进使鼻孔内部发红、发烫的寒气，对着夜晚的寂静，对着斜飞过它们面前且嘴里叼着给儿女的美味活食——一只老鼠或一只青蛙——的猫头鹰，对着眨眼之间就无影无踪的野兔，对着犯罪后策马奔逃的盗贼，对着摇动欧石楠使它们肌肤发抖牙齿打战的毒蛇，对着它们那使自己害怕的吠叫，对着被它们一口咬碎的癫蛤蟆（它们为什么要离开沼泽），对着它们因感到迷惑而企图用专注、智慧的双眼发现秘密的轻摇枝叶的树木，对着从它们长腿之间爬到树上脱身的蜘蛛，对着白天没找到食物拖着疲倦的翅膀回到住所的乌鸦，对着海岸的悬崖，对着看不见的船上闪现的桅灯，对着海浪的沉闷喧嚣，对着游动时露出黑背又潜入深渊的大鱼，还对着奴役它们的人。然后，它们又开始在乡间奔跑，血淋淋的脚爪跳过沟壑、阡陌、田野、草丛和锋利的石头。它们似乎得

了狂犬病,寻找大水塘来解渴。它们长长地嚎叫,令大自然恐惧。夜行人活该倒霉!这些墓地之友会张开滴血的大口扑向他,撕开他,吃掉他;因为,它们没有龋齿。野兽不敢靠近分享肉筵,颤抖着逃得无影无踪。这些狗四处奔跑了几个钟头,累得要死,舌头伸出嘴外。它们互相扑去,互相撕咬成千万个碎片,速度之快,难以置信。它们并非天性残忍,自己也不明白在做什么。有一天,我母亲目光呆滞地对我说:"当你躺在床上听到野外狗叫的时候,藏到被子里,别笑话它们做的事情:它们像你、像我、像其他脸儿又长又白的人们一样渴望无限,永不满足。我甚至可以让你到窗前凝视这相当壮丽的场景。"从此,我严守死者的心愿。我像狗一样感到需要无限……我无法,无法满足这种需要。据说,我是男人和女人的儿子。真让我奇怪……我本以为比这要好!另外,我从哪儿来,这有什么重要?如果取决于我的意志,我宁愿是母鲨鱼和公老虎的儿子,鲨鱼的饥饿掀起风暴,老虎的残酷举世公认:我也许不会如此恶毒。你们这些望着我的人,离我远一点儿,因为我的呼吸散发出毒气。没人见过我额头上的绿纹,也没人见过我瘦脸上的凸骨,仿佛是某种大鱼的脊刺,或者是遮盖海岸的悬岩,或者是陡峭的阿尔卑斯山。我的头发还是另一种颜色时,我经常在这座山上跑动。当我在雷雨之夜围着人们的住宅打转时,我眼睛炽热,头发被暴雨抽打,孤独得像大路中央的一块石头。我用一片同壁炉里的烟灰一样黑的绒布蒙住我憔悴的脸:不应该让人们的眼睛看到上帝将含着咬牙切齿的微笑放到我身上的丑陋。每天清晨,当太阳为别人升起、在大自然中洒下有益健康的欢乐和温暖时,我却蹲在心爱的洞穴深处,毫无表情地凝视着黑暗笼罩

的空间,在酒一般醉人的绝望中用有力的双手把胸脯撕成碎片。可是,我感到我没得狂犬病!可是,我感到我不是唯一痛苦的人!可是,我感到我在呼吸!我站在草垫上,合上双眼,用好几个小时缓慢地把脖子从右转到左,从左转到右,好似一个即将上断头台的囚犯检验他的肌肉,想象着肌肉的命运。我不会暴死。每当我的脖子不能再向一个方向转动、停下来向反方向转去时,我就透过掩盖入口的茂密荆棘丛中稀少的缝隙,猛然看一眼地平线:我什么也没看见!空无一物……只有旋转起舞的乡村、树木及穿越空气的长长的鸟阵。这一切扰乱了我的血液和我的大脑……那么是谁用铁棍打在我头上,仿佛铁锤打在铁砧上?

9

我准备不动情地高声朗读,你们将听到这节严肃、冷漠的诗。当心它的内容,提防它必然在你们动乱的想象中留下的烙印般的痛苦印象。不要以为我快死了,我还不是骷髅,我的前额上还没有贴着衰老。所以,让我们排除和濒死的天鹅相比的念头,仅仅注视你们面前的怪物吧。我很高兴你们看不见他的面容,但是,他的心灵比面容更恐怖。然而,我不是一个罪犯……这个题目谈够了。不久前,我登上舰艇的甲板,再次看到大海。我记忆犹新,仿佛前一夜才离开。不过,如果你们能够做到,那就像我在这次后悔献给你们的朗诵中一样保持平静吧,不要因为想到人的心灵而脸红。啊,章鱼,丝绸的目光!你的灵魂和我的灵魂不可分;你是地球上最美的居民,率领着四百个吸盘组成的后宫;温柔而动人的美德和神圣的典雅达成一致协议,

建立起牢不可摧的联系，高贵地居住在你身上，就像居住在它们的天然宅邸。为什么你不和我在一起？你那汞的肚皮靠着我这铝的胸脯，双双坐在岸边的悬崖上，凝视我心爱的景致。

古老的海洋，水晶的浪花，你仿佛是小水手背上扩大的蓝色伤疤；你是一片辽阔的青痕，印在大地的躯体上：我喜欢这个比喻。因此，初次看到你，一声忧郁的长叹，好似你那甜美微风的呢喃，掠过深深震动的心灵，留下不可磨灭的烙印：你让你那些情人在无意中回想起人类艰辛的起源，那时人类认识了痛苦，痛苦不再离开人类。我向你致敬，古老的海洋！

古老的海洋，你那使几何学威严的面孔变得柔美、和谐的球形总让我想起人的小眼睛，和野猪眼睛一样小，和夜莺眼睛一样具有完美的环形轮廓。然而，从古到今，人都自以为美。我认为人仅仅是出于自尊才相信自己的美，其实他自己也知道并不美，否则，他为什么如此轻蔑地注视同类的面孔？我向你致敬，古老的海洋！

古老的海洋，你是同一的象征：总和自己相等。你不起本质的变化，尽管你的浪涛在某处愤怒激荡，在更远的另一区域你却处于最完全的平静。你和人不同，人会停下来看两只咬架的獒狗，却不会停下来看送葬的行列；早上还和颜悦色，晚上却情绪恶劣；今天笑，明天哭。我向你致敬，古老的海洋！

古老的海洋，你的胸怀里储藏着人类未来的利益，没有什么不可能。你已经给了人类鲸鱼。你不让自然科学的贪婪目光轻易地猜透你内部组织中的万千奥秘：你很谦虚。人类却为了一些琐事而自吹自擂。我向你致敬，古老的海洋！

古老的海洋，你哺育的各种各样的鱼独自生活，没有发誓

要博爱。各类之间不同的性情和不同的形态为初看似乎异常的事物做出了满意的解释。人类也是如此，辩解理由各不相同。三千万人占据一小块土地，生根似的固定在那儿，自以为不应该介入邻居的生活。不论老幼，每个人都像野人般生活在自己的洞穴中，极少出去看望和他一样蜷缩在另一个洞穴中的同类。人类的宇宙大家庭是一个与最平庸的逻辑相符的空想国。另外，从你那丰产乳房的景色中流出忘恩负义这个概念；因为，我们立刻会想到众多父母，背信于造物主，抛弃他们可怜的结合产生的果实。我向你致敬，古老的海洋！

古老的海洋，你物质的宏大只能和人们想象的、衡量你整体诞生所需的活力相比。人们不能一眼环抱你。为了凝视你，目光必须以连续的动作向地平线的四方转动它的望远镜，如同一位数学家，为了解开一道代数方程，被迫在切开难点之前分别研究各种可能的情况。人吞食养料，还做出其他带来更佳命运的努力，以便显得肥胖。那只可爱的青蛙，愿它称心如意地膨胀。放心吧，它不会像你一样大；至少，我假定如此。我向你致敬，古老的海洋！

古老的海洋，你的水是苦涩的，味道和批评界评论美术、科学及一切事物时分泌的胆汁一模一样。如果一个人有点天才，那他就被当作白痴；如果另一个人形体健美，那他就是丑陋的驼背。当然，人应该强烈地感到自己的缺陷以便批评它，不过，四分之三的缺陷是自己造成的。我向你致敬，古老的海洋！

古老的海洋，人类尽管手段高超，采用了各种科学探察的方法，却仍没能测出你那深奥的令人昏眩的深度，最长最重的探针也无能为力。鱼类能办到，人类却不行。我经常自问，海

洋的深度和人心的深度哪一个更容易认识。当月亮以一种不规则的方式在桅杆间晃动时，我经常立在船上，手抚额头，惊讶地发现自己撇开了所有并非我追求的目标，正在努力地解决这道难题。是的，两者中间哪个更深，哪个更不可捉摸：是海洋还是人心？如果三十年的生活经验能在某种程度上使天平向两个答案中的一个倾斜，我可以说，尽管海洋深不可测，它与人心在深度这一特性上较量却不是对手。我和一些德高望重的人打过交道，他们死于六十岁。每人都必然会大喊："他们在人间行善，就是说施舍仁慈：就这点事，没什么了不起，谁都能干同样多。"谁明白为什么两个前一夜还如胶似漆的情人，只因误解了一句话便各奔东西？两人都裹着孤独的骄傲，都怀着怨恨、复仇、爱恋和内疚的棘刺，永不再相见。这是一个天天发生的奇迹，却依然让人惊奇。谁明白为什么人们不仅一般地品尝同类的不幸，还特别地品尝挚友的不幸，同时自己也苦恼？一个结束这串问题的无可置疑的例证：人类口是心非。所以，人类这些小猪崽才如此互相信任，毫不自私。心理学还应该取得很大进展。我向你致敬，古老的海洋！

古老的海洋，你如此强大，人类以自己的牺牲为代价才明白。他们徒劳地用上全部天赋的才能，却不能征服你。他们找到了自己的主宰。我是说他们找到了比自己更有力的东西，这个东西有个名字，这个名字就是海洋！你给他们造成巨大的恐惧，所以他们尊敬你。尽管如此，你却优美、典雅、轻易地旋转他们最重的机器。你让他们做体操翻腾飞上天空，做令人赞叹的鱼跃沉入你的深层领域：街头艺人大概要嫉妒。他们真幸运，你没有把他们一劳永逸地卷入你沸腾的波浪，否则，他们

不沿铁路就可以去看你水中的内脏，看鱼儿身体怎样，尤其是看他们自己身体怎样。人说："我比海洋更聪明。"这很可能，甚至相当正确，但海洋对他比他对海洋更可怕：这不必证明。这个年迈的观察家——我们这颗悬空星球最初年代的同龄人在观看国家间的海战时，因怜悯而微笑。那里有百来艘出自人类手中的巨舰。上司夸张的命令、伤员的呼喊、大炮的轰鸣，都是为了消磨几分钟的时间而特意造出的喧哗。悲剧似乎终场，海洋似乎把一切都吞入腹中。嘴巴令人惊叹，大概下面巨大，朝着未知的方向张开！为了奖励这出愚蠢甚至无聊的喜剧，空中飞来几只因疲劳而掉队的鹳，它们没有收拢展开的翅膀便高叫："看！我觉得这张嘴太丑了！底下有一些黑点。我闭上眼睛，黑点不见了。"我向你致敬，古老的海洋！

　　古老的海洋，啊，伟大的单身汉，当你穿过你那冷漠王国的庄严孤独时，你理所当然地为你天赋的壮丽和我急切奉献给你的真诚颂词而骄傲。你那威严的缓慢是上天赐给你的最伟大的品性，它用柔软的气息情意绵绵地摇动你。你怀着永恒力量的平静情感，在阴沉的神秘中，在高贵的表面上，展开你无与伦比的波浪。它们被短暂地分隔，又平行相随。一个浪花刚刚变小，另一个浪花就变大迎上去，伴随着消散的泡沫发出忧郁的喧哗，以便告诉我们一切都是泡沫（所以，人类这些活浪花单调地一个接一个死去，但是，却没有留下泡沫四溅的喧哗）。候鸟放心地栖息在浪尖上，将自己托付给充满自豪的典雅运动，等到翼骨恢复了平时的活力，便继续空中的朝圣。我希望人的威严只是反映你的威严的化身。我有许多要求，而这个真诚的愿望对你来说是一个荣誉。你那道德的伟大是无限的写照，辽

阔宽广如同哲人的反省，如同女人的爱情，如同诗人的沉思，如同鸟儿神圣的美。你比夜晚更美丽。回答我，海洋，你愿当我兄弟吗？激烈地动荡吧……如果你想让我把你比作上帝的复仇，就更强些，更强些；伸出你青灰色的爪子，在自己的胸膛上开一条道路……好极了。丑陋的海洋,展开你恐怖的波浪吧，只有我一人理解你，我倒在你面前，拜在你脚下。人的威严是假装的，他不使我敬服，但你却让我敬服。啊！当你前进时，浪峰高挺，威风凛凛，你被波涛环绕，仿佛被群臣簇拥，像气功师般充满磁力和狂暴，卷起一朵朵的浪花，清醒地意识到你是谁。你仿佛被一种我所不知的强烈悔恨压迫，从胸膛深处发出连绵的低沉呼啸，让人类感到如此恐惧，甚至在安全地凝视你的时候，他们也要在岸上发抖。这时，我看出我没有那种非凡的权力自称和你平等。所以，如果你没有让我痛苦地想起我的同类，面对你的优越，我就会献上全部的爱（谁也不知道我对美的向往中包含多少爱）；你和我的同类形成天地万物中最嘲弄人的反差，最滑稽的对比；我不能爱你，我恨你。为什么我一千次地与你重修旧好，回到你半开的、友善的手臂中？你抚摸我发烫的额头,顷刻间热止烧退！我不了解你隐蔽的命运，你的一切都让我好奇。那么告诉我,你是不是黑暗王子的归宿。海洋，告诉我吧……告诉我（只告诉我一人，免得那些仅仅体验过幻觉的人伤心），告诉我是不是魔鬼的气息制造了风暴，把你的咸水掀到云端。你必须告诉我，因为，如果我知道地狱离人近在咫尺，我会万分高兴。我希望这是我的乞求中的最后一个诗节。因此，我想最后一次向你致敬，和你告别。古老的海洋，水晶的浪花……我的眼中充满泪水，我无力继续下去了；

因为，我感到返回面貌粗俗的人类中的时间到了；不过，勇敢些！让我们努力吧，以尽义务的情感完成我们在这片土地上的使命。我向你致敬，古老的海洋！

10

我在生命的最后一刻不会被神甫围绕（我在灵床上写下这些话）。我希望我死时被风暴下的海浪摇动，或者，站在山巅……目光向上。不，我知道我将彻底毁灭。再说，我也没什么宽恕可指望。谁打开了我墓室的门？我说过任何人都不许进来。不论你是谁，请离开吧；但是，如果你以为在我鬣狗般的面容上（尽管鬣狗比我美丽，比我迷人，我仍用这个比喻）发现了痛苦或恐惧的迹象，那就清醒过来吧：让他走近我。现在是一个冬天的夜晚，元素在各处碰撞，人人恐惧，少年正准备伤害他的一个朋友，他也许就是青年时代的我。自从风与人开始存在，哀怨的风声就使人忧伤，在我临终时，愿风儿用翼骨载我飞越这个不耐烦地等待我死去的世界。我还将为人类之恶的许多例证而暗自高兴（哥哥喜欢窥视弟弟们的行为）。老鹰、乌鸦、野鸭、长生的鹈鹕、迁徙的仙鹤，它们醒来时冷得发抖，将看到我这个可怕而欢乐的幽灵穿过闪电的光芒。它们不知此事的意义。地上的蝮蛇、蛤蟆的大眼、老虎和大象，海里的鲸鱼、鲨鱼、锤鱼、丑陋的鳐鱼和北极海豹的尖牙，将会对这种违反自然法则的事感到疑惑。人将发抖，在呻吟声中把额头贴在地上。"我的残忍使我比你们优越，这种残忍是天赋的，不由我来消除。你们是因为这个才伏倒在我面前吗？还是因为看见我飞越血染的天空，新奇的现象，好似吓人的彗星（我宽广的肉体洒

下血雨，仿佛飓风推动的乌云）？别害怕，孩子们，我不想诅咒你们。你们过分伤害了我，我过分伤害了你们，这不可能是有意的。你们走你们的路，我走我的路，两条都相同，两条都邪恶。我们注定要在这种相同的性质中相遇，由此产生的打击对双方都致命。"于是，人们慢慢抬起头，恢复勇气，像蜗牛似的伸长脖子来观看说这番话的人。突然，他们的脸发烫，变形，显出最可怕的激情，扭曲得连狼都会害怕。他们像被一个巨大的弹簧弹起一般同时站起来。多么恶毒的诅咒！多么凄厉的叫喊！他们认出了我。地上的野兽与人会合，发出奇怪的喧哗。相互的仇怨消失了，双方的愤恨转向公敌——我，大家一致同意团结起来。支撑我的风啊，带我到更高处吧，我害怕这种背叛。让我们渐渐地离开他们的视野，我们又一次满意地看到了激情的后果……啊，鼻子上长着蹄铁形肉冠的菊头蝙蝠，感谢你振动翅膀唤醒我：事实上，我不幸地发现这只是一场短暂的病，我厌恶地感到我重新活过来了。有人说你曾来吸我身体里所剩无几的血：为什么这个假设不是现实？！

11

　　一家人环绕着一盏台灯：

　　"我的儿子，递给我那把椅子上的剪刀。"

　　"母亲，剪刀不在这儿。"

　　"那就去另一个房间找。亲爱的主人，你可记得那个年代？我们为了要一个孩子而许愿，他是我们晚年的支撑，使我们获得新生。"

　　"我记得，上帝满足了我们。我们对于这世上的命运无可

抱怨。我们每天都赞美上天的恩德。我们的爱德华具有他母亲的全部典雅。"

"以及他父亲的阳刚品格。"

"母亲，给你剪刀，我终于找到了。"

他重新做功课……但是，大门口出现一个人，注视了一会儿这幅展现在他眼前的图景：

"这一场面意味着什么？许多人不如他们幸福。他们热爱生活的理由是什么？马尔多罗，离开这个平静的家吧，你的位置不在这儿。"

他走开了。

"我不知怎么搞的，但是，人的各种感觉在我的心中交战。我灵魂忧虑，却不知为什么，气氛真沉闷。"

"女人，我的感觉和你一样，我担心我们会遇到什么灾难。让我们相信上帝，最高的希望在他身上。"

"母亲，我喘不过气了，我头疼。"

"我的儿子,你也这样！我来用醋润湿你的额头和太阳穴。"

"不，善良的母亲……"

看，他很累，身子靠在椅背上。

"有个东西在我体内翻腾，我没法解释。现在，什么都让我烦恼。"

"你脸多苍白！今晚会有什么不祥的事件把我们三人抛入绝望的湖中。"

我听见远方有撕心裂肺的痛苦长号。

"我的儿子！"

"啊！母亲！……我害怕！"

"快告诉我你是不是难受。"

"母亲，我不难受……我不想说实话。"

父亲止不住地惊讶：

"那是人们偶尔在没有星光的宁静夜晚听到的喊叫。尽管我们能听到声音，但发声的人却不在附近；因为，人们可以在三里之外听到这些呻吟，风儿把它们从一个城镇传到另一个城镇。人们经常对我谈论这一现象；可是，我从没有机会亲自判断其真实性。女人，你跟我谈到灾难，如果在时间的漫长螺旋中存在真正的灾难，现在打扰他同类睡眠的人就是这个灾难……"

我听见远方有撕心裂肺的痛苦长号。

"但愿他的诞生不是那个把他从怀中推开的家乡的灾害，他四处游荡，遭人怨恨。有人说他从童年起就陷入一种原始的疯狂。有人认为他本性极端残忍，他自己也为此感到羞耻，他父母也因此痛苦去世。还有人硬说他年轻时被一个绰号玷污了名誉，在以后的残生中一直得不到安慰，因为他受到伤害的自尊心从这个绰号上看到了人类恶毒的确凿证据，这种对他的恶毒在最初几年就显露出来了，以后又不断增加。这个绰号就是'吸血鬼'！……"

我听见远方有撕心裂肺的痛苦长号。

"他们还补充说，噩梦使他的嘴巴和耳朵日日夜夜、无休无止地流血，一群幽灵坐在他床头，不由自主地被一种未知的力量推动，用或者甜美或者像战斗怒号般的噪音朝他的面孔持久、无情地投去那个丑陋、永恒、只能和宇宙一起消亡的绰号。有人甚至肯定，是爱情使他落到这种地步，或者这些叫喊表明

他对深藏在他神秘过去的黑夜中的罪行感到懊悔。但绝大多数人认为，他像昔日的撒旦一样受到无与伦比的骄傲的折磨，企图与上帝一争高低……"

我听见远方有撕心裂肺的痛苦长号。

"我的儿子，这是特殊的知心话，我可怜你，这个年纪就听到这些话，我希望你永远不学那个人。"

"说话呀，我的爱德华，回答我，说你永远不学那个人。"

"啊，亲爱的母亲，你给了我生命，如果一个孩子的纯真诺言还有价值，我答应你永远不学那个人。"

呻吟声听不见了。

"女人，你干完活儿了吗？"

"尽管我们熬夜这么晚，我这件衬衫还差几针。"

"我也一样，我这一章已经开始却没有结束。让我们利用最后的灯光完成每人的工作，因为快没油了。"

孩子叫道：

"愿上帝让我们活下去！"

"可爱的天使，到我这儿来，你将从早到晚在草地上闲逛，不必用功。我那壮丽的宫殿用银墙、金柱和钻石门建成。你将听着天国的音乐，不做晚祷，在想睡觉的时候睡觉。清晨，当太阳放射出灿烂的光芒、欢快的百灵鸟在空中带着歌声飞向远方时，你仍可以待在床上一直到你感到厌烦。你将行走在最珍贵的地毯上，你将永远处在最芬芳的花香合成的气氛中。"

"现在身心都该休息了。孩子的母亲，用你肌肉发达的踝骨站起来吧。该让你发僵的手指松开针线了，工作过度毫无益处。"

　　"啊，你的生活将多么甜美！我会送你一个魔力指环，你一转动上面的红宝石，你就会像童话中的王子一样变得让人看不见。"

　　"把你的家什放到柜中，我也收起我的东西。"

　　"当你把红宝石转回正常位置，你将重新以大自然造就的本来面目出现。啊，年轻的魔术师，这是因为我爱你，因为我渴望让你幸福。"

　　"不管你是谁，滚开。别抓我肩膀。"

　　"我的儿子，不要因童年梦幻的催眠而睡着了：大家还没有祈祷，你的衣服也没有仔细叠放在椅子上……跪下！宇宙的永恒创造者，你显示的仁慈无边无际，直至最小的事物。"

　　"你难道不喜欢清澈的小溪？那儿游动着千万条红色、蓝色和银色的小鱼。你将用一张美丽的渔网捕捞，鱼儿自愿过来装满渔网。你可以从水面上看到发亮的卵石，比大理石还要光滑。"

　　"母亲，看这些爪子。我要提防他，但是我内心平静，因为我无可指责。"

　　"你看我们匍匐在你脚下，感到你的伟大而自惭形秽。如果有骄傲的念头混入我们的想象，我们立刻用轻蔑的唾沫将它驱除，并将它奉献给你作为不可或缺的牺牲。"

　　"你将在溪水中同少女一起沐浴，她们将用臂膀拥抱你。当你从水中出来，她们会为你编织玫瑰和石竹的花冠。她们有蝴蝶的透明翅膀，还有波浪形的长发在美丽的额头周围飘扬。"

　　"即使你的宫殿比水晶更漂亮，我也不会走出这屋子跟你去。我相信你只不过是个骗子，因为你对我如此轻声地说话，

害怕别人听见。抛弃父母是一件坏事。我不当忘恩负义的儿子。至于你的少女们,她们不会像我母亲的眼睛那么美丽。"

"我们全部的生命都消耗在歌唱你的荣耀的赞美歌中。我们就这样活到现在,我们还将这样活下去直到从你那儿接到离开人间的命令。"

"她们将顺从你最小的意愿,只想取悦于你。如果你想要永飞不停的鸟,她们会带给你。如果你想要眨眼之间就能到达太阳的雪橇,她们也会带给你。有什么东西她们不能带给你!她们甚至能带给你藏在月亮中的风筝,大得像一座钟楼,尾上用丝带系着形形色色的小鸟。当心你自己……听我的劝告。"

"随你便吧,我不想打断祈祷来喊救命。尽管你的身体在我想摆脱它时突然消失,但你要知道,我不怕你。"

"在你面前,什么都不伟大,除了纯洁的心灵喷发的火焰。"

"如果你不想后悔,就考虑一下我对你说的话。"

"圣父,驱逐,驱逐那可能降临我家的灾难吧。"

"妖怪,你还不想走开吗?"

"留下我这个亲爱的妻子吧,她在我灰心丧气时安慰过我……"

"既然你拒绝我,我要叫你痛哭流涕,叫你牙齿发响如同吊死鬼。"

"留下我这个多情的儿子吧,他那纯洁的嘴唇才刚刚朝生命之晨的吻半开。"

"母亲,他扼住了我的喉咙……父亲,快来救我……我喘不过气了……祝福我!"

一道辽阔的、讥讽的叫声升上天空。看,昏头昏脑的老鹰

是怎样从云中落下，翻着跟头，完全被气柱击毙。

"他的心不跳了……她也和亲生骨肉一同死去。他面目全非，我认不出来了……我的妻子！我的儿子！我想起遥远的过去，我曾当过丈夫和父亲。"

当他注视那幅展现在眼前的图景时，他就想到他无法忍受这种不公平。如果地狱之鬼给予他的力量，或者更正确地说，他从自身汲取的力量有效的话，这个孩子在黑夜消逝之前就不应存在。

12

那个不会哭泣的人（因为，他总把痛苦压抑在心中）发现自己身处挪威。在法罗群岛上，他观看别人寻找陡峭裂缝中的海鸟窝。探险者系在悬崖上的三百米长绳如此牢固，他感到十分惊奇。无论如何，他在那儿看到了一个明显的人类善行的例证，他无法相信自己的眼睛。如果由他来准备绳索，他准在好几处都割开口子，让绳子断裂，把猎人扔下大海。一天晚上，他向墓场走去。如果那些以奸淫死去不久的美女尸体为乐事的少年愿意，就能听到下面的对话，对话消失在同时展开的行动构成的画面中。

"掘墓人，是你要跟我谈话吗？一头抹香鲸渐渐地从海底升起，把头露出水面，观看航行在这片孤独海域的船只。好奇心和宇宙一同诞生。"

"朋友，我不能跟你交换意见。很久以来，柔和的月光使坟墓上的大理石闪闪发亮。在这万籁俱寂的时刻，不止一人梦见出现一群被链条锁缚的女人，拖曳着裹尸布，血迹斑斑，仿

佛黑色的天空布满繁星。睡觉的人像死囚般发出呻吟，当他醒来，发现现实比梦幻还要糟糕三倍。我要用这把不知疲倦的铲子挖完这个墓坑，它明天早上就要派用场。这是一份严肃的工作，不应该同时干两件事。"

"他以为挖坑是个严肃的工作！你以为挖坑是个严肃的工作！"

"为了羞辱人类，野鹈鹕决定让子女吞食它的胸脯，只有能创造这种爱情的人为此事作证；尽管牺牲巨大，但这种行为可以理解。一个小伙子看到他酷爱的女人躺在他朋友的怀里，他点燃了一支雪茄，闭门不出，与痛苦结下牢不可破的友谊，这种行为可以理解。一个中学寄宿生被一个文明的贱民管束，这个贱民日日夜夜、夜夜日日，在几个世纪般漫长的几年中眼睛总是盯着他，他感到强烈的仇恨汇成汹涌的波涛，像一团浓烟涌上大脑，他的头几乎要爆炸了。从他被扔进监狱开始到他不久后出来为止，高烧使他面容憔悴，眉毛颦蹙，眼眶下陷。夜晚，他思索，因为他不愿睡觉。白天，他的思想飞过使人愚笨的住所围墙，直到他逃脱，或者像瘟神似的被扔出这个永恒的禁区，这种行为可以理解。挖一个墓穴经常超过自然的力量。外乡人，你怎能指望铁镐翻动这片土地？它先是养育我们，然后又给予我们一个能避开这些寒冷地区呼啸发狂的冬风的舒适床铺。这个用发抖的双手握镐的人，白天战战兢兢地抚摸进入地下王国的昔日活人的脸颊，晚上看见面前每一个木十字架上都用火焰的字母写着人类还未解决的恐怖问题：灵魂是死还是不死。宇宙的创造者，我对他一直保持我的爱，但是，如果我们死后不复存在，为什么许多晚上我看见每座坟墓都开启？里

面的居民轻轻推开铅盖，出来呼吸新鲜空气。"

"停下你的工作，激动耗费了你的力气。我看你弱得像芦苇，继续下去简直是发疯。我身强力壮，我来替换你。你站开一点，如果我干得不好，你给我指点一下。"

"他臂膀上的肌肉可真发达！看他如此轻易地翻土真是一种乐趣！"

"不应该让无益的怀疑烦扰思想，应该用哲人安详的规矩测量所有这些坟墓，它们像花朵点缀草原似的散落在墓场：缺乏真实性的比喻。危险的幻觉有可能产生在白天，但尤其会产生在夜晚。因此，不要对眼睛似乎看到的神奇幻象感到惊奇。白天，当精神在休息时，审问你的意识吧，它会肯定地告诉你，用自己的部分智慧创造了人类的上帝具有无限的善心，将把死于人间的杰作收回自己的怀抱。掘墓人，你为什么哭泣？为什么像女人般流泪？好好回想一下吧，我们在这条断了桅杆的船上就是为了遭受苦难。上帝认为人能战胜最深重的苦难，这是对人的一种赞扬。如果你的舌头长得和别人一样，就开口说话吧；既然你最宝贵的心愿就是人不受苦，那么，道德——这个每人都力争达到的理想是什么？"

"我在哪儿？我的性格变了吗？我感到一阵慰藉人的强大气流掠过我平静的额头，宛如春天的和风唤醒老人的希望。这个人是谁？他高尚的语言说出了不是随便什么人都能说得出的事情。他的嗓音中无可比拟的旋律充满了音乐美。我喜欢听他讲话胜过听别人唱歌。但是，我越观察他就越感到他神情不坦率。他的整个面部表情和那些只有上帝才能启示的话语形成鲜明的对照。他的额头有几道皱纹，留着一个抹不去的烙印。这

个使他未老先衰的烙印是他的光荣还是他的耻辱？应该崇敬地看待他那些皱纹吗？我不知道，而且害怕知道。尽管他言不由衷，但我相信他这样行动自有道理，他身上残存的仁慈激励了他。他沉溺于我不了解的冥想中，干劲倍增地从事他不习惯的艰苦工作。汗水淋湿了他的皮肤，他毫无感觉。他比我们看到摇篮中的婴儿时产生的情感更忧愁。啊，他多么阴郁！……你来自何方？……外乡人，让我摸摸你吧，让我把很少碰活人的双手放到你高贵的身体上。无论发生什么事，我都会应付。这是我一生中摸过的最美丽的头发。谁敢反驳说我不了解头发的质地？"

"我在挖坟墓时，你要我做什么？狮子在进食时不希望受人逗弄。如果你不知道，我来告诉你。来吧，快一点，完成你想干的事情。"

"毫无疑问，是血肉之躯在我的触摸下战栗，使我自己也跟着颤抖起来。真的……我没做梦！那么，你是谁？你在那儿弯腰挖坟，而我却像一个吃别人面包的懒汉似的无所事事。现在是睡觉的时间，或者是把休息奉献给科学的时间。总之，人人都待在家中，小心地关好门窗以防盗贼进来。人人都尽可能地把自己关在房里，旧壁炉的灰烬还能用余热温暖房间。你，你做事和别人不一样，你的衣服显出你是一个来自遥远国家的居民。"

"尽管我并不累，但是没必要更深地挖这个墓坑了。现在，你脱去我的衣服，再把我放到里面。"

"我们两人进行了一些时候的交谈太奇怪了，我不知道该怎样回答你……我相信他是想开玩笑。"

"对,对,是真的,我撒了谎……当我扔开镐头时我很累……我第一次干这种活儿……对我说过的话别介意。"

"我的意见越来越明确:这是一个有着可怕忧愁的人。愿上天驱除我想要审问他的念头。他引起我的同情,我宁愿什么都不知道。再说,他也不会回答我,这点很清楚:在这种失常的状态中打开心扉会加倍痛苦。"

"让我从这个墓场出去,我要继续赶路。"

"你的腿无法支撑你,你行走时会迷路。我有义务为你提供一个简陋的床铺,我没有别的。相信我,因为,好客并不意味着侵犯你的隐私。"

"啊,可敬的虱子,你的身体没有鞘翅。有一天,你尖刻地责备我不很喜欢你藏而不露的非凡智慧,也许你是对的,因为我对这个人甚至没有感激之情。马尔多罗的指路明灯,你将把他的脚步引向何方?"

"到我家去。不论你是一个犯下滔天大罪却粗心地没有用肥皂洗净右手、观察这只手就可以轻易认出来的罪犯,还是一个失去姐妹的兄弟,或是一个逃出王国的被废黜的君主,我那个真正雄伟的宫殿都配接待你。它不是用钻石和宝石修建的,因为它只不过是一所简陋、可怜的茅屋,但这所著名的茅屋有一段仍在继续、日新月异的历史。如果它能讲话,它会让你惊奇,尽管你似乎对一切都不惊奇。多少次,我和它一同看见棺材在面前列队行进,里面的尸骨被虫蛀蚀,比我靠在上面的这个门扇还要腐烂。我的臣民无数,每天都在增加。我不用定期清点人数就能发现这种增长。这里如同人间,每人都交税,金额与他选择的住宅的华丽程度成正比;如果哪个吝啬鬼拒交他

那一份儿，我就奉命找他算账，如法律执行人般行事，到处都是想吃一顿美餐的狼和鹰。我看见过排列在骷髅旗下的昔日美人和死后未变丑的人，男人、女人、乞丐和王子，年轻人的幻觉和老年人的骨架，才华和疯狂，懒惰和它的对立物，假的东西和真的东西，骄傲的面具和卑贱的谦虚，被戴上王冠的罪行和被出卖的无辜。"

"当然，直到出现晨曦——它即将来临，我不拒绝你的床铺，它配得上我。我感谢你的好意……掘墓人，凝视城市的废墟很美，但凝视人类的废墟更美！"

13

蚂蟥的兄长缓步行走在林中。他多次停下，开口想说话。但是，每次咽喉都收缩，话被压下去，努力失败了。终于，他喊道："人啊，当你遇见一条死狗，仰面朝天，靠着一个阻止它漂走的水闸时，不要像别人似的想着你的归宿不会比这条狗更好，就用手捕捉从它鼓胀的肚中爬出的蛆虫，惊奇地注视它们，打开折刀把它们中的大部分剁成肉泥。你在寻找什么奥秘？不论是我还是北冰洋海熊的四个鳍足都未能解答生命的问题。小心，黑夜临近了，你从早晨起就待在那儿。你父母和你姐妹看到你这么晚回来，会说什么呢？洗手上路吧，这条路通往你过夜的地方……那是谁，在那儿，在地平线上，胆敢靠近我，毫无惧色地上下左右跳跃。他多么威严，带着安详的温柔！他的目光，柔和而深邃。他巨大的眼帘逗弄着微风，显得活灵活现。我不认识他。盯着他的魔眼，我全身发抖，自从我吸了那个叫作母亲的人的干瘪乳房以后，这还是第一次。似乎有灿烂的光

环围绕着他。当他说话时，自然中的万物不声不响，剧烈战栗。既然你仿佛被磁石吸引，自愿来我这儿，我也不反对。他多美呀！说这话使我难受。你一定强壮有力，因为，你的神情比人更有人情味，忧愁得像宇宙，美丽得像自杀。我尽我所能憎恨你，我宁可看到一条蛇从世纪之初就缠绕在我的脖子上，也不愿见到你的眼睛……怎么！……是你，蛤蟆！……肥胖的蛤蟆！……不幸的蛤蟆！……饶恕我，饶恕我！……你到这片满是浑蛋的土地上来做什么？你模样如此甜美，你那又黏又臭的脓疱哪儿去了？你从天而降，受命安慰世上各种生灵；你落到地上，快如巨鸢，双翼没因这次漫长、壮丽的行程而疲倦；我看见了你。可怜的蛤蟆！我那时正思考着无限，同时也思考着我的软弱，我想道：'又多了一个比地上居民高级的人，这是神的意志。为什么这不是我？天意不公还有何用？造物主疯了吗？不过，他最强大，他的愤怒十分可怕！'池塘和沼泽的君主，自从你覆盖着只属于上帝的荣光出现在我面前，你部分地安慰了我，但我那摇摇欲坠的理智却毁灭在如此的伟大之前！那么，你是谁？留下来吧……啊！还是留在这片土地上吧！收拢你洁白的翅膀，不要翻动你忧虑的眼皮向上看……如果你要走，我们一起走！"当甲虫、蜗牛和鼻涕虫见到天敌而飞奔逃命时，蛤蟆坐在后腿上（酷似人腿），说出下面的话："马尔多罗，听我说。看我神情平静如同镜面，而且我自信和你一样聪明。有一天，你曾把我叫作你生命的支柱。从此以后，我没辜负你对我表现出的信任。确实，我只是芦苇丛中的普通居民；但是，多亏与你接触，汲取了你身上美的一面，我的理智增长了，可以同你说话了。我来找你是为了把你拉出深渊。那些自信是你

朋友的人每次看见你时都惊讶万分。你苍白，驼背，出现在剧院、广场和教堂，或者用神经质的大腿夹打那匹只在夜晚疾奔的马，马背上载着鬼怪主人，穿着一件黑色长外套。抛弃这些思想吧，它们比火更炽热，使你的心空如沙漠。你的精神病得太重，所以你毫无察觉，还自以为天生如此，嘴中每每吐出荒诞的话语，尽管其中充满恶毒的伟大。不幸的人，你自出生之日起都说了些什么？啊，上帝用如此仁爱创造的永恒智慧却残缺不全，多么让人伤心！你只带来了厄运，比看见饥饿的豹子更让人恐惧！我宁愿粘住眼睛，缺少四肢或者去杀人也不愿成为你！因为我恨你。为什么具有这种令我惊讶的性格？你有什么权力像霉烂的、被怀疑论摇荡的沉船一样来到这片土地上，嘲笑这儿的居民？如果你不喜欢这儿，就该回到你来的那些星球。市民不应像外乡人似的住在农庄。我们知道空间中有比我们的星球更辽阔的星球，那儿的人们智力发达，我们甚至无法想象。好，滚开吧！……离开这运动的地面！……露出你掩藏至今的神圣本质，高高地飞向你的星球吧，越早越好，你这个傲慢的人，我们并不羡慕，因为，我还没能认出你是人还是超人！那么，永别了，不必指望路上再遇见蛤蟆。你是我的死因。我要走向永恒，为你乞求饶恕。"

14

如果立足于表象有时符合情理，那么《第一支歌》就此结束。对试琴的人不要太苛刻：琴声多奇怪！但是，如果你们为人正直，就肯定已经在种种缺陷中认出了深刻的烙印。而我则将重新投入工作，在一段不长的时间里发表《第二支歌》。十九世

纪的末叶将看到它的诗人（不过,他最初不会由一篇杰作开始,而必须遵循自然法则）。他出生在美洲海岸拉普拉塔河口,那里两个昔日敌对的民族现在正用物质和精神的进步互相赶超。南方的王后布宜诺斯艾利斯和卖弄风情的蒙得维的亚越过大三角海湾的银色水面,互相伸出友谊的手。但是,连绵的战争在农村建立了破坏帝国,欢快地收获大批牺牲者。再见了,老头,如果你读了我的诗就记住我。小伙子,你也不要失望,因为,尽管意见相左,你有个吸血鬼朋友。算上制造疥疮的疥螨,你就有了两个朋友!

第二支歌

/

　　马尔多罗的《第一支歌》去哪儿了？自从他口中塞满颠茄叶子，穿过愤怒的王国，在一个沉思的时刻让它逃出之后，这支歌去哪儿了……我们不大清楚。看守它的既不是树，也不是风。道德经过此地，意外地在这些炽热的书页中发现一个刚强的保护人，看见他以坚定、正直的步伐走向意识的阴暗角落和秘密纤维中。科学至少可以确定，从此，那个长着蛤蟆脸的人不再认识自己，经常陷入疯狂的发作，酷似一只林中的野兽。这不是他的错。他在羞怯的木樨草下卷起眼皮，一向以为自己仅仅由善构成，恶的数量极少。突然，我把他的心灵和阴谋暴露在阳光下，告诉他正相反，他仅仅由恶构成，善的数量极少，立法者很难不让这点善蒸发。我没什么新闻要告诉他，我希望他不要为我这苦涩的真理而感到永恒的耻辱，但是，这个愿望的实现也许不符合自然法则。事实上，我从他奸诈的、沾满泥土的脸上揭下面具，让他那些自我欺骗的崇高谎言一个个地坠落，仿佛象牙球跌入银盆，甚至在理性驱散骄傲的黑暗时，他也不让平静把双手放到他的脸上，这是可以理解的。因此，我搬上舞台的主人公招来了不可调和的怨恨，他以荒谬的长篇慈善议论为突破口，攻击自以为不会受伤的人类。这些议论如同沙砾般堆积在他们的书中，偶尔，当理智遗弃我时，我准备评价这些书中如此滑稽却又如此乏味的喜剧。他预料到了这点。在图书馆的羊皮纸书面上镌刻善良雕像，这还远远不够。人啊！看你现在一丝不挂，像条蛆虫，面对着我的钻石剑！丢掉你那种作风吧，不再是假装骄傲的时候了：我以下跪的姿势向你抛

去我的请求。有人观察着你罪恶的生活中最琐细的行为，他用顽强的敏锐织成的微妙罗网包围着你。当他转过身子时，别相信他，因为，他在看着你……当他闭上眼睛时，别相信他，因为，他还在看着。尽管你的决心可怕，狡猾，恶毒，但很难假定你能胜过那个我想象出的儿童。他最轻微的打击都命中要害。只要谨慎，就可以让那个无知的人知道，豺狼和盗匪并不互相吞食：这也许不合习俗。所以，把你的生命放心地交到他的手中，让他照料吧，他将以自己熟悉的方式驾驭它。不要以为他那在阳光下闪烁的意图是想教训你，因为，他对你兴趣不大，或者说兴趣很小：我宽厚地检验、测量，但还没接近完整的真理。但是，他喜欢伤害你，理所当然地坚信你将变得同他一样恶毒，坚信你将在末日来临时，伴他走向地狱的宽敞深渊。他的位置早已标出，人们看到那个地方有一个铁架，上面挂着链条和枷锁。命运将把他带到那儿，葬礼的咽喉从未品尝过更美的猎物，他也从未凝视过更体面的住所。我似乎故意用一种慈父的腔调讲话，人类似乎无权抱怨。

2

我拿起创作《第二支歌》的羽笔——从一只棕色海雕的翅膀上拔下的工具！但是……我的手指怎么啦？我刚开始工作，关节就瘫痪了。然而，我需要写作……这不可能！好吧，我重复说我需要写下我的思想：我像别人一样有权服从这种自然规律……但是，不，不，羽笔仍然不动！……瞧，看，闪电越过原野在远处发光，暴风雨在天空滚动。下雨了……还在下……好大的雨！雷电发出巨响，击中半开的窗户，击中我的前额，

把我掀翻在方砖地上。可怜的小伙子！你的脸已经用早来的皱纹和天生的畸形化了浓妆，不再需要这道含硫的伤疤（我刚才假定伤口已经愈合，其实不会这么快）！为什么会有这场暴风雨，为什么我的手指会瘫痪？这是不是来自上天的警告，以便阻止我写作，阻止我一边从我的方嘴中分泌唾沫，一边更好地考虑我面对的事物？但是，这场暴风雨并没引起我的恐惧。就是一群暴风雨我也不在乎！如果我根据受伤的前额粗略地判断，这些天国的警察虔诚地履行了他们艰难的义务。我没有必要感谢万能的上帝非凡的机智，他派遣雷电，想把我的面孔从前额这个伤口最危险的地方精确地劈成两半：愿别人祝贺他！但是，暴风雨攻击的是一个更为坚强的人。那么，可怕的、长着蝮蛇面孔的永恒的上帝，你把我的灵魂放在疯狂的边缘上，放在愤怒的思想中，缓慢地杀死我，对此你还不满意。你以符合你的尊严的方式进行了深入的研究，认为必须让我的前额流出一盆血！……不过，有人对你说了什么话吗？你知道我不仅不爱你，而且还恨你：为什么你还要坚持呢？你的品行什么时候才能脱去古怪的外衣？坦率地对我说吧，如同对一个朋友：难道你竟然没料到，你在可恨的迫害中表现出了一种天真的殷勤？你的任何一个天使都不敢穿这种可笑的服装。你为什么生气？你知道，如果你让我躲过你的追捕活下去，我的感激将属于你……过来，苏丹，用舌头给我舔掉这玷污地板的血。包扎完毕：我用盐水洗净了止住血的前额，在脸上缠绕了绷带。结果并非无限：四件衬衫和两条手绢沾满血迹。最初，你们难以相信马尔多罗的动脉容纳了这么多的血，因为，他的脸上只闪耀着死尸的光泽。但毕竟就是这样。也许，这差不多是他的身

体能够容纳的全部血液，剩下的恐怕不多了。够了，够了，馋狗，让地板就这样吧，你的肚子填满了。不要继续喝了，否则，你马上就会呕吐。你正好吃饱，回窝里睡觉去，准备沉浸在幸福中吧，因为，你一本正经、心满意足地从喉咙里咽下去的血球会让你在长长的三天中忘记饥饿。莱芒，你去拿一把扫帚，我也想拿一把，但我没力气。你明白我没力气，不是吗？把你的泪水放回皮囊中，否则，我会以为你没有勇气冷静地注视这道巨大的伤痕，对于我来说，造成它的刑罚已经消失在过去的夜晚。你去泉边打两桶水，洗完地板后把这些衣物放到隔壁房间。如果洗衣女工像她应该做的那样今晚来的话，你就交给她，但是，大雨下了一个小时，现在还在下，所以我想她不会出门，那她就会明天早上来。如果她问你这些血是哪儿来的，你没必要回答她。啊！我多么衰弱！没关系，我仍有力量拿起笔杆，有勇气挖掘我的思想。造物主用夹着雷电的暴风雨来打扰我，仿佛我还是个孩子，这对他有什么好处？我依然坚持写作的决心。这些绷带让我烦恼，我房间里的空气散发着血腥味。

3

　　但愿不会有这么一天，洛昂格兰和我行走在街上，肩并肩，肘挨肘，互不相望，像两个匆忙的行人！啊！但愿人们让我永远躲开这种假设。永恒的上帝创造了世界，世界就是这个样子：如果他在一锤敲碎一个女人脑袋所需的时间里，忘记他那恒星的尊严，向我们泄露秘密，那他将显得十分明智；我们的人生在这些秘密中就像一条舱底的鱼一样感到窒息。但是，他伟大而高贵，他以观念的力量超越我们。如果他和人们谈判，全部

的羞耻就会一直飞溅到他的脸上。但是……你多卑鄙！为什么你不脸红？创建精神痛苦和肉体痛苦的军队来包围我们，这还不够；我们的命运穿着破衣，它的奥妙还没被我们了解。万能的上帝，我认识他……同样，他也应该认识我……如果我们偶尔行进在同一条路上，他锐利的目光看见我从远处过来，他会走上岔道，以便躲避白金三叉戟——大自然送给我的舌头！啊，造物主，如果你让我倾吐我的情感，那我将非常高兴。我将用一只有力而冷酷的手操纵辛辣的嘲讽，攻击你直到我生命的终点，告诉你，我心中盛着足够的嘲讽。我将捶打你空洞的躯体，但是，我用力过猛，打出了残存在其中的智慧碎片，你不愿意把这些碎片送给人类，无耻地把它们藏在肠管中，因为你对人类和你平等感到嫉妒。狡猾的强盗，似乎你不知道总有一天我会用永不闭合的眼睛发现它们，夺走它们，和我的同类分享。我说到做到，现在，他们不再怕你了，他们平起平坐地和你商谈。杀死我吧，让我的狂妄后悔吧：我敞开胸怀，谦恭地等待。那么出来吧，可笑规模的永恒惩罚！……过分吹嘘、夸耀的属性！我戏弄他，但他显然无法阻止我的血液循环。然而，我有证据表明，他毫不犹豫地让其他人窒息而死，当他们处在青春年华，刚刚领略生活的乐趣。这是纯粹的暴行，但只是根据我的偏见而论！我看见造物主点燃他无益的残酷，老人和儿童在烈火中丧生！不是我发动进攻，而是他迫使我旋转他，仿佛钢丝鞭旋转一只陀螺。不正是他向我提供了对他自己的指控吗？我的可怕激情不会枯竭！荒诞的噩梦哺育了它，失眠折磨着我。前面的话是因为洛昂格兰而写下的，所以让我们回到他那儿去吧。我担心他在以后会变得和别人一样，就决定在他度过纯真

童年时用刀杀死他。但是，我后来经过思考，明智、及时地放弃了我的决定。他没料到他的生命曾有一刻处在危险中。一切都准备好了，刀也买来了。这把刀很精巧，因为我喜欢优美和雅致，哪怕是凶器，但它又长又尖。只要在脖子上来一刀，仔细划开一条颈动脉，我想这就够了。我对我的行为感到满意，以后我再懊悔。好吧，洛昂格兰，你愿意做什么就做什么，你喜欢怎么干就怎么干，让我在黑暗的监狱里关一辈子，陪伴蝎子，或者抠出我的一颗眼珠，扔到地上，我永远不会指责你一句；我是你的，我属于你，我不再为自己而活。你给我造成的痛苦比不上你给我带来的幸福——我知道那个用双手行凶来伤害我的人具有比他的同类更神圣的本质！是的，这还是很美的：为一个人献出自己的生命，从而保存一种希望——并非所有人都以此为恶毒，因为毕竟有一个人用力地把我那苦涩同情中的怀疑和反感拉向他自身！……

4

午夜，从巴士底到马德莱娜，一辆公共马车也看不见。我错了，那儿突然出现一辆，好似从地下钻出的。几个迟归的行人凝神注视，因为，它似乎和其他任何马车都不一样。一些人坐在顶层上，目光呆滞，像是死鱼。他们相互拥挤在一起，仿佛失去了生命，然而，没有超过法定的人数。当车夫用鞭子抽打马匹时，似乎是鞭子带动他的胳膊，而不是他的胳膊带动鞭子。这些奇特、缄默的人聚集在一起，他们是干什么的？他们是月亮上的居民吗？有时我们倾向于相信这点，但是，他们更像一些死尸。马车吞噬着空间，急于抵达终点，铺路石发出响

声……它飞驰而去！……但是，一个飘忽的物体在尘土中顽强地追随着它的印迹。"我求你们停下来，停下来……我走了一天，腿全肿了……我从昨天起就没吃过东西……我的父母抛弃了我……我不知道该怎么办……我决定回家，如果你们给我一个位子，我很快就到了……我是个八岁的孩子，我信任你们……"它飞驰而去！……它飞驰而去！……但是，一个飘忽的物体在尘土中顽强地追随着它的印迹。这些人中的一个，长着冷酷的眼睛，他用肘推了一下邻座，似乎在表示他的不满。银质的呻吟声一直传进他的耳朵。另一个人以难以察觉的方式低下头，显出同意的样子，然后又陷入他静止的利己主义，犹如一只乌龟缩回甲壳。其他乘客的面容也都表现出和前两人相同的情感。喊叫声在两三分钟里仍可以听见，一秒比一秒尖锐。一些窗户朝大街打开，那儿有一张惊慌的面孔，手上拿着一盏灯，看了看马路，猛地合上百叶窗，再也没出现。它飞驰而去！……它飞驰而去！……但是，一个飘忽的物体在尘土中顽强地追随着它的印迹。只有一个沉浸在幻想中、和这些石头人坐在一起的年轻人，似乎怜悯这个不幸的孩子。他不敢提高嗓音为这个以为可以用他那双疼痛的小腿赶上马车的孩子说话，因为别人向他投来鄙夷、蛮横的目光，他知道独自反对大家毫无益处。他胳膊支在膝盖上，头埋在双手中，惊奇地寻思，"人类仁慈"是否真是这个样子。此时，他意识到这只不过是一个空洞的词语，甚至在诗歌词典中都找不到，他坦率地承认了自己的错误。他想："其实，为什么要关心一个小孩子呢？让我们把他搁一边吧。"然而，热泪滚过年轻人的脸颊，他刚才亵渎了神明。他艰难地把手放到前额上，好像是要驱散一片模糊他的智

慧的乌云。他被扔进这个世纪，白白地奔忙；他感到自己的位置不在这儿，然而他却出不去。可怕的监狱！可憎的命运！隆巴诺，我从这天起对你感到满意！当我的脸上显出和其他乘客相同的冷漠时，我在不停地观察你。年轻人愤怒地站起身，准备离开，以免和别人一起干坏事——哪怕非自愿地干坏事。我对他招了招手，他就来到我身边……它飞驰而去！……它飞驰而去！……但是，一个飘忽的物体在尘土中顽强地追随着它的印迹。喊叫声突然停止，因为，孩子的脚碰上了一块突出的铺路石，他摔倒时磕破了头。马车消失在地平线上，只剩下寂静的街道……它飞驰而去！它飞驰而去！……但是，再没有一个飘忽的物体在尘土中顽强地追随它的印迹。看，那儿过来一个拾荒人，弯腰拿着黯淡的提灯；马车上的同类把良心加起来也没有他的多。他刚才拾起了孩子。你们可以相信他会治疗孩子，不会像父母那样抛弃他。它飞驰而去！……它飞驰而去！……但是，拾荒人从他站立的地方，用他锐利的目光在尘土中顽强地追随着它的印迹！……愚蠢、痴呆的人类！你们会对你们这种行为感到后悔的。是我在对你们说话。你们要后悔的，滚吧！你们要后悔的。我的诗歌就是要用各种方法攻击人这只野兽和本不该创造出这条蛆虫的造物主。我在生命结束前，将堆起一卷卷的书，然而，人们在这些书中只会看到这唯一的思想，它永在我的意识中！

5

　　我日常散步时，每天都经过一条狭窄的街道。每天，一个十岁的苗条姑娘沿着这条街跟随我，恭敬地隔开一段距离，眨着好奇的、讨人喜欢的眼睛看着我。就年龄而言，她的身材又高又瘦。头上浓密的黑发分在两边，无拘无束的辫子垂落在大理石般的肩膀上。有一天，她照例跟随我，一个粗俗的女人用肌肉发达的胳膊抓住她的头发，如同旋风抓住树叶，在高傲、缄默的脸颊上狠狠打了两巴掌，把这个迷途的心灵带回家中。我枉然装出不在乎的样子。她从不忘记跟随我，她的出现变得不合时宜。当我跨过另一条街、继续我的路程时，她停在那条窄街的尽头，极力克制着自己，宛如沉默雕像，纹丝不动，不断地看着前方，直到我消失。有一次，这个姑娘在我前面和我齐步走。要是我加快步伐想超过她，她为了保持同样的距离就几乎会跑起来；但是，如果我放慢脚步使她和我之间有一段相当长的路程，那她也慢下来，脚步中加进了童年的稚趣。她来到街道的尽头，慢慢转过身子，挡住了我的路。我来不及避开，站到了她面前。她的眼睛又肿又红。我很容易就看出她想和我说话却不知怎么说。她突然变得像死尸般苍白，问我："您能告诉我现在几点钟吗？"我对她说我没戴表，然后飞快地离开了。从那天起，具有早熟、躁动的想象力的孩子，你在那条窄街上再没有见过那个神秘的、穿着笨重的鞋子在曲折的十字路口伤心地徘徊的小伙子。那颗燃烧的彗星的出现不再是狂热、好奇、忧愁的主题，不再照亮你那失望的观测表面。你将经常，过于经常，也许是始终不断地想起那个似乎对现世生活的善与

恶都不感兴趣的人,他无目的地离去,脸上死气沉沉,头发竖立,步履蹒跚,臂膀在太空那嘲讽的水中盲目地游动,仿佛在寻找希望的血淋淋的猎物——它被穿过空间广阔区域的命运用无情的暴风雪不断地摇动。你再也见不到我,我再也见不到你!……谁知道呢?也许这个姑娘并不是她所表现出的那种人。她也许在天真的外貌下掩藏着一个巨大的诡计,十八年的体重和罪恶的魅力。我们见到过一些卖笑女郎快乐地离开不列颠群岛,越过海峡。她们像金色的蜂群般展开翅膀,在巴黎的灯火前盘旋。当你们看到她们时,你们会说:"她们还是孩子,她们不会超过十岁或十二岁。"事实上,她们二十岁了。啊,按照这种假定,真该诅咒那条阴暗街道的拐角!发生在那儿的事情真可怕!真可怕!我现在想,她母亲打她是因为她没能巧妙地从事她的职业。可能她仅仅是个孩子,那她母亲就更有罪。我,我不愿意相信这个猜测,它只是个假设,我更愿意在这种浪漫的个性中爱恋一个过早敞开的心灵……啊!姑娘,你明白了吧,如果我再经过那条狭窄的街道,我劝你不要重新出现在我的眼前。你也许要付出巨大的代价!鲜血和仇恨已经像沸腾的潮水般涌向我的大脑。我喜爱我的同类,我够宽厚了!不,不!我从诞生之日起就下定了决心!他们,他们不爱我!在我触摸污秽的人手之前,人们将看到世界坍塌,花岗石像鸬鹚般在海面浮行。缩回去……缩回去,这只手!……姑娘,你不是一个天使,总而言之,你将变得和其他女人一样。不,不,我恳求你不要重新出现在我紧皱的斜眉前。我可能会在一个失去理智的时刻,抓住你的双臂,像洗衣拧水似的扭曲它们,让它们像两根枯树枝似的发出断裂的响声,然后使用暴力让你把它们吃下去。我

可能会以爱抚、温柔的神情用双手捧起你的头，把我贪婪的手指插入你无辜的脑叶中，嘴唇带着微笑取出一块灵验的脂肪，擦洗我这双由于永恒的失眠而疼痛的眼睛。我可能会用一根针缝住你的眼皮，使你无法看到世界的景象，无法找到你的道路；给你当向导的不会是我。我可能会用一只铁臂抬起你处女的身体，抓住你的双腿让你像投石器似的绕着我旋转，集中我的气力画出最后一个圆周，然后把你抛向城墙。每一滴血都将溅到一个人的胸脯上，以便恫吓人类，在他们面前放上证明我恶毒的例子。他们将不停地撕碎自己身上的衣服和皮肉，但是，血滴无法除去，还在同一个位置上像钻石般发光。你放心吧，我将命令半打仆人保护你尊贵的残骸，防止被贪婪的饿狗吃掉。也许，尸体像一只熟透的梨似的还贴在墙上，没落到地上。但是，如果人们不留神，这些狗就会高高地跳起来。

6

这个孩子多可爱！他坐在杜伊勒里官花园的长椅上，大胆的目光射向远方空中某个看不见的物体。他大概不超过八岁，然而，却不像常见的孩子那样贪玩。至少，他不应该这么孤单，而应该欢笑着和同学一起闲逛，但这不是他的性格。

这个孩子多可爱！他坐在杜伊勒里官花园的长椅上。一个男人心怀鬼胎，举止暧昧，过来坐在同一条长椅上，坐在他身旁。这是谁？我没必要告诉你们，因为，你们将通过他那拐弯抹角的言辞认出他。让我们听他们的交谈，别打扰他们：

"孩子，你在想什么？"

"我在想天堂。"

"你没必要想天堂，想人间就足够了。你才来到人世不久，是不是已经活腻了？"

"不，可人人都喜欢天堂胜过人间。"

"噢，我就不是。因为，既然天堂和人间都由上帝创造，你肯定会在天堂遇到和在尘世一样的苦恼。你死后，不会按功领赏，因为，如果人们在这个世界上对你不公正（你的经验以后会证明这点），那没有理由在另一个世界上就对你公正。你最应该做的，不是想着上帝，而是自己为自己主持正义，因为人们拒绝把它给你。如果你的一个同学冒犯了你，你难道不高兴杀死他？"

"可这是禁止的。"

"这并不像你以为的那样禁止，关键只在于不要被人捉住。法律提供的公正一钱不值，重要的是被冒犯者对法律的解释。如果你讨厌一个同学，想到他每时每刻都浮现在你眼前，你难道不痛苦？"

"这是真的。"

"那么，现在有个同学使你一生都不幸，因为，尽管他看到你只是被动地恨他，他却依然继续嘲弄你，给你造成痛苦却没受惩罚。因此，只有一个方法来结束这种局面：清除自己的敌人。这就是我最终要说的，以便让你明白当前的社会建立在什么基础之上。人人都应该自己报仇，否则他只是一个傻瓜。最狡猾、最强壮的人才能战胜自己的同类。你难道不想有一天统治你的同类？"

"对，对。"

"那就当最强壮、最狡猾的人吧。你还太年轻，不可能最

强壮。但是，你从今天起就可以使用诡计，它是天才人物最美的工具。牧羊人大卫用投石器射出一块飞石击中巨人歌利亚的前额，他仅仅是靠诡计才战胜了对手；相反，如果他们拦腰相抱，巨人会把他像苍蝇般压扁，这难道不令人赞叹？你也一样。公开宣战，你永远不能战胜人类，你却想把自己的意志强加给他们，但是，采用计谋，你一人就可以同所有人做斗争。你想得到财富、荣誉和美丽的宫殿吗？或者，当你对我表明这些高尚的抱负时是在骗我？"

"不，不，我没骗你。可是，我想用其他方法得到我想要的东西。"

"那你什么也得不到。纯洁、憨厚的方法毫无用处。应该在工作中采取更有力的手段、更巧妙的策略。在你靠美德出名并达到目的之前，一百个其他人将有时间从你的背上翻过去，抢先来到路程的终点，你狭隘的思想在那儿将找不到位置。必须懂得更宽广地拥抱现时的地平线。例如，你难道从没听人讲起过胜利带来的巨大荣耀？然而，胜利不会自己走来。必须洒下鲜血，大量的鲜血才能孕育胜利，才能把它放到征服者的脚下。没有你在平原上看见的那些散乱的尸骨和肢体——那儿发生过明智的屠杀，就没有战争，而没有战争就没有胜利。你看，想出名，就必须高高兴兴地跳进炮灰形成的血河。目的宽恕方式。想出名，第一件事是要有钱。然而，你却没钱，所以就必须通过谋杀来赚取。但是，你不够有力，不能使用匕首，所以就当小偷吧，一直当到你的四肢变得强壮。为了让它们更快地粗壮起来，我建议你一天做两次体操，早上一小时，晚上一小时。这样，你不必等到二十岁，十五岁就可以尝试犯罪，并会

获得某种成功。对荣誉的爱恋宽恕一切。也许，当你以后成为你那些同类的主宰时，你给他们带来的好处和你起初给他们造成的痛苦几乎一样多！……"

马尔多罗发觉，热血在他那个年轻交谈者的大脑中沸腾：他鼻孔扩张，嘴唇吐出轻微的白沫。他给孩子按脉，脉搏急促。娇嫩的身体在发烧。他对他那些话的后果感到担忧。这个无赖溜掉了，他因没能更长久地和这个孩子交谈而感到气恼。成年人控制激情尚且如此困难，何况一个摇摆于善恶之间、毫无经验的孩子！相对来说，他难道不需要更多的毅力吗？孩子卧床躺了三天。愿母亲的爱抚把平静带给这朵敏感的鲜花——美好灵魂的脆弱外壳！

7

那边，鲜花环绕的树丛中躺着阴阳人，他昏睡在草地上，浸泡在泪水中。月亮从云中露出圆轮，苍白的光线抚摸着少年柔嫩的脸庞。他的容貌显出男性的力量，同时又有天女的典雅。他身上的一切似乎都不自然，甚至连肌肉都不自然，这些肌肉穿过女性体型那和谐的轮廓开出了一条通道。他把一只胳膊弯过来，放在前额上，另一只手压住胸口，仿佛要抑制心脏的跳动，这个心脏担负着永恒秘密的重荷，无法理解任何一种隐情。他对生活感到厌倦，对行走在人群中感到羞耻——这些人和他不相像，绝望占据了他的灵魂，他像山谷中的乞丐一样孤独地游荡。他怎样谋生呢？他没料到有人在监视他，一些仁慈的心灵密切关注着他，不会抛弃他：他多么善良！他多么随和！有时他自愿地和一些性情敏感的人交谈，但保持着距离，不碰他们

的手，担心发生想象的危险。如果有人问他为什么要把孤独当作伴侣，他便向天上抬起眼睛，勉强忍住责备上帝的泪水；但是，他不回答，这个唐突的问题在他那眼睑的白雪上撒下清晨的红玫瑰。如果谈话持续下去，他就变得不安，似乎为了逃脱一个无形仇敌的追捕而把眼睛转向四面的地平线，突然挥手告别，展开苏醒的廉耻心的翅膀离去，消失在树林中。人们一般都把他当成疯子。一天，四个蒙面人奉命向他扑去，紧紧地捆住他，只剩两腿还能动弹。他们用粗糙的皮鞭抽打在他的背上，要他即刻走上通往比塞特收容所的道路。他一边挨打，一边微笑，并对他们谈起许多他研究过的、对还没跨过青春门槛的人大有教益的人文科学，谈起人类的命运，完全公开了他心灵中诗一般的高贵，他的话语充满情感，充满智慧，看守们因自己犯下的罪行而大惊失色，松开他折断的臂膀，跪倒在他的脚下，请求饶恕并获恩准，然后带着人类身上平日罕见的崇敬神情离去了。自从这次人们经常谈论的事件以后，人人都猜到了他的秘密，但为了不增加他的痛苦而装出不知道的样子。政府给了他一份体面的抚恤金，想让他忘掉人们曾经企图不预检就把他强行关入疯人院。他只花一半的钱，余下来的送给穷人。当他看见一男一女在梧桐小路上散步时，便感到自己的身体从下到上裂成两半，每个新的部分要去搂抱一个散步的人，但这只是一种幻觉，理智马上就夺回了自己的帝国。所以，他既不出现在男人中，也不出现在女人中；因为，他那过度的、产生于他只不过是个魔鬼这个念头中的廉耻，阻止他把自己火热的善意送给任何人。他认为这是亵渎自己，他认为这是亵渎别人。他的骄傲向他反复述说这句格言："人皆居于天性。"我谈到他的

骄傲，这是因为他害怕如果把自己的生活和一个男人或一个女人结合在一起，别人早晚会指责他，会认为他身体构造的形态是一个巨大的缺陷。他被这种大逆不道的、仅仅来自他自己的假设所伤害，便以自尊心为掩护坚持孤独地待在痛苦中，没有安慰。那边，鲜花环绕的树丛中躺着阴阳人，他昏睡在草地上，浸泡在泪水中。小鸟儿醒来，透过树木的枝叶出神地凝视这张忧郁的脸庞，夜莺不愿唱起它那水晶的咏叹调。不幸的阴阳人在这儿过夜，树林变得像坟墓一样庄严。啊，迷途的旅人，你的冒险精神使你在最初的童年便离开父母；干渴在沙漠中给你造成痛苦；你在被驱逐到异邦长期流浪之后，也许在寻找你的祖国，你的听差——你的忠实朋友和你一起承受了流亡，承受了你那流浪者的性情，使你穿越的恶劣气候；这些在遥远的土地上、在未勘探的大海上、在极地的浮冰中，或是在烈日威力下的旅行给人以尊严；你那好似颤抖的微风般的手不要触摸这些垂落在地上、混杂在绿草中的鬈发。离开几步吧，这样你的表现会更好。这些头发是神圣的，这是阴阳人自己的愿望。他不愿让人的嘴唇以宗教方式亲吻他那山峦的气息使之芬芳的头发，亲吻他那此时如同天宇中的星辰般闪光的前额。但是，最好相信，真有一颗星星离开轨道，穿过空间，落在这个威严的额头上，钻石的星辉好像光轮将它环绕。夜晚用手指拨开他的忧愁，披上全部的魅力来庆祝他的睡眠，这个廉耻的化身，这个纯洁天使的完美形象。昆虫的鸣叫变得难以觉察。树木垂下茂密的枝叶，为他遮挡露水，微风弹起悦耳的琴弦，穿过宇宙的沉寂，把喜悦的和声送向他低垂的眼睑；他的眼睑一动不动，以为在聆听有节奏的、空中世界的音乐会。他梦见自己幸福，

梦见他的身体改变了性质，或者，至少，梦见他在一朵紫红色的云彩上飞行，飞向另一个星球，那儿居住着和他天性相同的生物。唉！愿他的幻觉一直延续到晨曦苏醒的时候！他梦见鲜花好似发了疯的巨大花环围绕着他跳舞,甜美的芳香浸透了他,此时，他则躺在一个美貌非凡的人的怀抱中，唱着一支爱情的赞歌。但是，他手臂缠绕的只不过是黄昏的雾气，当他醒来时，他的手臂就会松开。阴阳人，不要醒来，我求你，不要醒来。为什么你不愿意相信我。睡吧……永远地睡吧。我允许你挺起胸膛，追随幸福的空想，但是，不要睁开你的眼睛。啊！不要睁开你的眼睛！我想就这样离开你，以免看见你苏醒。也许有一天我会借助一本厚厚的书，在动人的篇章中讲述你的故事，并因其中包含的事物以及其中得出的教训而感到恐惧。直到现在，我没能做这件事，因为，每次我想做，大量的泪水便滴到纸上，我的手指便颤抖，而我并不老。但是，我希望最终会有这种勇气。我的神经并不比一个女人的更坚强，每次我一想到你巨大的不幸，便像一个小姑娘般昏迷过去，对此我感到愤慨。睡吧……永远地睡吧。但是，不要睁开你的眼睛！啊！不要睁开你的眼睛。永别了阴阳人！我将每天都不忘记为你而向上天祈祷（如果是为我，我才不祈祷呢）。愿你心中充满安宁。

8

当一个具有高音歌喉的女人发出颤颤悠悠、富有旋律的音符时，我听到这种人体的和谐，眼中便充满潜伏的火苗，射出痛苦的光芒，耳中似乎回荡起炮鸣般的警钟。这种深深地厌恶和人相关的一切的情感是从哪儿来的？如果和声从乐器的纤维

中飞出，我会怀着快感倾听那些珍珠般的、有节奏地穿过大气的柔波而消逝的音符。感知仅仅传给我的听觉一个淡薄的印象，它使神经和思想溶解了。一种难以形容的昏沉用神奇的罂粟裹住了我有效的辨别力和活跃的想象力，好似一块纱巾过滤光线。据说，我诞生在耳聋的怀抱！在童年的最初时期，我听不见人们对我说的话。当人们费尽气力终于教会我说话时，我只是在看了别人写在纸上的字，才能表达自己的思路。有一天，不吉祥的一天，我长得又漂亮又纯洁，人人都赞美圣童的智慧和善良。许多人看见这个清秀的、安放着灵魂宝座的容貌，良心便会羞红。人们怀着崇敬靠近他，因为他们在他眼中觉察到天使的目光。啊，不，我深知童年的幸福玫瑰不会永久地开花，它们被编织成变幻无常的花冠戴在他那谦和、高贵、所有母亲都狂吻的额头上。我开始感到，宇宙以及它那布满毫无表情、惹人恼火的星辰的穹苍，也许不像我以前梦想的那样伟大。好吧，有一天，我对脚踏尘世旅行的崎岖小路、像醉鬼般踉踉跄跄地穿越人生的阴暗墓穴感到厌倦，便缓慢地向天穹的凹面抬起我忧郁的、带有巨大蓝圈的双眼，我如此年轻却敢于探究天国的奥秘！我没有发现我寻找的东西，于是就更高、更高地抬起我惶恐的眼皮，终于看到一个由人粪和黄金制造的御座，那个自封的造物主端坐在上面，心怀愚蠢的骄傲，身披用医院中未洗的床单做成的裹尸布。他手上拿着一个死人的腐烂躯体，依次将它从眼前送到鼻下，又从鼻下送到嘴中，一到嘴中，人们可以猜出他要做什么。他的双脚浸泡在一个宽阔、沸腾的血池中，血池表面突然浮起两三颗谨慎的人头，又立即以飞箭的速度沉下去，好似绦虫穿过便壶中的物体：众所周知，照鼻梁猛踢一脚，

便是对违抗规章制度的奖赏，这种违抗是因为需要在另一个环境呼吸。说到底，这些人并不是鱼！他们最多只不过是在这种污秽的液体中潜游的两栖动物……当造物主两手空空时，便用前两个脚爪像钳子般夹起一个潜水员的脖子，把他举到空中，让他离开淡红的淤泥——鲜美的调味汁！他把这家伙像别人一样干掉。他首先吃头，然后是大腿和胳膊，最后是躯干，直到一无所剩；因为，他连骨头都要嚼烂。他在他那永恒的其他时间里就这样继续下去。有时，他喊道："我创造了你们，因此我有权随意处置你们。你们没有冒犯我，我不否认这一点。我让你们痛苦，这是因为我高兴。"然后，他又重新吃他那顿残忍的饭，掀动着下颌，下颌又带动了满是脑浆的胡须。啊，读者，最后这个细节没让你的嘴巴流口水吗？谁想要这种一刻钟前在"鱼湖"中钓到的如此可口、如此新鲜的脑浆，谁就不要吃饭。我四肢瘫痪，嗓门无声，观看了一会儿这出表演。有三次，我像一个受到过分强烈震动的人似的几乎仰面翻倒；有三次，我终于站稳了脚跟。我身上的纤维没有一根不动，我像火山内部的岩浆一样颤抖。最后，我无法快速呼出带来生命的空气，胸口沉闷，嘴唇半开，终于发出一声呐喊……一声如此凄厉的呐喊……以致我听到了它！我耳中的镣铐突然解除，鼓膜在这团用力排出身外的发声气体的冲击下产生巨响，被自然判刑的器官中出现了新现象。我刚才听见声音了！第五感官在我身上复活了！但是，我从这一发现中能得到什么乐趣呢？从此，人声传到我耳中，只带来痛苦的情感——对不公正感到可悲。当有人对我说话时，我就想起曾有一天在可见星球之外看到的一切，我压抑的情感转变成猛烈的吼叫，音色和我的同类一模

一样！我不能回答他，因为，在那个可恶的红海中对人类的软弱施加的酷刑犹如被剥了皮的大象咆哮着从我的额前经过，用火的翅膀剃去了我烧焦的头发。以后，当我更加了解人类时，这种可悲的情感中又加上了对这只母老虎的强烈气愤，它那些凶恶的子女只会咒骂和作恶。大胆的谎言！他们声称他们身上的恶只是例外的情况！……现在，这早就结束了，我早就不和任何人说话了。啊，无论你们是谁，当你们在我身边时，你们的声带不要让任何语调逃出，你们那不动的喉咙不要竭力超过夜莺，而你们自己则千万不要试图借助语言来让我了解你们的心灵。保持肃静吧，什么也不要打破它；谦恭地把你们的双手合在胸口上，向下闭住你们的眼皮。我对你们说过，自从视觉让我认识了至高无上的真理，噩梦日日夜夜都来贪婪地吮吸我的咽喉，我在那个地狱般的时刻里感受到的痛苦不断地用回忆来追逐我，我甚至在思想中也没有勇气让它重现。啊！当你们听见雪崩从冰冷的山巅落下、听见母狮在干旱的沙漠中因失去幼崽而呻吟、听见风暴履行它的天职、听见狱中的囚犯在上断头台的前夜吼叫、听见凶残的章鱼向大海的波浪讲述它对游泳者和溺水者的胜利时，说说看，难道这些庄严的声音不比人类的傻笑更美吗？

9

有一只昆虫，人们花钱喂养它。他们丝毫不亏欠它，但是，他们却怕它。这家伙不爱饮酒，却好喝血，如果人们不满足它的正当需要，它就可以通过一种玄秘力量，变得和大象一样粗壮，把人们像麦穗般压碎。以后，应该看看人们怎样尊重它，

怎样以狗的崇敬关心它，怎样把它放在天地间一切动物之上来赏识它。人们把头给它当宝座，而它则庄重地把爪子挂在发根上。以后，当它长肥、上了年纪时，人们便模仿一个古老民族的习俗杀死它，不让它感到晚年的苦痛。人们为它举行宏伟的葬礼，像是为了一个英雄，显要的公民把棺材扛在肩上，径直走向坟墓的顶盖。在湿润的、被掘墓人用他那把具有远见的铁锹翻动的土地上，人们组合起多彩的词句，谈到灵魂的不朽，谈到生命的虚无，谈到上帝那无法解释的意志，大理石永远地掩埋了这个终日勤劳的生命，它成为一具尸体。人群散去，夜晚立即用它的阴影覆盖了墓地的围墙。

但是，人类，你们不要因痛苦地失去了它而悲伤。看，它慷慨地满足了你们：它的无数子女在向前进，这些蛮横、可爱的小家伙的出现，似乎缓和了你们的绝望，减轻了你们的痛苦，它们将来会成为出色的、用非凡的美丽打扮的虱子——具有圣贤风度的妖魔。它曾在你们的头发上用慈母的翅膀孵化过好几打心爱的虫卵，这些外来居民将拼命地吸干你们的头发。这个时刻迅速来临，虫卵裂开了。你们什么也不要担心，这些哲学少年会穿过短暂的一生立即长大。它们将长得非常大，将让你们感觉到它们的爪子和吸盘。

你们这些人不知道为什么它们不吞噬你们的头骨，而仅限于用它们的吸泵汲取你们那血液中的精华。等一下，我来告诉你们，这是因为它没有这种气力。你们可以确信，如果它们的下颚尺寸和它们的无限心愿相符合，你们的脑浆、视膜、脊柱、全身都会被吃掉，犹如一滴水。你们到街上的年轻乞丐头上用显微镜观察一只正在工作的虱子吧，你们会赞不绝口的。

可惜这些留着长发的强盗个子太小。它们不适合应征入伍，因为，它们没有法律要求的必不可少的身材。它们属于短腿小人国，而盲人却毫不犹豫地把它们归入微生物。那头和虱子交战的抹香鲸，该它倒霉，它尽管身材高大，眨眼间就会被吃掉。它将剩不下尾巴，无法去发布新闻。大象让人抚摸，虱子却不让。我不建议你们进行这种危险的试验。如果你们手上长毛，或者仅仅由骨肉构成，那就当心一点。你们的手指完蛋了。它们噼啪作响，如同遭受酷刑。皮肤被奇异的魔法剥去。虱子没有能力犯下同它们的想象力所酝酿的一样多的罪行。如果你们在路上发现一只虱子，那就继续赶路吧，别用舌头去舔它的乳头。这可能会给你们造成事故。这类事曾发生过。啊，人类，这不要紧，我对它给你们造成的痛苦的数量已经满意，不过，我希望它给你们造成更多的痛苦。

　　你们对这个神明的崇拜已经腐烂，你们将把这种崇拜保持到什么时候？你们向它祈祷,并且为了赎罪而献上丰盛的祭品，它却对此无动于衷。看吧，这个丑陋的大亨，你们用花环虔诚地装饰了祭坛，洒下大盆大盆的鲜血和脑浆，它却对此毫不感激。它毫不感激……因为，自从事物的开端，地震和风暴就一直在继续肆虐猖獗。然而，这是值得观看的场景，它越是显得冷漠，你们就越是佩服它。显然，你们在提防它那些掩藏起来的能力，你们的推理建立在下述思考之上：只有最强大的神明才会如此轻蔑地对待那些信仰它那种宗教的信徒。因此，每个国家存在着不同的神明，这儿是鳄鱼，那儿是妓女。但是，一涉及虱子这神圣的名字，世界各国人民都吻着他们那奴隶的锁链，一起跪倒在庄严的教堂广场上，跪倒在安放着这个丑陋、

嗜血的偶像的台座前。那个不顺从自己的爬行本能、装出反叛的样子的民族迟早会像秋叶般从地球上消失，被无情神明的复仇所歼灭。

啊，虱子，收缩的瞳孔，只要江河还将流水倒入大海的深渊，只要星辰还在轨道上运行，只要沉寂的真空还无边无际，只要人类还用殊死的战争撕开自己的胸膛，只要神圣的正义还向这个自私的星球投下复仇的闪电，只要人类还不承认，还蔑视、嘲弄自己的创造者——这并非无理，你对宇宙的统治就有保障，你那王朝的链环就会从一个世纪延伸到另一个世纪。我向你致敬，初升的太阳，天上的救星，你是人类的隐形仇敌。你要不断地让肮脏这个女人在淫秽的拥抱中和人类结合在一起，让她发誓——誓言不要写在粉末中，她将永远是人类的忠实情妇。你要不时地亲吻这个高贵荡妇的长裙，纪念她必然向你提供的重要援助。如果她没用猥亵的乳房引诱人类，你很可能就不存在了，你是这种合理、持久的交配的产物。啊，肮脏之子！告诉你母亲，如果她放弃人类的床铺，孑然一身、无依无靠地走上孤独的道路，那她将看到这会影响她的生活。愿她那些在芳香的内壁中怀了你九个月的子宫，一想到它们那嫩弱的婴儿因此而要碰到的危险便翻腾一阵子；这个婴儿曾经如此可爱、安静，但现在已经变得冷酷、凶恶。肮脏，帝国的皇后，你那贪婪的后代肌肉正在逐渐地增长，让这种景象保留在我这仇恨的眼睛中吧。你知道，你只要更紧地靠在人类的肋骨上就可以达到这个目的。这你可以做到，这不伤害风化，因为，你们早就结婚了。

至于我，如果允许我给这支赞歌加几句话，我要说我让人

修筑了一个矿坑，面积四十平方法里，并有相当的深度。那儿掩藏着有生命的虱矿，纯洁而邪恶。矿藏填满坑底，宽阔、稠密的矿脉向各个方向蜿蜒伸展。我以下述方式建立了这座人工矿藏。我从人类的头发上揪出一只母虱。人们看见我和它连睡了三个晚上，然后我把它扔进矿坑。人体授精在其他相同场合不会有任何结果，但这次却必然成功。几天以后，成千上万的怪物诞生在阳光下，麇集在质地坚密的纽结中。经过一段时间，这个丑陋的纽结变得越来越大，并获得水银的液体性质，分成几条支流。每当我没有扔给它们一个刚刚出世的、母亲希望他死的私生子或者一条我在夜晚从某个被氯仿麻醉的姑娘身上砍下的胳膊作为食物时，它们便互相吞食来汲取养料，现在便是如此（出生率高于死亡率）。每隔十五年，人类身上的虱子便显著地放慢了繁殖速度，它们自己预见到了彻底灭亡之日的必然来临。因为，人类比他们的仇敌更聪明，终将战胜仇敌。此时，我就用一把恶毒的、使我增加力量的铁锹，从这个取之不尽的矿藏中铲出像山峰般巨大的虱块，用斧子砍碎，在深夜里运送到城镇的交通要道上。它们在那儿接触到人的体温，溶解开来，变成在曲折的地下矿道中的最初形态，在沙砾中挖出一条河床，化成小溪，流入住家，犹如害人的精灵。看家狗低沉地吠叫，因为它感到大群陌生的生物穿过墙上的孔隙，把恐怖带到睡眠的床头。也许，你们在一生中至少听见过一次这种痛苦的长嚎。它那无能为力的眼睛企图看透夜晚的黑暗，因为，它那狗的大脑弄不明白这件事。这种嘈杂声激怒了它，它感到自己被出卖了。千百万敌人就这样像蝗虫组成的乌云般袭击每一座城市。这要持续十五年。它们将向人类开战，给他们造成

灼痛的伤口。过了这段时间，我将派遣另外的虱子。当我捣碎这些有生命的材料块时，一个碎片有可能比另一个更稠密。这些原子做出疯狂的努力来分裂它们的结块，以便去折磨人类；但是，凝聚力却牢不可破。它们最后的痉挛产生出巨大的力量，石块因无法摆脱它的生命法则而像被火药推动似的自己跳到高空，然后再落下来，深深地陷入地下。有时，喜欢幻想的农夫发现一块陨石垂直地劈开天空，落到一片玉米地上。他不知道石块是从哪儿来的。你们现在有了关于这一现象的简短、清晰的说明。

如果虱子覆盖地球如同沙砾覆盖海滨，那人类将为可怕的痛苦所折磨，将会被歼灭。这是什么样的景象！我将展开天使的翅膀，停在空中观望。

/0

啊，严谨的数学，自从你们那比蜜还甜的深奥课程像凉爽的波浪滋润我的心田之后，我没有忘记你们。我在摇篮中就本能地渴望畅饮你们那比太阳还古老的泉水，我现在仍然行走在你们那庄严庙宇的神圣广场上，我是你们最忠实的信徒。我的精神曾有些模糊，曾被一种我说不上来的、好似浓烟的东西笼罩，但是，我懂得一步步地攀登阶梯，走向你们的祭坛，你们驱散了迷雾，仿佛风儿赶走海燕。你们建立了极端的冷漠、完美的谨慎和无情的逻辑。我依靠你们滋补的乳汁，智力迅速发展，达到无边无际的程度，处在迷人的清晰中，这是你们慷慨地赠给那些真诚喜爱你们的人的礼物。算术、代数、几何，宏伟的三位一体！光明的三角！不认识你们的人是疯子，应处以

最重的刑罚，因为，他的无知无虑是出于盲目的轻蔑。但是，认识你们、欣赏你们的人则不再想要地球上的任何财富，满足于你们那神奇的乐趣，只想乘着你们那忧郁的翅膀轻快地起飞，画出上升的螺线，飞向球形的天宇。对他来说，大地只是精神的假象和幻影。但是，你们，啊，简洁的数学，你们那顽强的命题严密连贯，你们那钢铁的法则永恒不变，你们让这种至高无上的、人们在宇宙秩序中发现了印迹的真理放射出耀眼的强烈光芒。不过，毕达哥拉斯的朋友，那个环绕着你们的、由正方形的完美规律性所特别体现的秩序却更为强大；因为，万能的上帝和他的特性完全暴露在这个值得纪念的工作中，它使你们那些定理的宝藏和华丽的光辉离开了混沌的肺腑。从古代到现代，不止一个人类天才的伟大想象力因注视你们那描绘在灼热纸张上的象征面孔而感到恐惧，庸俗的外行不明白，这些神秘符号都具有潜在的生命和气息，是永恒的公理和象形文字的明显启示，在宇宙之前就已存在，在宇宙之后仍将保留。这个想象力向一个必然的问号形成的悬崖弯下身子，奇怪数学怎么能包容这么多令人生畏的伟大和这么多无可置疑的真理，而如果将它们和人类相比，后者身上只能找到虚伪的骄傲和谎言。此时，这个具有高等精神的人听从了你们那些高贵、亲切的建议，更加感到人类无比渺小和疯狂，他悲伤地把白发苍苍的头伏在干瘪的手上，陷入超自然的沉思。他向你们弯下双膝，怀着崇敬向你们神圣的面孔致意，仿佛面对的是万能的上帝的形象。我童年时，你们出现在我的面前，那是一个月光下、绿草地上、清澈溪水旁的五月之夜。你们三人同样典雅，同样纯洁，你们三人都像皇后般满身的肃穆。你们向我迈近几步，长裙像

雾气般飘荡，你们把我当成圣子，引向你们高傲的乳房。于是，我赶紧跑过去，抽搐的双手放在你们雪白的胸脯上。我感谢你们用丰富的甘露哺育了我，我感到人性在我身上生长，变得更为美好。从此时起，啊，敌对的女神，我没抛弃过你们。从此时起，多少生气勃勃的计划，多少我以为像镌刻在大理石上似的铭刻在我心页上的同情，都渐渐地从我觉醒的理智中擦去了它们的轮廓线，如同新生的黎明抹去夜晚的黑暗！从此时起，我见过死亡，就是肉眼也能看出它企图向坟墓移民，企图毁坏人血灌溉的战场，在阴郁的尸骨上种植清晨的花卉。从此时起，我目睹了我们这个星球的各次革命；我不动声色地观看过地震，观看过喷射炽热岩浆的火山，观看过沙漠的热风以及暴雨中的沉船。从此时起，我看见过好几代人在早上向天空抬起他们的翅膀和眼睛，充满快乐好似没有经验的、欢呼最后一次变态的蚕蛹，却在晚上太阳落山前死去，脑袋低垂仿佛在哀怨的风声中摇摆的枯花。但是，你们，你们总是老样子，毫无变化，没有一丝臭气掠过你们那同一性的陡峭岩石和宽广山谷。你们那些朴素的金字塔的延续时间将长于埃及金字塔——愚蠢和奴隶修建的蚁窝。站立在时光废墟上的世界末日仍能在万能的上帝那复仇的右手边上看到你们那些难解的数字、简洁的方程以及具有雕塑美的线条，而星辰则像龙卷风般绝望地隐入一个可怕、永恒的宇宙之夜，而怪模怪样的人类则思考着怎样在最后的审判中算账。谢谢你们帮了我无数次忙。谢谢你们用奇特的品质丰富了我的智慧。没有你们，我在和人类的斗争中也许已经失败。没有你们，他们可能会让我在沙土上打滚，亲吻他们脚上的灰尘。没有你们，他们可能会用阴险的爪子在我的

皮肉上开沟耕耘。但是,我像富有经验的竞技者一样严阵以待。你们给了我冷漠,它来自你们那崇高而没有热情的观念。我用它来轻蔑地拒绝我这短暂旅行中瞬间的享乐,把我同类那些令人喜悦的虚伪馈赠扔到门外。你们给了我顽强的谨慎,它在你们那令人赞叹的分析、综合、演绎方法的每一步骤中都可辨认出来。我用它来转移我那些死敌的害人诡计,由我来敏捷地攻击他们,把锋利的匕首插进人类的内脏,它将永远深陷在他们身上,因为,这是一个让他们不能重新站起来的伤口。你们给了我逻辑,它似乎是你们那些充满智慧的教诲的灵魂,它的三段论使复杂的迷宫变得容易理解,我的智力感到勇气倍增。我在这个可怕的助手帮助下,游向浅滩,停在仇恨的暗礁前,发现了人类身上那漆黑、丑陋的恶意,它正蹲在毒气中欣赏着自己的肚脐。我第一个在他们那内脏的黑暗中发现了这个不祥的缺陷——恶!恶在他们身上多于善。我使用你们给我的这件毒器,把造物主从人类的怯懦修建的台座上打落!他咬牙切齿地忍受了这种耻辱,因为,他的对手是一个比他更强的人。但是,我为了降低飞行高度,将他像一团线头般扔在一边……思想家笛卡尔曾有一次这样思考:你们身上没有建起任何坚固的东西。这真是一个让人明白下述事实的巧妙方法:前人不可能当即发现你们不可估量的价值。事实上,什么能比前面提到的那三种主要性质更坚固呢?它们缠绕在一起,形成单一的花冠,升上你们那巨大建筑的庄严顶端。你们那些钻石矿藏中的日常发现和你们那些辉煌领域中的科学探索使这座纪念碑不断增高。啊,神圣的数学,但愿你们和我永久地交往,安慰我剩余的日子,使我不再为人类的恶毒和宇宙大帝的不公正而痛苦!

//

"啊，银嘴油灯，你在空中陪伴着大教堂的拱顶，我的眼睛发现了你，探寻着你悬挂在那儿的原因。有人说，你的光亮在夜晚照耀那群来崇拜万能的上帝的家伙，给忏悔者指明通往祭坛的道路。听吧，这很可能。但是……你丝毫不欠他们，你需要帮他们这种忙吗？让教堂的立柱沉浸在黑暗中吧。当一阵风暴把魔鬼卷入空中旋转、又把他刮进圣地散布恐惧时，你不要英勇地和魔王的腥风做斗争，而要在他那狂热的气息下突然熄灭，以便他能够偷偷摸摸地在下跪的信徒中选择他的牺牲品。如果你这样做，你就可以说我的幸福全部归功于你。当你像现在这样发亮、像现在这样放射出模糊然而充足的光芒时，我不敢投身于我的性格向我提示的行动中，只好待在神圣的廊柱下，透过半开的大门看着那些人在天主的怀抱里躲过我的复仇。啊，富有诗意的油灯！如果你理解我，你将是我的朋友。夜间，当我的双脚在教堂的玄武岩上行走时，为什么你那种闪耀的方式让我感到奇怪？我得承认这一点。你的光线带有电光的白色调，眼睛无法注视你。你燃起强烈的火苗，照亮了造物主的狗窝中最微小的细部，仿佛你被一种神圣的愤怒所折磨。当我亵渎完神明离去时，你确信完成了一个正义的举动，重新变得谦虚，黯淡，不为人注意。告诉我一点吧，是不是因为你了解我心灵的曲折，所以当我偶然出现在你守夜的地方时，你才急忙指明我带来的危险，把崇拜者的注意力引向人类的仇敌刚刚露面的那一侧？我倾向于这个意见，因为，我也开始了解你了。我知道你是谁，老巫婆，你这么认真地守护着神圣的教堂，你那个

好奇的主子在这儿像一只公鸡的肉冠般神气活现地走动。警觉的看守，你给自己找了个发疯的差事。我告诉你，你下次再增强磷光把我指给我那些谨慎的同类，那我就要抓住你胸口的皮肤，用爪子钩住你那长癣的脖子上的焦痂，把你扔进塞纳河，因为我不喜欢这种任何物理书中都没提及的光学现象。在那儿，我允许你闪耀，只要让我愉快就行；在那儿，你将以无法抑制的微笑来嘲弄我；在那儿，你将看到你的油丧失犯罪能力，你会辛酸地把它排泄出来。"马尔多罗这样说完，仍未走出教堂，眼睛还盯着圣地的油灯……他以为在这盏灯的举止中看到了一种挑衅，它那不合时宜的介入极度地激怒了他。他想，如果某个灵魂被禁锢在这盏灯中，那它未免太怯懦，不敢直率地反击一次正大光明的进攻。他徒劳地挥动着健壮的胳膊，希望灯能变成人；他下决心要让这个人度上一段艰难的时光。但是，灯变成人，这不合情理。他仍不甘心，就到破塔前的广场上找了一块薄边扁石。他把石块用力扔到空中……链条被从中切断，如同青草被镰刀割下，礼拜的工具掉到地上，灯油溅满石板……他抓起油灯，想把它拿到外面，但它却反抗，变大。他似乎看见它的两侧长出翅膀，顶部显出一个天使的上身形态。整个油灯企图飞向空中，但被他的手紧紧抓住。一盏油灯和一个天使形成同一个身体，这可不常见。他认出油灯的形态，他认出天使的形态，但是，他不能在头脑中将它们分开。因为，事实上，两个形态相互渗透，组成一个独立、自由的身体。然而，他以为是云雾遮住了他的眼睛，使他丧失了敏锐的视力。不过，他勇敢地准备斗争，因为他的对手并没害怕。那些天真的人向愿意相信他们的人讲述，神圣的大门转动着悲伤的合页自动关闭，

以使任何人都不能观看这场亵渎宗教的斗争，它的高潮即将在这个遭到侵犯的圣殿大厅中展开。那个身披斗篷的人，当他被一把无形的利剑刺伤时，努力将自己的嘴靠近天使的脸；他只想着这件事，他的全部努力都朝向这个目标。天使筋疲力尽，似乎预见到自己的命运。他有气无力地抗争，人们看出如果他的对手愿意的话，可以轻而易举地抱住他。好，这个时刻来到了。他用肌肉扼住天使的喉咙，使他不能呼吸，又使他的脸向后仰，靠在自己丑恶的胸口上。有一会儿，他触到了等待着这个天国生物的命运，他本该情愿让他当自己的朋友，但是，他一想到这是天主的使者，便无法压住怒火。一切都完了，某种可怕的东西将要回到时间的笼子里！他弯下身子，把浸透口水的舌头伸向天使的脸颊，天使射出哀求的目光。他用舌头在这个脸颊上舔了一会儿。啊！……看哪！……快看哪！……这个白里透红的脸颊变成了黑色，好似一块煤炭！它发出腐烂的臭气。这是一个坏疽，不能再怀疑了。腐肉侵蚀到整个脸上，又从那儿把它的狂怒传向下方，很快，整个身体都成了一个巨大、肮脏的伤口。他自己也感到惊恐（因为，他没有想到自己的舌头具有如此剧烈的毒性），于是捡起油灯，溜出教堂。他刚到外面，就发现空中有一个黑色的物体，长着烧焦的翅膀，艰难地飞向天国。当天使向善的宁静高空上升、马尔多罗则向相反向恶的昏眩深渊下降时，他们两人相互注视。这是什么样的目光！它轻易地包容了人类六十个世纪以来思考的一切，包容了人类在以后的世纪里还将思考的一切，他们在这个最后的诀别中说出了多少事情！但是，人们明白，这些思想比人类智慧中涌现的思想更为崇高，首先是因为这两个人物，其次是因为这个环境。

这种目光使他们结下永恒的友谊。他对造物主的使者能有如此高贵的灵魂感到十分惊异，有一会儿，他相信自己错了，思考着他是否应该像原先所做的那样沿着恶的道路走下去。慌乱过去了，他坚持自己的决心。他早晚要战胜宇宙大帝，取代他来统治整个宇宙，统治成群美丽的天使，他以此为荣。这个天使没有说话，他要一边飞向天空，一边回到原始形态。天使流下眼泪，使那个带给他坏疽的人感到前额发凉。天使飞入云中，像一只秃鹫般渐渐地消失。这个罪犯看着油灯：上述一切的起因。他像疯子般穿过街道，跑向塞纳河，把油灯从栏杆上丢下去。它旋转了一会儿，最后沉入浑水中。从这天起，每当夜晚降临，人们就看见一盏闪亮的油灯优雅地浮现在河面上，像拿破仑桥一样高，灯柄处长着两只小巧的天使翅膀。它在水面上缓缓地前进，穿过加勒桥和奥斯特利茨桥后又继续在塞纳河上静静地航行到阿尔玛桥。它一到此处，就轻灵地溯流而上，四个小时后回到出发点。如此往返，整整一夜。"它的光芒，白得像电光"，胜过沿两岸排列的汽灯。它在这些汽灯中前进，宛如一位孤独的、不可捉摸的皇后，"带着无法抑制的微笑，灯油没有辛酸地溅出来"。起初，船只都追逐它，但是，它像一个风骚的女人般潜入水中，挫败了这些徒劳的努力，躲过所有追捕后又在相隔一大段距离的远处重新出现。现在，那些迷信的水手一看到它便停下歌声，把船划向相反的方向。当你们在夜晚经过一座桥时，可要格外小心，你们肯定会在这儿或那儿看见这盏灯闪耀；不过，据说它并不对所有人都露面。当一个受到良心谴责的人从桥上经过时，它就会突然熄灭灯光，这个行人感到恐惧，枉然地用绝望的目光搜索河面和河泥。他知道这件事意味

着什么。他相信他看到了天国的闪光，但他却对自己说，光线来自船头或来自汽灯的反射；他对了……他知道，正是由于他的缘故灯光才消失。他陷入忧伤的思考，加快步伐回到家中。此时，银嘴油灯重新出现在水面上，继续穿过优美、多变的曲线向前进。

/2

当我醒来时，长着红色阴茎的人类啊，倾听我童年的思想吧："我刚才醒来了，但是，我的思想仍然麻木。每天早上，我感到头脑沉重。我很少能在夜晚得到休息，因为，当我终于入睡时，可怕的噩梦便来折磨我。白天，当我的眼光在空间无目的地游荡时，我的思想因胡思乱想而疲乏；黑夜，我无法入睡。那我应该什么时候睡觉？然而，天性需要讨还自己的权利。因为我鄙视天性，所以它使我面容苍白，眼睛闪着狂热、强烈的火焰。其实，绞尽脑汁，不断思索，这正是我最不愿意做的事情。但是，即使我不愿意，我沮丧的情感仍不可抵挡地把我拖向这个斜坡。我发觉其他的孩子也和我一样，只是他们更为苍白并且皱着眉头，和成年人，即我们的兄长一样。啊，宇宙的创造者，今天早上我不会忘记给你献上孩子那祈祷的香烛。有时我忘记做这件事，我发现我在那几天里比平时更快乐，我的胸膛摆脱了一切束缚，充分开放，自由自在地呼吸田野的清香空气。而当我每天受父母之命，履行艰苦的义务，在不可分离的烦恼伴奏下向你唱一首费力杜撰的赞美歌时，我在一天的剩余时间里，又伤心，又生气，因为我觉得自己口是心非，这既不合逻辑也不合情理，于是，我躲入深深的孤独。当我要求这些孤独解释

我这种奇怪的心态时，它们却不回答我。我愿意喜欢你，崇拜你，但是，你过于强大，我的赞歌中存有恐惧。如果你只要显示一下思想就能摧毁或创造世界，那我这些微弱的祈祷对你将毫无用处；如果你高兴时就派遣霍乱蹂躏城镇，派遣死亡用爪子毫无区别地抓走人生的四个阶段，那我不想和一个如此可怕的朋友结下友谊。不是仇恨在引导着我的思路，而正相反，我害怕你本人的仇恨，一道任性的命令就可以让它从你心中出来，并变得十分巨大，宛如安第斯山脉兀鹰的翼展。你那些暧昧的消遣超出了我能接受的范围，很可能我就是其中第一个牺牲品。你是万能的上帝，我不否认这个称号，因为，只有你一人才有权承受这一称号，你那些带来悲惨后果或造成幸福结局的欲望只以你自己为界限。因此，我对行走在你那残酷的蓝宝石色长袍边上感到痛苦，我不是你的奴隶，但随时会成为你的奴隶。当你亲自下来察看你那君主的品行时，如果一个幽灵在你面前一动不动地竖起复仇的脊椎骨，你惊慌的眼睛便流下为时已晚的悔恨和恐惧带来的泪水，你过去曾不公正地对待不幸的人类，尽管他们像你最忠实的朋友似的一向顺从你。此时，你头发竖立，自以为诚恳地下定决心，要永远地把你那老虎的想象力难以想象出的、即使不是可悲也是可笑的游戏悬挂到虚无的荆棘上，这是真的。但是，我同样知道，坚贞并没在你的骨头中像顽强的骨髓一样固定它那永恒住所的铁钩，你和你的思想覆盖着谬误的黑色麻风，相当经常地重新落入阴沉诅咒的丧葬之湖。我愿意相信这些诅咒是无意识的（尽管它们照样含有致命的毒液），相信恶与善合成一体，化为你那腐烂的君王胸膛的激烈跳动，仿佛悬崖的激流被一股盲目力量的神秘魔法所推动，但

是，我毫无证据。我过于经常地看到，由于人类犯下一些用显微镜才能发现的区区小错，你那肮脏的牙齿便狂怒地发响，你那覆盖着时间青苔的庄严面孔便像炽热的煤炭一样火红，所以我不能更长久地停留在刚才那个憨厚假设的路标前。每天，我合上双手，提高声调，卑贱地向你祈祷，因为必须这样做。然而，我恳求你的神意不要想起我，把我当作一只在地下蠕动的小虫放在一边吧。你要知道，我宁愿贪婪地进食热带浪涛在它们冒泡的乳房中带到沿岸区域无名荒岛的海生植物，也不愿意知道你在观察我，不愿意知道你在把冷笑的解剖刀伸进我的意识。我的意识刚刚向你暴露了我的全部思想，我希望你虽然谨慎，却能轻易地赞同保留在这些思想中的不可抹去痕迹的良知。淡蓝色的黎明升起来了，在晨曦的绸缎皱褶中寻找着光线，如同我在恋善之心的激励下寻找着善良，从此时起，除了对那些我应该和你维持的、多少有点亲密的关系类型有所保留之外，我的嘴在一天中的任何时刻都准备散发犹如人工呼吸般的大量谎言，你的虚荣严格地要求每一个人做这件事。我活过的岁月并不多，但是，我已经感到善良只不过是响亮音节的组合，我在任何地方都没能找到。你过分显露你的性格，应该更巧妙地遮掩它。当然，也许是我错了，也许你是有意这样做，因为，你比别人更清楚应该怎样为人处世，人类以模仿你为荣耀，所以神圣的善良在他们凶猛的眼中辨认不出自己的圣龛；有其父必有其子。不论人们对你的智力有什么看法，我只作为公正的批评家来谈论它。我求之不得的事情就是我犯错误。我不愿意对你显示我的仇恨，我用爱情关怀它，好似关怀一个心爱的姑娘。我最好还是把它从你眼前挪开，只在你面前露出一个负责检查

你那些丑行的严肃检查官的面目。因此，你将和仇恨断绝一切现行的交往，把它忘记，并完全摧毁这个咬噬你肝脏的贪婪臭虫。我更喜欢让你听到一些温柔的梦呓……是的，是你创造了世界以及它所包容的一切。你尽善尽美。你不缺少任何一种美德。人人都知道你非常强大。愿全宇宙每时每刻都对你高唱永恒的赞美歌！鸟群为感谢你而在乡村飞舞。星辰属于你……但愿如此！"在这样开始之后，你们就因发现我的本来面目而惊奇吧！

13

我寻找一个和我相似的灵魂，却没能找到。我搜索大地的每个角落，我的恒心无济于事。然而，我不能总是孤独。应该有人赞同我的性格，应该有人具备和我一样的思想。那是一天早上，太阳升起在地平线上，显出它全部的壮丽。一个小伙子也升起在我眼中，花儿由于他的出现而开放在他经过的路上。他走近我，向我伸出手："你在找我，我到你这儿来了，让我们祝福这个快乐的日子吧！"但是，我说："走开，我没有叫你，我不需要你的友谊……"那是一天晚上，黑夜开始向大自然展开它忧郁的帷幕。一个我勉强可以辨认的美女也向我展开她迷人的影响，她同情地看着我，然而却不敢对我讲话。我说："靠近我，让我好好看看你的脸相，因为，星光不够明亮，我在这么远的距离看不清你。"于是，她步态端庄，眼睛低垂，踏着草坪的青草来到我身边。我一看到她，就说："我看出善良和正义居住在你的心中：我们不可能一起生活。你现在仰慕我的美貌——它震撼过不止一个女人，但是，你迟早会后悔把你的

爱情献给我，因为，你不了解我的心灵。并非我会不忠于你：以如此多的忘我和信任献身于我的女人，我会以同样多的信任和忘我献身于她。但是，把下面的话放入你的头脑吧，永远不要忘记：狼和羊不会用温柔的目光互相注视。"我如此厌恶地拒绝了人类的佼佼者，那么我需要什么？我无法说出我的需要。我还不习惯用哲学倡导的方法精确地认知我的精神现象。我在一块岩石上坐下，靠着大海。一条船刚刚扯起全部风帆离开这片海域：一个难以觉察的圆点出现在天际，在狂风的推动下渐渐靠近，迅速增大。风暴即将开始攻击，天暗下来，变成几乎和人心一样丑陋的黑色。那条船是一艘巨型军舰，它刚刚抛下全部船锚，以防被冲到海岸的峭壁上。海风在四面八方疯狂地呼啸，把船帆撕成碎片。阵阵雷声在闪电中爆炸，却不能压住这所没有地基的房屋——活动坟墓上响起的哀号声。海水像榔头般左敲右打，没能击碎锚链，但震荡却使船侧出现一个漏洞。巨大的缺口，因为，大量的咸水冒着泡沫像山峰般扑上甲板，水泵来不及把水抽出去。遇难船鸣炮发出警报，但是，它在缓慢……庄严地下沉。谁没见过在暴风雨中沉没的大船，谁就不知道人生的偶然，一会儿是闪电，一会儿是最深的黑暗，水手被你们所了解的那种绝望压垮了。最后，当大海加强它可怕的攻击时，船体中央传出剧痛的齐声呐喊。这是人们放弃努力的喊声。人人都裹上顺从的外套，把自己的命运交到上帝的手中，人们像一群绵羊般往后拥靠。遇难船鸣炮发出警报，但是，它在缓慢……庄严地下沉。他们让水泵开了一整天。无益的努力。夜晚来临，浓密而无情，使这出精彩的表演达到高潮。人人都在想，他一入水就不能呼吸，因为，尽管他的记忆回溯到相当

遥远的地方，也没发现任何一条鱼是他的祖先。但是，他勉励自己尽可能长时间地屏住呼吸，以使生命延长两三秒钟，这就是他想给予死亡的复仇的嘲讽……遇难船鸣炮发出警报，但是，它在缓慢……庄严地下沉。他不知道，下沉的船会带来汹涌的波涛和强烈的漩涡，污泥和浑水搅在一起，在上方进行破坏的风暴和来自下方的力量相互影响，使船体产生断断续续、刚健有力的运动。因此，这个将要淹死的人，尽管他事先收集、储备了镇静，但如果他能在深渊的涡流中把生命延长半次呼吸所需的时间——这已经够慷慨了，那他在更深刻地思考之后应该感到幸福。所以，他不可能满足自己最后的心愿：嘲笑死亡。遇难船鸣炮发出警报，但是，它在缓慢……庄严地下沉。错了，它不再鸣炮，不再下沉。这个胡桃壳完全坠入了深渊。啊，天啊！人们在体验了如此多的快乐之后怎么能够活下去！我刚才侥幸目睹了我的一些同类的死亡。我分分秒秒地观察了他们那曲折发展的焦虑。有时，一个老婆子因恐惧而发疯，像牛一样吼叫，想在市场卖个好价。有时，一个婴儿发出一声尖喊，使人听不到操作指令。军舰很远，我无法清楚地辨别狂风带来的呻吟声；但是，我用意志使船靠近。每过一刻钟，一阵强风便带着凄凉的呼啸穿过海燕的惊慌叫声，把船纵向折断，使那些即将作为牺牲献给死亡的人发出更响的哀怨，此时，我就将一把利剑的尖刃插进我的脸颊，暗暗想道："他们更加痛苦！"这样，我至少有了一个比喻的对象。我从岸上斥责他们，向他们扔去诅咒和威胁。我觉得我的仇恨和言语破除了声学物理法则，越过距离，清楚地传到他们那被怒海的吼叫震聋的耳中。我觉得他们会想到我，会发泄他们那处在无力的疯狂中的复仇

欲望。我不时地将目光投向在坚实的大地上沉睡的城镇，看见没人料到一艘军舰即将在离岸几千英里处沉没，猛禽形成王冠，空腹的水栖巨人立在台座上，我重新获得勇气，希望重新回到我身上，因为，我可以肯定他们必将灭亡！他们不可能逃脱！另外，作为预防措施，我去找来了我的双响步枪，如果某个落水者企图游上悬崖，逃脱逼近的死亡，一颗子弹将击中他的肩膀，打断他的胳膊，阻止他实现自己的计划。当暴风雨最疯狂的时候，我看见一个人浮现在水面上，他那刚毅的头长着环形卷发。他在绝望地挣扎，像软木般颠簸，吞下几升水，沉入深渊。但是，他很快又重新出现，头发流着水，眼睛盯着岸，似乎在向死亡挑战。他的镇定令人钦佩。他那勇敢、高贵的脸庞被尖利的暗礁划破，宽阔的伤口流着鲜血。他不会超过十六岁，因为，透过照亮夜空的闪电，可以发现他的嘴唇上刚刚长出桃毛似的胡子。现在，他离悬崖只有二百米了，我很容易就能看清他。他多么勇敢！这是怎样不可征服的精神！他用力地劈开海浪，水波艰难地在他面前扩展，他那高昂的头似乎在嘲笑命运！……我事先就已决定。我必须对自己履行诺言：丧钟已经敲响，任何人都不应逃脱。这就是我的决心，什么也不能改变它……一声清脆的枪响，他的头立即沉下去，再也没浮上来。我并没有像人们可能以为的那样从这次凶杀中获得很大快乐，这恰巧是因为我总在杀人，已经腻了，我杀人只是出于无法戒除的习惯，只是略微有点开心。我的感觉变得迟钝、坚硬。船被吞没之后，一百多个人同风浪做着最后的斗争，向我呈现他们那死亡的表演，此时，这一个人的死又能让我感到什么快乐呢？在他的死中，我甚至没有受到危险的诱惑，因为，人类的

正义被这个可怕夜晚的飓风摇动，正在离我几步远的房屋中昏睡。今天，年华压在我的身上，我要坦率地说出下面的话，如同庄严的、至高无上的真理：我并不像人们此后讲述的那样残酷，但是，有时他们的恶意带来持续多年的灾难。那时，我的狂怒无边无际，残酷的冲动攫住了我，对于靠近我那双野蛮的眼睛的人来说，只要他和我同种，我就变得十分可怕。如果是一匹马或一条狗，我会放过去：你们听见我刚才说的话了吗？不幸的是，我在那个风雨之夜正处于这种冲动中，我失去了理智（因为，虽然我平时也同样残酷，但是却更为谨慎）。那次，一切落入我手中的东西都必须死。我并不打算对我造成的伤害进行辩解。过错并不全在于我的同类。我只不过是指出事实，等待最后的审判，它已经使我预先抓挠颈背了……最后的审判对我算得了什么！我从来不会像我为了骗你们而说的那样失去理智。当我犯罪时，我知道我在做什么：我不想做别的事！我站在悬崖上，出神地观察着暴风雨的力量，狂风在一个没有星光的天空下，抽打着我的头发和斗篷，猛烈地攻击一只船。我以胜利者的姿态关注着这个悲剧的全部情节，从战舰抛锚到它沉入深渊，致命的服装使那些把它当外套穿的人被卷入大海的肠胃。但是，时间到了，该我自己作为演员登上这个乱七八糟的舞台了。当军舰进行过战斗的位置清楚地表明它将在大海的底层度过余生时，那些被浪涛卷走的人有一部分又重新浮现在水面上。他们三三两两地拦腰抱在一起，这可真是丧命的好办法，因为，他们动作受到妨碍，像破罐般沉下去……这队快速劈浪而来的海怪是什么？它们共有六只，它们的鳍片强壮有力，穿过激浪开出一条通道。很快，这些鲨鱼把所有那些在这片不

太稳固的大陆上晃动着四肢的人都做成了一盘无蛋的煎蛋，并按强权法则分享。血与水混合，水与血混合。它们凶猛的眼睛充分地照亮了这种屠杀场面……但是，在那天边，汹涌的波涛又是什么？好似一道龙卷风来临。划水多么有力！我发觉这是什么了。一只巨大的母鲨来分享鸭肝酱，吞食清煮肉。它非常狂暴，因为，它饿着肚子而来。一场无声的战斗在它和其余的鲨鱼之间展开。以便争夺一些漂浮在这儿、那儿、红色奶油之上的悸动的肢体。它用牙进攻，向左，向右，造成致命的伤口。但是，三只活着的鲨鱼仍围着它，它被迫向各个方向转动以挫败它们的阴谋。那个观战者站在岸上，注视着这场新式海战，一种直到此时从未体验过的激情不断增长。他的眼睛紧盯着这只勇敢的、牙齿如此有力的母鲨。他不再犹豫，以惯常的灵巧把枪抵在肩上，当一只鲨鱼在浪尖上显露时，他把第二颗子弹打进它的鳃孔。两只剩下的鲨鱼却显得更为顽强。那个口水发咸的人从悬崖上跃入海中，向惬意的彩色地毯游去，手中握着那把永远不会遗弃他的钢刀。此后，每只鲨鱼将和一个敌手打交道。他靠近疲惫的对手，从容不迫地把锋利的刀刃插进它的肚子。那个活动的城堡则轻易地除掉了最后一个敌手……那个游水人和他救出的母鲨正面相对，眼睛相互注视了几分钟，每一方都因在另一方的目光中发现如此多的凶猛而感到惊奇。他们游着泳，兜着圈，互相看着，心里想道："直到现在，我一直是错的，这个家伙比我更凶恶。"于是，母鲨用鳍分开海水，马尔多罗用臂打着海浪，他们怀着相互的赞赏，怀着深深的尊敬，在水下屏住呼吸，一起向对方游去，都想第一次凝视自己的活肖像。他们来到三米距离处，仿佛两块磁石毫不费力就突

然拥抱在一起，满怀庄严和感激，像兄弟或姐妹一样温柔。肉欲紧跟着这种友谊的表示而来。两只有力的大腿如同两条蚂蟥紧紧地贴在怪兽那发黏的皮肤上，臂膀和鳍片在所爱的对象身上交织在一起，而他们的喉部和胸部很快便成为一个蓝色的、散发着海藻气味的整体。他们在继续猖獗的暴风雨中，在闪电的光芒下，在冒泡的海浪做成的婚床上，被一道宛如摇篮的海底潜流卷走，翻滚着沉入不可知的海渊深处，在一次长久、贞洁、可怕的交配中结合在一起！……终于，我找到了一个和我相似的人！……从此，我在生活中不再孤独！……她具备和我一样的思想！……我面对着我的第一次爱情！

14

塞纳河卷来一具尸体。河水在这种情形下显得十分庄严。肿胀的尸体漂浮在水面上，消失在一道拱桥下，但又重新出现在远处，像磨坊的叶轮般缓缓旋转，有时又沉下去。一个船工顺便用竿子挂住尸体，把它拖到岸上。人们在把尸体运到陈尸所之前，先在岸上放了一会儿以便抢救。密集的人群围在尸体旁边。那些因站在后面而看不见的人极力地推挤着站在前面的人。每人都想："淹死的不是我。"人们惋惜这个自杀的青年，佩服他，但不模仿他。然而，他却认为地上的一切都不能满足他，因此怀着更高的向往，觉得自杀非常自然。他容貌高雅，服装贵重。他有十七岁吗？死得真年轻！停滞的人群继续向他投去不动的目光……天黑了。每人都静悄悄地离去。没人敢给溺水者翻身，好让体内的水流出。人们怕被认为多愁善感，所以都缩进衬衫的领子里，谁也不动。有一个人离开时轻吹着刺

耳、荒谬的蒂罗尔小曲，另一个人像打响板似的打着响指……马尔多罗被他那阴沉的思想烦扰，骑着马以闪电的速度从附近经过。他看见了溺水者，这就够了。他当下勒住骏马，踩着马镫下来。他毫不厌恶地托起年轻人，让他吐出大量的水。他一想到这个没有生气的身体可能在他的手中复活，他的心脏便在这种良好的感觉下活蹦乱跳，勇气也随之倍增。我说过，白费劲！白费劲！这是真的。尸体仍然毫无活力地任人摆布。他按摩太阳穴，擦擦这条胳膊，又擦擦那一条。他把自己的嘴唇贴在陌生人的嘴唇上，往嘴里吹了一个小时的气。终于，他那只按在胸膛上的手似乎感觉到一阵微弱的心跳。溺水者活了！在这个崇高的时刻，人们可以发现骑手的前额上少了许多皱纹，他年轻了十岁。但是，唉！也许明天，也许他一离开塞纳河畔，皱纹就会回来。这时，溺水者睁开呆滞的眼睛，用淡淡的微笑感谢他的恩人，但是，他仍然虚弱，不能做任何动作。救活一个人，这多美啊！这种行为弥补了多少过失！那个青铜嘴唇的人一直忙着从死亡的手中夺回生命，当他更专心地注视年轻人时，发觉他的面孔并不陌生。他心想，在金发窒息者和奥尔泽之间并没有多大差别。你们看，他们多么动情地拥抱！这无关紧要！那个碧玉瞳孔的人努力保持一个严肃角色的表情。他一言不发地把自己的朋友放到马背上，骏马飞奔而去。啊，奥尔泽，你自以为如此理智，如此坚强，你难道没有通过自身的例证看出，在绝望时要保持你所自吹的冷静是多么的困难。我希望你不要再给我造成这种烦恼，而在我这一方，我答应你永远不试图自杀。

15

　　有时，在生活中，那个头发生虱的人向青色的天幕投去野
兽般凝滞的目光，因为，他似乎听到一个幽灵在他面前发出的
嘲讽声。他摇晃着低下头：他听到的是意识的声音。于是，他
以疯子的速度冲出屋子，朝惊慌中发现的第一个方向跑去，吞
噬着乡村坎坷的原野。但是，黄色的幽灵没有放过他，仍以相
同的速度追赶。有时，在一个雷雨之夜，当几群远看好似乌鸦
的带翼章鱼在云中翱翔，带着警告人类改变品行的使命奋力飞
向人类的城镇时，那块目光阴沉的石头便看见两个生物一个跟
一个地穿过闪电的光芒，它擦拭着从冰冷的眼皮中悄悄流出的
同情的泪水，喊道："当然，他罪有应得，这只不过是讨还公道。"
它说完话，重新回到它那惶恐的态度中，神经质地颤抖着，继
续观看追捕，观看幽暗的大阴唇，大量的黑色精子好似河水般
不断从那里涌出，腾飞到凄凉的太空，展开它们宽广的蝙蝠翅
膀遮蔽了整个自然界，遮蔽了那几群孤独的章鱼，章鱼一看到
这些难以表述的隐约闪烁就变得灰心丧气。但是，在这段时间
中，障碍赛仍在那两个不知疲倦的跑步运动员之间进行，幽灵
用嘴向人形羚羊烤焦的背上喷射着火流。如果幽灵在履行这种
职责时半路上遇到怜悯想要阻拦他，那他会勉强对哀求做出让
步，放那人逃掉。幽灵的舌头发出响声，似乎是对自己说他将
停止追击，回到他的窝中等待新的命令。他那囚犯的声音响彻
最远的空间。当这可怕的吼叫钻进那个人的心灵时，他如常言

所说，宁可认死亡为母，不愿认悔恨为子。他的头直到肩膀都藏进一个纵横交错的泥洞中，但是，意识挫败了这种鸵鸟的诡计。洞穴突然消失，化为太空的水滴。光明在光线的陪伴下出现，宛如飞向薰衣草的杓鹬。那人重新面对着自己站立，睁着黯淡的眼睛。我看见他向大海的方向走去，登上一个被泡沫的眉尖拍打、撕裂的岬角，然后像飞箭般扑入海浪。这是奇迹：第二天，尸体重新出现在水面上，海洋把这个血肉残骸送回海岸。那人离开他的身体在沙滩上压出的模子，站了起来，挤干湿润的头发，额头沉默而前倾，重新走上人生之路。意识严厉地评判我们最隐秘的思想和行为，从不出错。由于它经常无力防恶，所以它不断把人当狐狸来围捕，尤其是在黑暗中。那些复仇的、被无知的科学称为流星的眼睛散发着青色火苗，旋转着消失，说着神秘的话……他明白这些话！此时，他的枕头被身体的抖动捣碎，他的身体被失眠的重量压垮，他听见夜晚模糊的喧哗和阴森的呼吸。睡眠天使自己的前额也被一块来历不明的石头狠狠地击中，他丢下任务，返回天空。那么，这次我来出面捍卫人类，我这个蔑视一切美德的人，我这个从未被造物主忘记的人。在那个光荣的日子里，我彻底推翻了那本通过作弊记下"他的"权力和"他的"永恒的天国编年史，把我的四百个吸盘贴在他的腋下，让他发出吓人的喊声……这些喊声从他的嘴中出来后就变成蝰蛇，躲藏在荆棘丛中，躲藏在坍塌的城墙下，白天潜伏，黑夜潜伏。这些成为爬行动物的喊声具有无数的环圈、一个又小又扁的头以及一双阴险的眼睛，它们发誓遇到人类的纯洁便停止攻击。但当纯洁在茂密的丛林中、在斜坡的背面上或在山丘的沙石上漫步时，它们就会立即改变

主意。要是时间还来得及就好了，因为，有时，那人在返身出海之前，就发现毒液已经从一个几乎无法看出的伤口进入腿上的血管。造物主就是这样甚至在最难以忍受的痛苦中也保持着令人赞叹的冷静，懂得从痛苦的胸口取出危害地球居民的病菌。当他看见马尔多罗变成章鱼时，怎么能不惊奇，八只巨大的爪子伸到他身上，每条结实的皮带都可以轻易地环抱一个行星的圆周。他措手不及被抓住，挣扎着想摆脱那发黏的、越来越紧的搂抱……我怕他耍什么花招，就在大吃了他神圣的血球之后，突然松开他威严的身体，藏入一个洞穴；此后，它一直是我的住所。他徒劳地寻找，没能找到我。这种情形持续了很长时间，但是，我相信他现在知道我住在哪儿了。他避免进到里面。我们两人像两个相邻的君王一样生活，他们了解双方各自的力量，谁也不能战胜谁，并且都对过去那些无益的战斗感到厌倦。他怕我，我怕他，谁也没败，但谁遭到过对手的可怕打击，我们就停留在这种状态中。然而，只要他愿意，我随时准备重新开战。不过，但愿他不是在等待有利时机来实现他的秘密计划。我将用眼睛盯住他，永远保持戒备。但愿他不再把意识及其酷刑派遣到大地上来。我教会了人们使用武器，用这些武器他们可以更有利地与意识作战。他们和意识还不熟悉，但是，你知道，它对我来说就像是风儿卷起的麦秸。我对麦秸同样重视。如果我想利用出现的机会来使这些诗歌讨论变得繁琐，那我要补充说我重视麦秸甚至超过重视意识，因为，麦秸对反刍的黄牛有用，而意识却只知道露出它的钢爪。这个爪子在伸到我面前的那天，遭到了惨痛的失败。因为意识是造物主派来的，所以我认为不让它阻挡我的路是恰当的。如果它出现时带着与它从未

放弃的地位相符的谦恭，那我也许会听从它。我不喜欢它的骄傲。我伸出一只手，它的爪子在我的手指变成的新式研臼不断增长的压力下碎裂，变成粉末掉下来。我伸出另一只手，揪下它的头。然后，我鞭打这个女人，把她赶出我的房屋，再也不见她。我留下她的头纪念我的胜利……我手持一颗头，啃着颅骨，像鹭鸶般单脚站立在山侧形成的悬崖上。人们看见我下到山谷，此时我胸口的皮肤纹丝不动，宁静有如一座坟墓的顶盖！我手持一颗头，啃着颅骨，在最危险的深渊中游泳，沿着致命的暗礁走动，下沉得比潜流还深，以便作为局外人参观海怪的战斗。我远远地离去，连我锐利的目光都看不见海岸。丑恶的痉挛带着令人麻痹的磁力在我那以有力的运动劈开波浪的肢体旁游荡，却不敢靠拢。人们看见我返回海滩，平安无事，此时我胸口的皮肤纹丝不动，宁静有如一座坟墓的顶盖！我手持一颗头，啃着颅骨，跨上通往一个高塔的阶梯。我双腿疲乏，终于来到令人眩晕的平台。我凝视乡村、大海，我凝视太阳、苍穹，我用脚蹬着坚固的花岗石，发出最后的喊叫来向死亡和神圣的复仇挑战，然后像一块铺路石似的猛然扑向张着嘴的空间。人们听到痛苦、响亮的碰撞声，这是地面和意识的头相遇，我在下降时把它丢掉了。人们看到我踩着一片无形的云，像鸟儿一样缓慢地落下。我提起那颗头，强迫它为我当天就要犯下的三重罪行作证，此时我胸口的皮肤纹丝不动，宁静有如一座坟墓的顶盖！我手持一颗头，啃着颅骨，走向那个竖立着断头台的地方。我把三个姑娘美妙、优雅的脖子放到铡刀下。我富有经验，显然整整一生都是刽子手。我松开细绳，三角铁倾斜地落下，切下三颗温柔地注视着我的人头。然后，我把我的头放在

沉重的刀片下，刽子手准备履行他的职责。三次，铡刀以新的活力沿滑槽落下；三次，我的骨架，尤其是颈部，被深深地震动，就像梦见自己被一个倒塌的房屋压碎时一样。惊呆的人群放我走了，让我远离这个阴郁的场所。他们看见我用胳膊分开波动的人流，充满生机地晃动着身体，把头直直地伸向前方，此时我胸口的皮肤纹丝不动，宁静有如一座坟墓的顶盖！我说过我这次要为人类辩护，但是，我担心我的辩护词不是真理的表达；所以，我宁愿沉默。人类将以感激之情称赞这一措施！

16

现在是刹住我的灵感、在路上稍停片刻的时候了，如同人们凝视一个女人的阴道时所做的那样。应该检查走过的路程，让肢体得到休息，然后再以迅猛的步伐奔向前方。一口气完成全程很不容易，翅膀在既无希望又无悔恨的高飞中非常疲倦。不……我们不要带着惊恐的镐头组成的猎狗群穿越这首不洁的歌，到更深的地方挖掘爆炸性的矿藏。鳄鱼不会对从它颅骨底下出来的呕吐物改动一字。如果某个鬼鬼祟祟的阴影，在为遭到我无故攻击的人类报仇这一可嘉目标的激励下，偷偷摸摸地打开我的房门，好似海鸥的翅膀擦墙而入，将一把匕首插入天国沉船掠夺者的肋骨，那就算了！泥土的原子以哪种方式溶解都大同小异。

第三支歌

/

让我们再次呼唤那些虚构人物的名字，他们的性情好似天使，他们的光芒照亮我的大脑——我的笔在《第二支歌》中把他们从那里拉出。他们刚出生便死去，如同目光难以追随的火星转瞬间消逝在烧焦的纸上。莱芒！……洛昂格兰！……隆巴诺！……奥尔泽！……你们戴着青春的徽章，短暂地出现在我那着迷的视野中，但是，我让你们像潜水钟一样重新沉入混沌。你们再也出不来了。我只需保留对你们的记忆。你们应该给另外一些实体让位，也许，它们不够漂亮，但它们诞生在疯狂洋溢的、绝不会向人类讨水解渴的爱情中。饥饿的爱情，如果它不在天国的杜撰中觅食，那它将吞噬自身。所以，它将用比一滴水中蠢动的细菌还要多的天使，久而久之地建起一座金字塔；它将把天使编入一个椭圆，让这个椭圆围着自己旋转。这时，那个停步观赏瀑布的旅人，如果抬起脸庞，就会远远地看见一个人被一圈有生命的茶花带往地狱的地窖！但是……安静！第五个典范漂浮不定的形象，宛如北极光模糊不清的皱褶，缓缓地显露出来，在我朦胧的思想平面上变得越来越坚实，越来越确定……马里奥和我沿着海岸前进。我们的马昂头冲破层层空间，在沙滩的卵石上踏出火星。寒风迎面吹来，扑进斗篷，我们这对双胞胎兄弟的头发向后飞舞。海鸥扇动着翅膀发出叫声，枉然地试图告诉我们暴风雨可能即将来临，它喊道："他们这样疯狂地奔向哪儿？"我们一言不发，沉浸在幻想中，让疾飞的翅膀带走我们。当那个渔夫看见我们像信天翁似的从他面前经过又飞快地消逝时，他相信是发现了"神秘两兄弟"，因为

他们总在一起，所以人们这样称呼他们。他赶忙画着十字，和他那只瘫痪的狗一起藏到一块巨石下。那些海岸居民听说过一些关于这两个人物的奇闻，当可怕的战争即将把它的鱼叉刺进两个敌国的胸膛时，或者当霍乱准备用它的投石器把腐烂和死亡抛向整座整座的城镇时，他们在这些伟大的灾难时代从云中降临大地。那些最老的沉船掠夺者皱起眉头，神情庄重地断言，这两个幽灵是大地之神和大海之神，人人都注意到了他们在暴风雨中、在沙洲和暗礁上展开宽广的黑色翅膀，他们在自然大革命时期满怀尊严地在空中漫步，他们被永恒的友谊联系在一起，这种罕见、光荣的友谊使连绵不绝的一代代人感到惊奇。有人说，他们像安第斯山的兀鹰般比翼齐飞，喜欢在邻近太阳的大气层中成同心圆翱翔，在这片空间用光线中最纯的精华充饥；但是，他们痛苦地决定压低飞行倾角，垂直飞向那个惊恐的轨道，那儿转动着狂热、残忍的人类居住的星球，这些人在怒号的战场上相互残杀（当他们不是在市中心阴险地用仇恨或野心的匕首相互暗杀时），吞食那些生存级别略低几等、但同样充满活力的生物。还有人说，他们为了用他们的预言促使人类悔过而下定决心，手臂全力划水游向恒星区，那儿有一颗行星在运行，由于距离的缘故，它仿佛是一个小球，几乎看不见，它那丑陋的表面散发出吝啬、傲慢、诅咒、冷笑的浓重臭气。此时，他们必然能找到机会来辛酸地后悔他们那不被赏识、不受欢迎的善心，然后躲藏在火山的深处，与他心熔炉中的烈火交谈，或者躲藏在大海的深处，让幻灭的目光轻松地停留在深渊中最凶猛的怪兽身上，他们觉得这些怪兽若和人类的私生子相比那简直是温柔的典型。夜晚带着吉祥的黑暗来临，他们冲

出斑岩峰顶的火山口，冲出海底的潜流，把怪石嶙峋的、人形鹦鹉便秘的肛门在里面乱奔乱跑的便壶远远地甩在身后，直到他们不能再看清这颗肮脏的行星高悬的轮廓时为止。这时，大地天使和大海天使因他们没有结果的努力而伤心，在那些对他们的痛苦表示怜悯的繁星中、在上帝的注视下哭泣着拥抱在一起！……马里奥和那个在他身旁奔驰的人并非不知道这些模糊、迷信的传闻；当想要取暖的夜风在茅屋周围呼啸，猛烈摇撼濒死的波浪带来的碎贝壳环绕的脆弱墙壁时，那些海岸渔夫关上门窗，围着壁炉，在聊天中悄声地讲述着这些事情。我们不说话。两颗相爱的心说什么呢？什么也不说。但我们的眼睛表达一切。我提醒他把斗篷更紧地裹在身上，而他则让我注意我的马离他太远了：每人都像关心自己的生命一样关心对方的生命。我们不笑。他尽力向我微笑，但是，我发觉，思想的重量在他的脸上压出可怕的印痕，他在不断地思考着那些斜着眼使人类的智慧感到巨大的焦虑和困惑的斯芬克司。他看到他的计谋落空，便转过眼睛，含着狂怒的唾沫咬住尘世的马衔，看着随我们的临近而远去的地平线。轮到我时，我尽力让他回忆他那金色的、应该像皇后一样在享乐的官殿中度过的青年时代。但是，他指出，我干瘪的嘴说这些话十分艰难，我自己也是忧伤、凄凉地度过了我的青春年华，仿佛一个无情的幻梦漫游在宴席上，漫游在锦床上——那儿沉睡着苍白的妓女，她的报酬是黄金的闪光、幻灭的快乐、衰老的皱纹、孤独的惊愕以及痛苦的火把。我看到我的计谋落空，我对不能使他幸福毫不惊奇，万能的上帝披着刑具、戴着恐怖的光轮出现在我面前；我转过眼睛，看着随我们的临近而远去的地平线……我们的马沿海岸奔

驰，仿佛在躲避人的眼睛……马里奥比我年轻。天气潮湿，含盐的浪花一直溅到我们身上，寒冷触到他的嘴唇。我对他说："当心！……当心！……闭住你的嘴唇，上下贴紧。你难道没看见裂口的利爪正在你的皮肤上划出灼痛的伤痕？"他盯着我的前额，用舌头反驳我："是的，我看见这些绿色的爪子了，但是，我不想改变嘴巴的自然姿势来赶跑它们。你看我是不是撒谎。既然这似乎是上帝的意志，我愿意服从。他的意志本该更好一些。"我喊道："我赞赏这种高尚的报复。"我想拔下我的头发，但是，他用严厉的目光制止我，我尊敬地服从了他。天色已晚，老鹰返回它那筑在凹陷的岩石上的窝。他对我说："我把我的斗篷借给你御寒，我不需要它。"我反驳说："如果你照你说的去做，那你真该死。我不愿意别人代我受苦，尤其是你。"他没回答，因为是我有理；但是，我却开始安慰他，因为我说话时语气过分冲动……我们的马沿海岸奔驰，仿佛在躲避人的眼睛……我抬起头，犹如巨浪掀起船首，对他说："你在哭吗？雪与雾的君王，我在问你。我在你那美得像开了花的仙人掌一样的脸上没有看见泪水，而且你的眼皮干得像激流的河床。但是，我在你的眼睛深处认出一口盛满鲜血的大锅，你的纯真被一只大蝎子咬住脖子，正在那儿沸腾。一阵狂风扑向锅底的烈火，暗色的火苗一直溅到你神圣的眼睛外面。当我的头发靠近你玫瑰色的前额时，我闻到一股焦味儿，因为头发烧着了。闭上你的眼睛吧，否则，你那像火山熔岩般灼热的脸将被烧成灰烬落到我的手心上。"他向我转过身来，感动地凝视着我，毫不注意握在手里的缰绳。此时，他缓慢地垂下又抬起他那百合花的眼睑，如同大海潮涨潮落。他愿意回答我那大胆的问题，

下面便是他的话："不要注意我。江河的烟雾沿山坡攀缘，一到顶峰便冲入大气，形成云朵，同样，你对我的担心逐渐增长，却没有合理的原因，它在你的想象之上形成一个忧愁的幻景，形成一个骗人的躯体。我向你保证，我的眼中没有火，尽管我感觉头颅似乎处在炽热的炭盆中。你怎能说我的纯真的血肉在大锅中沸腾，既然我只听见一些非常微弱、模糊的声音，对于我来说这只是从我们头顶吹过的风的呻吟。蝎子不可能把住所和尖锐的双螯放入我这劈开的眼眶深处；我宁愿相信这是一把有力的钳子在夹碎视神经。不过，我同意你的意见，大锅里的鲜血是一个隐形的刽子手在我最后一夜沉睡时从我的血管中抽出的。我等了你很长时间，亲爱的海洋之子，我用麻木的胳膊和那个潜入我房间的人徒劳地进行了一场格斗……是的，我感到我的灵魂被锁在身体的插销中无法解脱，它无法远离人潮拍打的海岸，以便不再目睹灾难组成的铅色猎犬群的表演——它们穿过大屠杀造成的沼泽和深渊不懈地追捕那些人形羚羊。但是，我不抱怨。我接受生命如同接受一个伤口，我不允许用自杀来治愈创伤。我希望造物主在他那永恒的每时每刻都凝视这道敞开的裂缝。这就是我给予他的惩罚。我们的骏马放慢了它们青铜蹄子的速度，它们身体颤抖，仿佛猎人突然撞见一群野猪。它们不应该听我们讲话。由于专心，它们也许会增加智慧，也许能理解我们。该它们倒霉，因为，它们将更加痛苦！所以，你只想着人类这些小野猪吧：智力程度的不同使他们有别于大自然的其他生物，但这难道不是以无法补偿的无数痛苦为代价才得到的吗？以我为榜样吧，把你的银马刺插入你那匹骏马的肋部……"我们的马沿海岸奔驰，仿佛在躲避人的眼睛。

2

那个疯女人跳着舞过来了，她隐约回忆起一些事情。孩子们追着她扔石块，仿佛这是一只山雀。她挥舞着一根棍子，假装要追他们，然后重新开始奔跑。她在路上掉了一只鞋，却没有发觉。蜘蛛的长腿在她的颈背上爬动，其实，那是她的头发。她的脸不再像人脸，她好似鬣狗般爆发出大笑。她那些破碎的、脱口而出的语句，即使把它们缝合起来，也很少有人能找到一个明确的意义。她那条不止一处穿破的长裙在她那双沾满泥土的瘦腿周围摆来摆去。她走路时宛如一片飘荡的杨树叶子，她的智力被潜意识能力的旋风摧毁，但她透过迷雾重新看见她自己，看见她的青春、她的幻想和她昔日的幸福。她失去了她最初的典雅和美丽。她的步态极其粗俗，她的气息散发着酒味。如果说人们在这片土地上生活幸福，那可真是怪事。疯女人从不指责他人，从不抱怨，她非常自豪，她将死去，她不会对那些关心她的人透露她的秘密，但是，她禁止那些人永远不同她讲话。孩子们追着她扔石块，仿佛这是一只山雀。她的怀中掉下一个纸卷儿。一个陌生人捡起这卷手稿，关在家中读了一整夜，它的内容如下："我在多年不育之后，天主送我一个女儿。我在教堂中跪了三天，不断地感谢那个伟大的、终于满足了我的心愿的名字。我用自己的乳汁哺育这个比我的生命还宝贵的女儿，我看到她迅速成长，具有心灵和身体的一切优良品质。她对我说：'我想要一个妹妹好跟她玩儿，你叫仁慈的上帝送我一个吧，我要用薄荷、紫罗兰和天竺葵编一个花环来报答他。'我把她举到胸口，满怀怜爱地亲吻她，这就是我的全部回答。

她已经知道关心动物，问我为什么燕子只用翅膀擦过人们的茅屋却不敢进去。而我则把一个指头放到我的嘴上，似乎是叫她对这个重大的问题保持沉默，我还不想让她明白其中的要素，以防过分打击她那儿童的想象力；我急忙转移这种对人类来讲很难探讨的话题，他们把不公正的统治强加在大自然的其他动物身上。当她对我谈起墓场的坟堆、说人们在那儿的空气中闻到柏树和菊花惬意的芳香时，我避免反驳她；而且，我对她说，那是鸟儿的城市，它们从黎明到黄昏一直在那儿唱歌，坟墓是它们的窝，夜晚它们掀开大理石进到里面，全家一起睡觉。她身上穿的所有漂亮衣服以及那些曲曲弯弯的、留着星期日戴的花边都是我亲手缝制。冬天，大壁炉旁有她一个合法的位置，因为她自以为是一个庄重的大人；而在夏天，当她手拿一个系在灯芯草杆上的丝网跟着独来独往的蜂鸟和翩跹诱人的蝴蝶去冒险时，草地认出她那脚步的美妙压力。'小流浪女，浓汤和勺子从一个钟头前就在不耐烦地等你，你去做什么了？'但是，她搂住我的脖子，喊着她再不这样了。第二天，她又穿过雏菊和木樨溜走了。她处在阳光下，处在那些上下翻飞、朝生暮死的昆虫中；她只认识生活的棱杯，还不了解杯中的胆汁；她为自己比山雀大而高兴，她嘲笑黄莺唱歌不如夜莺好；她对慈祥地看着她的丑乌鸦偷偷地伸舌头；她优雅得像一只小猫。我想必不能长久地享受她的陪伴。时刻来临了，她以出人意料的方式被迫告别了生活的美景，永远地抛弃了斑鸠、松鸡、翠鸟这些伙伴，抛弃了郁金香和银莲花的絮语、水草的主意、青蛙的机智以及小溪的清凉。人们对我讲述了发生的事情，因为，我不在我女儿死亡的事件现场。要是我在那儿，我会付出我的鲜

血保护这个天使……马尔多罗和他的獒狗从这儿路过。他看见一个姑娘睡在悬铃木的绿荫中，他起初以为这是一朵玫瑰。人们无法说出他思想中首先产生的是什么，他是先看到了这个孩子，还是先做出了下面的决定。他像一个知道自己要干什么的男人一样迅速脱去衣服。他像一块石头般一丝不挂地扑到姑娘身上，掀起她的裙子，企图犯下奸淫罪……在光天化日之下！他毫不发窘，算了！我们不要为这种猥亵行为多费笔墨。他神情沮丧，匆忙地重新穿上衣服，小心地看了一眼满是灰尘的大路——那儿没有行人。他命令獒狗通过上下颌的运动咬死这个血迹斑斑的姑娘。他给这只山狗指出痛苦的受害者正在呼吸、喊叫的位置，然后远远地躲开，以免目睹尖牙进入玫瑰色的血管。对于獒狗来说，执行这个命令可能显得非常严峻。这只长着畸形鼻尖的狼以为是要它做已经做过的事情，便自己来侵犯这个娇嫩的孩子，侵犯她的童贞。鲜血再次从她撕开的肚子里出来，沿着双腿流过草地。她的呻吟和这个畜生的呜咽汇合在一起。姑娘向它出示点缀着她脖子的金十字架，求它赦免；她没敢向那个首先想到她弱小可欺的人那双凶狠的眼睛出示这个十字架。但这条狗知道，如果它抗拒主人，一只袖口下的飞刀就会突然剖开它的肚皮，连招呼都不打。马尔多罗（这个名字真让人厌恶！）听到了临终时的痛苦叫声，奇怪这个牺牲品具有如此顽强的生命力，居然还没死。他走近牺牲的祭坛，看见他那只沉湎于下流习性中的獒狗的行为，它在姑娘身上抬起头，仿佛落水者在愤怒的浪涛上抬起头。他踢了它一脚，劈开它的一只眼睛，獒狗气愤地在原野上奔逃，在一段相当短却显得过分长的路程中把姑娘那悬挂的身体拖在后面，姑娘多亏了奔跑

时的颠簸运动才得以解脱；但是，獒狗不敢攻击主人，而主人也没有再见过它。他从口袋里掏出一把美国折刀，折刀上有十至十二根用途各异的刀片。他打开这条钢铁水蛇那些多棱的舌片。他看到洒下这么多的鲜血，草坪却没在血色下消失，便手拿这把解剖刀，脸不发白，准备勇敢地搜查这个不幸的孩子的阴道。他从这个扩大的洞口中依次拉出内脏，肠、肝、肺，最后是心，它们都从根蒂上被拽下，都从可怕的洞口中被拖到阳光下。祭司发觉姑娘像开肠的母鸡早已死去，他放弃了他不断增长的摧毁恒心，让尸体重新睡在悬铃木的绿荫中。人们拾到了折刀，它被扔在几步远的地方，但人们没有发现罪犯。一个牧羊人目睹了罪行，在很久以后，当他确信罪犯安全地越过了国境、再没必要担心因泄露秘密而肯定遭到报复时，才讲述了此事。我可怜这个精神失常者，他犯下立法者没能料到的、史无前例的重罪。我可怜他，因为当他使用三四一十二个刀片的匕首深耕腹部时，很可能丧失了理智。我可怜他，因为，如果他不是疯子，那么他的可耻行为中必然隐藏着对人类的巨大仇恨，所以他才会这样猛烈地攻击一个与世无争的孩子的肉体，而这个孩子正是我的女儿。我以无声的顺从参加了这些尸骸的葬礼。每天我都到一个坟头祈祷。"陌生人读完之后，体力不支，昏迷过去。他苏醒过来，烧掉了手稿。他忘记了这段青年时代的往事（习惯淡化记忆），他在离开了二十年之后，又回到这个命中注定的国土。他不买獒狗！……他不和牧羊人谈话！……孩子们追着他扔石块，仿佛这是一只山雀。

3

特朗达尔是最后一次触摸那个人的手——他自愿离去，他总在躲避，他总被人的影像追赶。那个永世流浪的犹太人心想，即使大地的权杖被鳄鱼家族掌握，他也不会像现在这样逃跑。特朗达尔站在山谷中，一只手放在眼前聚拢阳光，以使目光更加锐利，另一只手抚摸着空间的乳房，臂膀平伸，一动不动。他像友谊雕像般身体前倾，犹如大海般神秘的眼睛看着那个旅行家的护腿——他正借助铁棍攀登海岸的陡坡，他似乎失足跌倒了。尽管特朗达尔希望如此，却忍不住泪水和情感。

"他已远去，我看见他的身影在一条狭窄的小路上行进。他的脚步如此沉重，他是去哪儿？他自己也不知道……不过，我坚信我不是在睡觉：这个迎着马尔多罗过来的是什么？这条龙多么高大……超过一棵橡树！它白色的翅膀具有强壮的、好似钢筋般的关节，如此自如地劈开空气。它的身体前端是一个虎头，后部是一条长长的蛇尾。我不习惯于看见这类东西。它的前额上又是什么？我看见那儿用一种象征语言写着一个我不认识的词。它最后扑动了一下翅膀，就来到那个我认得嗓音的人身边。龙对他说：'我在等你，你在等我。时间到了，我来了。念一念我额头上用象形符号写的名字吧。'但是，他一看到仇敌过来，就变成一只巨鹰准备搏斗。它高兴地呱着钩嘴，想以此表明它要独自负责吃掉龙的臂部。它们现在画着半径不断缩小的圆圈，在战斗前相互侦察对方的本领；它们干得真漂亮。我觉得龙更有力量，我希望它战胜鹰。我的生命部分地投入到这场表演中，我将体验到巨大的激动。强大的龙，如果有

必要，我会用我的喊声激励你，因为，老鹰被打败，这符合它自己的利益。它们还不相互攻击，在等什么？我急得要死。喂，老龙，你先开始进攻吧。你迅猛地抓了它一下，这不算太坏。我向你担保老鹰领教到了；风儿卷走了它美丽的、沾满鲜血的羽毛。啊！老鹰用嘴啄下你一只眼睛，而你刚才只撕下它一块皮；必须注意这一点。好样的，报仇，弄断它一只翅膀，没话说，你的虎牙棒极了。当老鹰在空中旋转着摔向田野时，你要是能靠近它就好了！我看出来了，这只老鹰甚至在倒下时也让你保持克制。它掉在地上，起不来了。我看着这些张开的伤口，陶醉了。你擦着地面围着它飞，用你那条布满鳞片的蛇尾打它，如果行的话，就了结它。勇敢些，美丽的龙，把你刚劲的爪子插入它的身体，让血和血混流，形成无水的小溪。说起来容易，做起来难。老鹰因为在这次难忘的战斗中运气不佳，所以刚刚制订了一个新的战略防御计划，它很谨慎。它稳稳地坐在它那只残存的翅膀上，坐在它那两条大腿上，坐在它原先当舵用的尾巴上，摆出不可动摇的姿态，蔑视那些比先前遭受的攻击更为奇特的努力。时而，它转动得像老虎一样快，它似乎不累；时而，它仰卧下来，把两只有力的爪子伸到空中，镇定、嘲讽地看着它的对手。我必须知道究竟谁将是胜利者，战斗不可能无限拖延。我想到了由此产生的后果！老鹰十分可怕，它高高地跳跃，震动了大地，就像它要飞起来似的；然而，它知道这对它是不可能的。龙不信任它，它以为老鹰每时每刻都要从它没有眼睛的一侧攻击……我多么不幸！这事正好发生。龙是怎么被抓住胸口的？它的计谋和力气都白费了。我发现老鹰像蚂蟥般把全部肢体都贴在它身上，尽管受到新的伤害，却越

来越深地把嘴直到颈根全插入龙的肚子。人们只能看见它的身子。它似乎很舒服，不急着从里面出来。它大概在寻找什么东西，而虎头龙则发出惊醒森林的吼叫。老鹰从这个洞穴里出来了。老鹰，你多难看！你比血泊还要红！尽管你有力的嘴叼着一颗悸动的心，但你遍体是伤，几乎不能站立在你饰有羽毛的脚爪上，你在惨死的龙旁摇摇晃晃，却未松嘴。胜利来之不易，这有什么关系，你赢了：至少应该说出实情……你按照理性法则行动，当你离开龙的尸体时，蜕去了废的外形。因此，马尔多罗，你是战胜者！因此，马尔多罗，你战胜了'希望'！从此，绝望将从你身上汲取最纯的养料！从此，你将以坚定的步伐踏进恶的生涯！尽管可以说我对痛苦麻木不仁，却感受到了你给龙的最后一击。你自己来判断我是不是痛苦！但你让我害怕。看，看，那个人消失在远方。他是一块肥沃的土地，厄运在上面长出茂密的枝叶。他被别人诅咒，他也诅咒别人。你要把鞋子穿到哪儿？你犹犹豫豫，仿佛站在房顶上的梦游人，你要去哪儿？愿你那邪恶的命运得以完成！马尔多罗，永别了！永别了，我们将永远不再重逢！"

4

那是一个春日。鸟儿啁啾，传扬着它们的赞美歌，人类履行了他们的各种义务，沐浴在劳累的圣洁中。一切都为命运而工作：树木、行星、鲨鱼。一切，除了造物主！他衣衫褴褛，平躺在大路上。他的下嘴唇像催眠索似的垂吊着，他的牙没刷，他金色的发浪中混杂着灰尘。他的身体被沉睡麻醉，被碎石碰伤，徒劳地企图重新站起来。大量的酒填满了他那剧烈颤抖的

肩膀压出的辙坑。长着猪嘴的愚蠢用翅膀遮盖他，庇护他，向他投去爱恋的目光。他的双腿肌肉松弛，像两根盲目的桅杆扫着地面。他的鼻孔流着血：他跌倒时脸撞上了一根柱子……他醉了！酩酊大醉！醉得像一只夜间咀嚼了三桶血的臭虫！他用断断续续的话语填满回声，我不想在此重复这些话；虽然至高无上的醉鬼不自重，但我却应该尊重人类。你们知道吗？造物主……喝醉了！可怜这在狂饮的酒杯中玷污的嘴唇吧！刺猬经过这里，把尖刺扎进他的后背，说道："这是给你的。太阳还在半路上。干活去，懒汉，不要吃别人的面包。我要去叫钩嘴的鹦鹉，等一会儿你就知道了。"啄木鸟和猫头鹰经过这里，把整个嘴全插进他的肚子，说道："这是给你的。你到这个尘世上来干什么？是不是为了给动物献上这出悲伤的喜剧？但我向你发誓，不论是鼹鼠，还是鹤鸵，还是火烈鸟都不会模仿你。"毛驴经过这里，照他的太阳穴踢了一脚，说道："这是给你的。你给我这么长的耳朵，我什么地方得罪你了？连蟋蟀都瞧不起我。"蛤蟆经过这里，朝他的前额吐了一口痰，说道："这是给你的。要是你没给我这么大的眼睛，并且我仍然发现你处在目前这种状态中，那我本会虔诚地用雨点般的勿忘草、金凤花和山茶花来掩藏你美丽的肢体，以免任何人看见。"狮子经过这里，低下它那君王的头，说道："至于我，我是尊重他的，尽管他暂时似乎失去了光辉。你们假装骄傲，其实是懦夫，因为你们在他睡觉时攻击他。如果你们处在他的位置，从行人那里遭到你们给他的侮辱，你们会高兴吗？"那个人经过这里，停在失意的造物主面前，在阴虱和蝰蛇的掌声中往他庄重的脸上拉了三天屎！由于这种侮辱，那个人该倒霉了，因为，他没有

尊敬那个平躺在泥、血和酒的混合体中的没有防御也几乎没有生命的敌人！……这时，至高无上的上帝终于被这些无聊的欺凌弄醒，他尽力站起来，跟跄着走到一块石头上坐下，两臂下垂，如同肺病患者的睾丸。他向属于他的整个大自然投去没有火苗的呆滞目光。啊，人类，你们是一群惹是生非的孩子；但是，我恳求你们，让我们宽恕这个伟大的存在吧，他还没有从肮脏的烧酒中苏醒过来，还没有足够的力气来站立，所以他再次沉重地摔倒在岩石上，他坐在那儿，仿佛一位旅人。你们要当心这个过路的乞丐。他看到苦行僧伸出一只饥饿的胳膊，便把一块面包扔到这只乞怜的手上，却不知道他是给谁施舍。造物主向他点头表示感谢。啊！你们永远不会知道长久地抓着宇宙的缰绳已经变成一件多么困难的事情！努力从虚无中拉出最后一颗居住着陌生神灵的彗星，这会偶尔使鲜血涌上大脑。理智被彻底搅动，像战败者似的溃退，一生中总会有一次跌入你们目睹的这种迷途中！

5

一盏红灯，罪恶的旗帜，悬挂在一根铁杆的顶端，灯架被四面来风鞭打，在一扇笨重的、被虫蛀蚀的大门上方摇晃。一条肮脏的、散发着人腿气味的长廊通向一个院子，那儿有几只比自己的翅膀还瘦的公鸡和母鸡在觅食。环绕院子的高墙西侧精细地开出一些带有栅栏的洞口。这栋房屋大部分被青苔覆盖，过去，它可能是一所修道院，现在，这个建筑的残存部分成为一些女人的住所，她们每天向进来的人显露她们的内阴，以换取一点金钱。我站在一座桥上，桥桩伸入环形河渠的泥水。我

从高高的桥面上凝视着这座步入晚年的乡间建筑以及它内部构造的最小细节。有时，一个栅栏带着刺耳的声音上升，仿佛有一只手违背钢铁的性质把它往上推动：一个男人的头出现在半露的洞口，他向前移动着沾满石灰鳞片的肩膀，随后艰难地拔出布满蜘蛛网的身子。他的手像花冠般放在那些用自身的重量紧压着地面的形形色色的垃圾上，而腿还卡在栅栏中，他就这样返回正常的姿态，把双手浸入一个站不稳的木桶，其中的肥皂水看见过整整几代人的出现和消失。然后，他尽快地离开这些郊区小街，到市中心去呼吸洁净的空气。当一个顾客出来后，一个全裸的女人也以同样的方法出来，走向同一个木桶。这时，公鸡和母鸡被精液的气味吸引，从院子各处成群跑来，不顾她的强烈反抗把她掀翻在地上，把她的身体当成一堆粪肥践踏，用嘴撕扯她松弛、红肿的阴唇，直到出血。母鸡和公鸡填饱了喉咙，又回到院子里扒草。女人变干净了，发着抖、带着伤站起来，仿佛人们从噩梦中惊醒。她把带来擦腿的抹布扔掉，因为不再需要公用木桶，所以就用和出来时相同的方式回到她的巢穴，等待下一个顾客。看到这种场面，我，我也想钻进这所房屋！当我正要下桥时，看见一个支柱的顶盘上用希伯来语写着如下的铭文："你从此桥经过，不要去那个罪行和罪恶同居的地方。曾有一天，一个青年跨进那扇致命的大门，他的朋友们仍在等他。"好奇战胜了恐惧。片刻之后，我就来到一个洞口前，栅栏上有牢固的、紧密交错的铁条。我想透过这个厚实的筛子往里观望。开始，我什么也看不见，但是，多亏那亮度正在减弱、即将在地平线上消失的阳光，我很快就辨认出黑暗房间里的物体。第一个，也是唯一落入我眼中的东西是一根金

黄色的棍子,它由一个套一个的圆锥体组成。这根棍子在移动!
它在房间中行走!它晃动得如此厉害,连地板都摇摆起来。它
用两端在墙壁上敲出巨大的缺口,仿佛是一个攻打城门时用的
撞槌。它的努力毫无效果,墙壁用方石砌成。当它撞击隔板时,
我看到它像钢片一样弯曲,又像皮球一样回弹。那么,这根棍
子不是木头做的!后来,我注意到这根棍子能轻易地卷起、展
开,好似一条鳗鱼。尽管它像人一样高,却站不起来。有时,
它试着这样做,一端显露在栅栏前。它猛然跃起,又摔到地上,
没能冲破这道障碍。我开始越来越专心地注视它,我发现这是
一根头发!它和像监狱一样围困它的材料大战一场,然后倚靠
在房间里的床上,发根踩着地面,发尖挨着枕头。它沉默了一
会儿,我听见断断续续的哭泣,然后它提高嗓音,这样说道:
"我的主人把我忘在这个房间,他不回来找我。他从这张我现
在倚靠的床上起身,梳理了他那洒过香水的头发,却没想到我
已经掉在地上。然而,即使他把我抬起来,我也不会认为这个
只不过是公正而已的举动有什么惊人之处。他在把自己埋入一
个女人的臂膀之后,把我抛弃在这间囚房里。那是什么女人啊!
床单和他们接触后变凉,依然潮湿,混乱中还留着一个爱情之
夜的痕迹……"我在想它的主人是谁!我的眼睛更使劲地贴在
栅栏上!……"当整个大自然在贞洁中沉睡时,他却和一个堕
落的女人在猥亵、淫荡的拥抱中交配。他降低身份,甚至让那
个由于习惯性的无耻而枯萎的卑鄙脸颊靠近他的庄严面孔。他
不脸红,而我却为他脸红。他肯定对和这样一个一夜之妻睡觉
感到幸福。女人对这个客人的威严外貌感到惊异,似乎体验到
无比的快乐,狂热地搂住他的脖子。"我在想它的主人是谁!

我的眼睛更使劲地贴在栅栏上！……"此时，那些恶毒的脓疱由于他对肉体享乐的罕见热情而不断增多，我感到它们用致命的毒液围住我的根，用吸盘汲取那维持我生命的养分。他们越忘我地沉溺在他们那荒谬的运动中，我就越感到自己的力气在减弱。当肉欲达到疯狂的顶点时，我发觉我像中弹的士兵般倒下。生命的火炬在我身上熄灭，我像枯枝般从他煊赫的头顶脱落。我掉到地上，没有热忱，没有力气，没有生机；但是，却对那个我从属的人怀有深沉的怜悯；但是，却对他那自愿踏上的迷途怀有永恒的悲哀！……"我在想它的主人是谁！我的眼睛更使劲地贴在栅栏上！……"至少，如果他用他的灵魂环绕的是一个处女的纯洁乳房，那他们将更加般配，而堕落也将较小。他用嘴唇亲吻这泥土覆盖的额头，而那上面行走过男人们满是灰尘的脚跟！……他用放肆的鼻孔吸入这两个潮湿腋窝的气味！……我看见腋膜因羞耻而收缩，而鼻孔则拒绝这种污秽的呼吸。但不论是他还是她，都毫不注意腋窝那郑重的警告和鼻孔那沮丧、苍白的排斥。她更高地抬起胳膊，而他则用更强的推力把脸庞埋入凹陷处。我被迫成为这种亵渎的帮凶。我被迫成为这种闻所未闻的屈腿扭腰的观众，观看这两个人勉强的结合，一道无法计量的深渊分隔了他们的各种天性……"我在想它的主人是谁！我的眼睛更使劲地贴在栅栏上！……"当他闻厌了这个女人，就想把她的肌肉一块块地撕下来。但因为这是一个女人，所以他饶恕了她，宁愿让一个和他性别相同的人受苦。他从邻屋叫来一个曾到这所房子里和女人共度一段无忧时光的小伙子，吩咐他立在离他眼睛一步远的地方。我已经在地上躺了好长时间。因为我无力站立在我那灼热的根上，所以

我没能看见他们做的事情。我只知道，小伙子刚一站到他的手边，肉块便落到床脚下，来到我身旁。这些肉块低声对我说，我主人的爪子把它们从青年的肩膀上扯了下来。这个青年和比他更强大的力量搏斗了几个小时，然后从床上起身，庄严地离去。他从脚到头被完全剥了皮，拖着他翻转的皮肤走过房间的石板。他想道，他的性格充满善良，希望他的同类也善良，所以他满足了那个将他叫到身边的高雅的陌生人的心愿，但是，他无论如何没有料到会受一个刽子手的折磨。一个这么残忍的刽子手，他停了一下又补了一句。最后，他走向栅栏，栅栏面对着这个没有表皮的身体，因同情而一直裂开到地面。他试图从这个危险的场所溜走，但他没有丢弃他的皮肤，它可能还有用，哪怕只是当大衣穿。他离开了房间，我没能看见他是否有力气返回大门。啊！母鸡和公鸡尽管饥饿，却满怀敬意地避开这道浸透地面的长长血迹！"我在想它的主人是谁！我的眼睛更使劲地贴在栅栏上！……"此时，那个本该更多地考虑他的尊严和他的公正的人，艰难地支着疲倦的胳膊站起来。他孤独、阴沉、烦恼、丑陋！……他慢慢地穿上衣服。那些几个世纪前就埋葬在这所修道院地下的墓穴中的修女，在这个可怕的夜晚被那些互相碰撞的、从地窖上面的房间中传出的嘈杂声惊醒，手牵手来到他身旁围成一个葬礼圆舞圈。当他寻找他那残存的往日光辉时，当他用唾沫洗手然后在头发上揩干时（在罪恶和罪行中度过了整整一夜之后，用唾沫洗手比根本不洗要好些），她们唱起每当有人进入坟墓时所唱的悲哀的安魂曲。因为，那个小伙子不可能在经受一只神圣的手对他施加的酷刑之后幸存下来，他的末日在修女的歌声中结束……"我回想起立柱上的

铭文，我明白了那个青春幻想家的下落，他的朋友们自他失踪以来还在天天等待……我在想它的主人是谁！我的眼睛更使劲地贴在栅栏上！……"围墙给他让出一条通道，他展开他那双一直掩藏在绿宝石长袍中的翅膀飞向空中，修女们看到他飞走了，就沉默地回到墓盖下。他返回他的天国住所，却把我留在这儿，这不公平。其他的头发仍待在他的头上，而我却躺在这个凄凉的房间中，躺在覆盖着凝血块和干肉片的地板上。从他潜入之后，这间房子变成了地狱，没人进来；然而，我却被关在这儿。那么，一切都完了！我再也见不到天使排成密集的方阵行走，再也见不到星辰在和谐园中漫步。好，算了……我将顺从地承受我的不幸。但是，我不会忘记告诉人们在这个房间中发生的事情。我将允许他们把尊严当成一件旧衣扔掉，因为他们有我的主人作为榜样；我将建议他们吮吸罪行的阴茎，因为'另一人'已经干过此事……"头发不作声了……我在想他的主人是谁！我的眼睛更使劲地贴在栅栏上！……一道磷光射入房间，随即响起巨大的雷声。我出于一种莫名其妙的戒备，身不由己地向后退去。我尽管离开了栅栏，仍听到了另一个嗓音，它阿谀，轻柔，生怕被人听见："别这样跳！住嘴……住嘴……要是有人听见就糟了！我会把你重放到其他头发中间，但是，先让太阳沉入地平线，好让黑夜遮掩你的脚步……我没有忘记你，但是，人们可能会看见你出来，我可能会受连累。啊！如果你知道我从那时起多么痛苦就好了！我回到天上，被我的大天使们好奇地围住，他们不愿问我外出的动机。以前，他们从不敢向我抬起他们的眼睛，现在，他们却向我沮丧的面孔投来惊愕的目光，虽然他们没有望见奥秘的深处，却在竭力

猜谜。他们低声地互通思想，担心我身上有一些不寻常的变化。他们无声地流泪，模糊地感到我不再是老样子，我变得低于我的身份。他们可能想知道，是什么样的有害决心使我越过天界，降临人间，品尝他们自己深深鄙视的短暂快乐。他们在我的额头上发现一滴精液和一滴血液！前一滴从那个烟花女的大腿上涌出！后一滴从那个殉难者的血管中迸出！可恨的污点！不可动摇的圆花饰！我的大天使们找到了我那蛋白石内衣的碎片，它悬挂在空间的荆棘丛中，在目瞪口呆的人群头上燃烧，飘扬。他们没能修复它，我的身体裸露在他们的纯洁前，这是对抛弃美德的难忘的惩罚。你看这些条纹，它们在我这褪色的脸颊上开出河床：这是那滴精液和那滴血液在沿着我那干枯的皱纹慢慢地渗流。它们来到上嘴唇，做出巨大努力，闯入嘴巴的圣殿，如同磁石被不可抗拒的喉咙吸引。这两滴无情的液体使我窒息。直到现在，我自以为万能，但是，不，我应当在内疚面前低下脖子，它对我喊道：'你只是个浑蛋！'别这样跳！住嘴……住嘴……要是有人听见就糟了！我会把你重放到其他头发中间；但是，先让太阳沉入地平线，好让黑夜遮掩你的脚步……我看见强大的仇敌撒旦重新竖起凌乱的骨骼，得意、崇高地站在他那亡灵的麻木之上，向他那些集结的部队致辞嘲笑我。我罪有应得。他说，他那个骄傲的、被一个持续不断而最终取得成功的间谍网当场抓获的对手，长途旅行越过太空的暗礁，一直堕落到亲吻人类那荒淫的裙子，并使一个人类成员在痛苦中死去，对此他感到非常惊讶。他说，这个被我放入精巧的刑罚齿轮中碾碎的小伙子，本来可能会成为一个天才的智慧，可能会用讴歌勇气的诗来安慰这个尘世上的人类，减缓厄

运对他们的打击。他说，修道妓院的修女们再也不能入睡，她们在院子里游荡，像自动木偶似的指手画脚，践踏着金凤花和丁香；她们气得发疯，但没有疯得在头脑中忘记造成这种疾病的原因……（她们过来了，披着白色的裹尸布，沉默不语，手牵着手。她们的头发散乱地垂落在裸露的肩膀上，一束黑花斜插在胸前。修女们，返回你们的地下墓穴吧，夜色还没完全降临，现在才是黄昏……啊，头发，你自己看看吧，我那堕落的情感从四面八方向我发起猛烈的攻击！）他说，造物主自吹是一切存在的保护人，却表现得非常轻薄——如果不是更坏，呈现给繁星世界一出如此精彩的表演；因为，他清楚地表明了他的意图，他要去那些星球上报道我怎样以自己为榜样在我那辽阔的王国维持美德和善良。他说，他对这样一个高尚仇敌的高度尊重已从他的想象中飞逝，他宁愿举拳捶打一个姑娘的乳房——尽管这是一桩可憎的丑行，也不愿往我这覆盖着三层精血混合物的脸上吐痰，以免弄脏他的唾沫。他说，他当然自认为比我优越，这不是因为罪恶，而是因为美德和廉耻，不是因为罪行，而是因为正义。他说，我犯有无数的过失，所以应该把我拴在箩筐上，放在燃烧的炭盆上用文火烘烤，然后万一大海愿意接收我，就把我扔进大海。既然我以公正自夸，因他那轻微的、并未造成严重后果的反抗而判他无期徒刑，那我就应该严厉地惩罚自己，公正地审判我这伤风败俗的良知……别这样跳！住嘴……住嘴……要是有人听见就糟了！我会把你重放到其他头发中间；但是，先让太阳沉入地平线，好让黑夜遮掩你的脚步……"他停止了一会儿。尽管我看不见他，但这段必然的间歇使我明白，激动的浪涛掀起他的胸膛，如同旋风卷起一头鲸

鱼。神圣的胸膛被玷污了，它有一天痛苦地接触了一个放荡女人的乳房！帝王的灵魂一时疏忽将自己托付给了荒淫无耻的螃蟹、性格软弱的章鱼、个体卑鄙的鲨鱼、缺乏道德的蟒蛇以及习语丑陋的蜗牛！那根头发和他的主人紧紧地拥抱在一起，像是两个久别重逢的朋友。造物主继续说下去，被告重新出现在他自己的法庭上："人类对我有如此高的评价，他们会怎样看我呢？他们将知道我的品行中的恶习，知道我的便鞋在泥泞的迷宫中的犹豫的行进，知道我那黑暗道路的方向，它穿过积水，越过池塘中潮湿的灯芯草——罪行在那儿的迷雾笼罩下举起阴沉的爪子，发出蓝光，发出吼叫！……我发觉，我在将来必须努力工作来为自己平反，重新赢得他们的尊重。我是宇宙大帝，然而，在某些方面，我却不及我用一点沙子创造的人类！你给他们编造一个大胆的谎言吧，告诉他们我一直待在我那些宫殿里的大理石、雕塑像和镶嵌画中间，为帝位而操心，从没离开过天国。我曾出现在人类的天子面前，对他们说：'把恶赶出你们的茅屋，让善的斗篷进入家中。那个动手打自己的同类、用凶器在同类的胸口造成致命创伤的人，愿他不要指望得到我的宽恕，愿他惧怕公正的天平。他将到树林里藏起他的忧愁，但是，树叶的响声将穿越林中空地，在他耳边吟唱悔恨的歌谣。他将逃离附近，髋部将被荆棘、冬青和蓝蓟刺穿，快奔的脚步将被藤蔓的柔软和蝎子的蜇咬缠绕。他将走向海滩的卵石，但是，上涨的潮水将翻卷着浪花，危险地逼近，告诉他这些卵石了解他的过去。他将盲目地加速跑向悬崖的顶峰，此时，赤道的疾风将刮进海湾的天然岩洞，刮进在发出回声的悬崖下开辟的采石场，像潘帕斯草原上无边无际的牛群一样吼叫。海岸的

灯塔将用嘲讽的光芒一直追逐他到北极，沼地的鬼火——燃烧的普通气体将用神奇的舞蹈使他的毛孔的汗毛颤抖，使他的眼睛的虹膜变绿。愿廉耻在你们的窝棚中感到惬意，安全地处在你们那些田野的林荫中。只有这样，你们的儿女们才会变得美丽，才会感激地向父母鞠躬。否则，他们将像图书馆的羊皮纸一样体质娇弱，发育不良，他们将在暴动的率领下大步前进，反对带给他们生命的光明，反对他们邪恶的母亲和她的阴蒂。'如果立法者第一个拒绝用这些严厉的法律强制自己，那人类又怎会愿意遵守呢……我的耻辱像永恒一样漫无边际！"我听见头发谦卑地宽恕了对它的非法监禁，因为它主人这样做是出于谨慎，不是出于轻率。最后一缕苍白的、照耀我眼皮的阳光在山峦的沟壑中消失。我向阳光转过身，看见它像裹尸布般折叠起来……别这样跳！住嘴……住嘴……要是有人听见就糟了！他会把你重放到其他头发中间；既然太阳已经沉入地平线，无耻的老头和温柔的头发双双爬离妓院，夜晚向修道院投下阴影，遮掩住你们那在平原上延伸的鬼鬼祟祟的脚步……这时，那只虱子突然从一个岬角后出现，抬起它的爪子问我："你对此有何看法？"但是，我不想回答它。我离开那里，来到桥上。我抹去原先的铭文，换上如下的话："心中保守这样一个犹如匕首的秘密极为痛苦，但是，我发誓永不泄露我第一次潜入这个可怕的城堡时见到的一切。"我把刻字用的折刀从栏杆上扔掉，我思考了片刻患有老年幼稚病的造物主的性格。唉！他或者实施暴行，或者犯下重罪，引起溃疡，造成丑陋的景象，他大概还要以此来让人类长久地痛苦（永恒即长久）。我一想到有这样一个仇敌，便像喝醉酒似的闭上眼睛，然后忧郁地重新上路，走过街道的迷宫。

第四支歌

/

一个人或一棵树或一块石头开始咏唱《第四支歌》。当脚掠过一只青蛙时，人们有一种厌恶的感觉：而当人们用手轻轻地擦过人体时，指头上的皮肤却像一块被榔头击碎的云母片似的开裂；我们的肠胃在手接触人体后过了很久还在上下翻腾，仿佛一条在甲板上死去一个小时的鲨鱼仍具有顽强的生命力，心脏还在跳动。人是多么会唤起自己同类的反感！当我提出这点时，我可能弄错了，但是，我也可能说对了。我认识并了解一种疾病，它比因长期思索人的奇特性格而红肿的眼睛更可怕：不过，我还在寻找这种疾病……我还没能发现它！我不认为自己不如别人聪明，然而，谁敢断言我的研究已经成功。他的口中将吐出什么样的谎言！丹达拉古庙位于离尼罗河左岸一个半小时路程的地方。今天，无数的胡蜂群占据了檐沟和檐板。它们围着柱子飞舞，宛如一头浓密的黑色发浪。它们是寒冷的长廊中唯一的居民，看守着前厅的入口，这似乎是世袭的权利。我把它们金翅的嗡鸣比作极海淌凌时相互推挤的浮冰不断发出的碰撞声。但是，每当我察看那个接受天赋王权而统治大地的人的品行时，我那三个痛苦的翅端便发出更响的声音！当一颗彗星在离别八十年后突然出现在夜晚的天空，向地球的居民和蟋蟀炫耀闪亮、轻盈的彗尾时，也许，它没有意识到这次旅行的漫长。我就不是这样：当冷漠、阴郁的齿形地平线在我心底蓬勃升起时，我倚着床头，耽于怜悯的幻梦，为人类而脸红！水手值完夜班，被寒风劈成两半，急忙回到他的吊床上：为什么我就没有这种安慰？我自愿堕落得和我的同类一样低下，我

比别人更无权抱怨我们那被绑在一个行星硬壳上的命运和我们那邪恶灵魂的本质。这种思想如一颗铁钉般刺透了我。人们见过瓦斯的爆炸彻底毁灭了一些家庭。但是，这些人民经历了极短的临终时刻，因为他们几乎是暴卒在瓦砾和毒气中：我……我像玄武岩一样永世长存！无论在生命的中期还是在生命的初期，天使都和自己相像：不久前，我不再像我自己了！人类和我都被囚禁在我们有限的智慧中，如同湖水经常被一圈珊瑚岛囚禁。我们不是联合我们各自的力量抵御灾难和不幸，而是怀着颤抖的仇恨分手，走上两条相反的道路，仿佛我们曾用利剑相互刺伤！我们好像都明白自己在对方身上引起的轻蔑。我们出于一种有限的尊严，都急切地希望对手不要误入歧途。我们都待在自己一边，都知道不可能维持所宣告的和平。好吧，算了！让我这反人类的战争无限地拖延下去，既然我们都在对方身上认出了自己的堕落……既然双方是死敌。不论我是取得灾难性的胜利还是灭亡，战斗将是美丽的：我独自对付人类。我将不使用木头或钢铁制造的武器，我将用脚踢开从地下采掘的矿藏：竖琴那强烈、纯洁的音响在我的手指下将成为令人生畏的法宝。人这只崇高的猴子不止一次地伏击我，斑岩的长矛已经刺穿我的胸膛：一个战士从不显示他的伤口，尽管伤口如此光荣。这场可怕的战争将给双方投下痛苦：两个朋友顽强地竭尽全力相互摧毁，这是什么样的悲剧！

2

　　山谷中有两根很容易而且很可能被当成猴面包树的柱子，比两根别针更高大。其实，这是两座巨大的城楼。尽管一眼望去，两棵猴面包树和两根别针并不相似，甚至和两座城楼也不相似，然而，只要人们巧妙地使用谨慎的手法，就可以不必担心弄错地肯定（因为，如果这种肯定伴有一丝担心，它就不再是一种肯定；尽管这两种心灵现象由同一个名词表达，但它们具有截然不同的性质，不会被轻率地混淆），一棵猴面包树和一根柱子并没有多少差别，以致比喻在这些建筑形式……或者几何形式……或者这种和那种形式……或者不是这种也不是那种形式……或者更确切地说，高耸而粗壮的形式之间是禁止的。我刚才发现了柱子和猴面包树这两个名词特有的定语，对此我并不想表示异议：愿人们清楚地知道，我对他们指出这点时，既喜悦又骄傲；他们在烛光下——如果是黑夜，或者在阳光下——如果是白天，重新抬起眼皮浏览这些篇章，这是非常值得称赞的决定。而且，即使一个高级权贵用最清晰、最明确的措辞命令我们把这种每人都一定能不受处罚便可品尝的恰当比喻投入混沌的深渊，人们甚至在此时，尤其在此时也不应该忽略下述重要公理：在一个或遭鄙视或受恭维的修辞格的罪恶（罪恶，这是因为暂时、自发地以高级权贵的观点看）应用中，岁月、书籍、同类的接触、每人迅速发展繁荣的固有个性等造成的习惯在人类的头脑中留下了反复发作、不可救药的疤痕。如果读者觉得这个句子过长，请他接受我的歉意，但是，不要指望我会卑躬屈节。我可以承认我的错误，但不会用我的怯懦

使之更加严重。我的推理有时会撞上疯狂的铃铛，撞上概而论之不过是怪诞而已的严肃表象（尽管据一些哲学家说，很难区分滑稽和忧郁，因为生活本身就是一出喜悲剧或一出悲喜剧）。然而，每人都有可能杀死苍蝇，甚至杀死犀牛，以便不时地在过分艰险的工作中得到休息。下面是杀死苍蝇最简便的方法，尽管这不是最好的：用前两个手指捏死它们。其实，大部分深入探讨这个主题的作家都计算过，在许多情况下，切下它们的头更为可取。如果有人指责我谈论别针这种纯属无聊的主题，那么愿他不带偏见地注意：最大的结果往往由最小的原因造成。我不想远离这张纸的范围：如果我从这一小节的开始处撰写的艰涩的文学片段在一个棘手的化学或内科病理学问题中选取支点，那它可能不大受人欢迎，人们难道看不出这点？此外，一切趣味都符合自然情理。我在开始时如此精确地把柱子比作别针（当然，我不相信人们会有一天指责我这点），我的依据是光学法则，它证实，视线离一个物体越远，视网膜中的映象就越小。

这样，我们那倾向于闹剧的精神认为是毫无价值的、产生于一时冲动中的东西，在笔者的思想中通常却是一个被庄严宣布的重要真理！啊！那个失去理智的哲学家，他看见一只毛驴吃无花果便爆发出大笑！我丝毫也没捏造：古籍以最丰富的细节叙述了人类怎样自愿而可耻地遗弃高尚情操。我，我不会笑。我从未能笑出来，尽管我尝试过好几次。学笑非常困难。或者，更确切地说，我相信我厌恶这种畸形，这种情感构成了我性格中的一个基本标志。好吧，我曾目睹过更惊人的事情：我看见一只无花果吃毛驴！然而，我没笑，真的，口腔的任何部位都

没动。哭泣的需要如此强烈地控制了我，以致我的眼睛流出泪水。我抽噎着喊道："大自然啊！大自然！老鹰撕麻雀，无花果吃毛驴，绦虫咬人！"我还没下决心走得更远，我在心中自问，我是否谈到过杀死苍蝇的方法。是的，不是吗？同样真实的是我还没谈到过消灭犀牛！如果一些朋友硬对我说不是这样，我不会听他们，而且我会想起赞扬和奉承是两大块绊脚石。然而，为了尽可能地满足我的良心，我禁不住要提醒人们注意，这种关于犀牛的论述会把我拖出耐心和冷静的边界，而且它可能（甚至让我们大胆地说肯定）会使当代人感到泄气。在苍蝇之后没谈论犀牛！至少，我本该提一下这个并非预谋的疏忽来勉强为自己辩解（我却没有这样做）。人的脑叶中居住着各种真实而又不可解释的矛盾，深入研究过这些矛盾的人对上述疏忽并不感到惊奇。对一个伟大、简单的智慧来讲，什么都不值得注意：对圣贤来讲，自然界最微小的现象，只要它有神秘的地方，就会成为取之不尽的思考材料。如果有人看见一头毛驴吃无花果或一只无花果吃毛驴（除了在诗歌中，这两种情况不常发生），请你们相信，他在思考了两三分钟以便决定怎么办之后，就会舍弃美德的小路，开始像公鸡一样大笑！这并没有精确地证明公鸡是为了模仿人类才故意张嘴做出痛苦的鬼脸。我把人类身上名称相同的东西叫作鸟类身上的鬼脸！公鸡不脱离本性，这不是因为无能，而是因为骄傲。如果你们教它们念书，它们就会造反。这可不是一只对自己那愚昧的、不可饶恕的嗜好如此着迷的鹦鹉！啊！可恶的堕落！当人们笑时多像一只山羊！额头的平静无影无踪，让位给两只巨大的鱼眼（这难道不可悲吗？）……它们……它们开始像灯塔似的发光！我经常要郑重

地陈述一些最可笑的语句……我不认为这会成为拓宽嘴巴的充足理由！我忍不住会笑，你们将这样反驳我，我接受这种荒谬的解释，但此时，这将是一种忧郁的笑。笑吧，但同时也哭吧。如果你们不能用眼哭，那就用嘴哭吧。如果还不行，那就撒尿吧；不过，我要指出，此处需要随便哪种液体，以缓解向后咧嘴的大笑在肋部造成的干旱。至于我，我不会因那些人离奇的嬉笑和古怪的吼叫而感到狼狈，他们总在重述一些事情，却没有自己的个性，因为上帝在造人时为了控制骨骼而进行了无数的智力修改，个性就是其中之一，但这并没使人偏离原型。直到当代，诗歌走错了路，它或者上天，或者下地，不了解自己的生存法则，并且不断地被那些正人君子讥笑——这不无道理。它不谦虚……谦虚大概是一个不完善的生物身上存在的最美的品质！我，我想显示我的品质，但是，我并不虚伪，不会掩饰我的罪恶！笑、恶、傲慢和疯狂将轮流地出现在正义的感觉和正义的爱情之间，并将给人类的愚蠢做出榜样：人人都将在其中认出自己本来的面目，而不是自己应有的面目。也许，我的想象力想象出的这个理想虽然平凡，却将胜过诗歌至今为止所发现的一切更伟大、更神圣的东西。因为，如果我在这些篇章中暴露我的罪恶，那人们只会更加相信美德，我在这里让美德闪闪发光，我将高举它的王冠，未来最伟大的天才将会对我表示真诚的感激。因此，虚伪将被直截了当地赶出我的住宅。我这些歌将表现出威严的力量，足以蔑视成见。他是为自己，而不是为自己的同类歌唱。他不在人类的天平上衡量他的灵感。他像风暴一样自由，但有一天却在他那不可征服的可怕意志的海滩上搁浅！他除了自己，什么也不怕！在这些超自然的战斗中，

他将以优势攻击人类和造物主,仿佛剑鱼把剑刺入鲸鱼的肚子:笑是一只无情的袋鼠,漫画是一群大胆的虱子,愿那个总弄不懂这点的人被他的孩子和我的瘦手诅咒!……山谷中有两座巨大的城楼,我在开头说过了。它们乘以二,乘积是四……但我看不太清楚这种算术运算的必要性。我继续行路,脸上发烧,不断地大叫:"不……不……我看不太清楚这种算术运算的必要性!"我听见折断的锁链发出痛苦的呻吟。愿每一个经过此地的人都认为,城楼乘以二以便乘积是四,这是不可能的!有人猜想我爱人类,似乎我是他们的母亲,似乎我在芳香的肚子中怀了他们九个月。所以,我不再到这个竖立着两个被乘数的山谷中来了!

3

一个绞架竖立在地面上,离地一米有一个男人,头发吊着,双手捆在身后。他的腿是自由的,这使他更加痛苦,更加向往任何一种与胳膊的交织相反的事物。他的头发被悬挂的重量绷紧,这种状况迫使他的脸失去了自然的表情,好似一块凝固的钟乳石。他遭受这种酷刑已经三天。他喊道:"谁来松开我的胳膊?谁来松开我的头发?我的动作只会使头发和头皮越离越远,我要解体了。干渴和饥饿不是妨碍我睡觉的主要原因。我的生命不可能超过一小时的界限。谁来用锋利的石块割断我的喉咙?"每个词的前后都伴有猛烈的吼叫。我从藏身的灌木丛后出来,奔向这个玩偶,或者说奔向这块挂在天花板下的肥肉。但是,两个喝醉的女人跳着舞从对面过来了。一个拿着一只口袋和两根铅丝鞭子,另一个拿着一只盛满沥青的木桶和两把刷

子。那个老妇的白发随风飘扬，宛如一块破碎的纱巾，另一个女人的踝骨发出响声，仿佛一条用尾巴击打船尾的金枪鱼。她们的眼睛闪烁着又黑又亮的火苗，我起初以为这两个女人不是我的同类。她们笑得这么放荡、自私，她们的相貌唤起这么多的反感，我连一刻都没怀疑过我的眼前是两个最丑恶的人类典型。我又藏到灌木丛后，默不作声，如同一只仅仅把头伸出洞穴的甲虫。她们以潮水的速度靠近。我把耳朵贴在地上，清楚地听到她们的脚步，听到抒情的震荡声。这两只母猩猩来到绞架下，在空气中闻了几分钟。她们发现这里毫无变化：她们所期待的死亡结局还没到来。于是，她们便做出各种荒唐的动作来表现她们的惊愕，这种惊愕来自她们的经验，在数量上确实惊人。她们不屑抬头来看大香肠是否还在老位子。一个说道："你还在呼吸，这可能吗？我亲爱的丈夫，你可真能活。"就像两个歌手在教堂中轮唱圣诗经文，第二个应答道："我漂亮的儿子，那么你是不想死了？告诉我，你是怎样吓跑秃鹫的（肯定是用了某种巫术）？的确，你的骨架这么瘦弱，像灯笼一样被轻风吹动。"她们每人拿起一把刷子，把沥青抹到这个悬挂的人身上……每人拿起一根鞭子，举起胳膊……我赞叹不已（绝对不可能不像我这样做），金属的鞭子多么准确、有力，它们不是像人们和一个黑鬼打架那样掠过表皮，不是像人们在噩梦中揪住头发那样白费力气，而是因沥青的缘故一直打进肉里，留下深得见骨的伤痕。这场表演非常怪诞，但并不像人们有权期待的那样特别滑稽，我防止自己受到诱惑并感到快乐。然而，尽管已经下定决心，但怎能不承认这些女人的力量和这些手臂的肌肉？她们的灵巧在于抽打脸和小腹这些最敏感的部位，如

果我有叙述全部真相的雄心，我就要提及她们的灵巧！除非我闭紧两片嘴唇，特别是在水平方向上闭紧（当然，谁都知道这是产生压力的最普通方法），宁愿保持充满眼泪和秘密的沉默，这种沉默不仅等于而且胜过我的言语（因为，我不相信我弄错了，尽管原则上讲不应该肯定地否定犯错误的假定可能性，违者即违背了最基本的精明法则），它那痛苦的表现无力掩盖使用干瘪手掌和强壮关节的疯狂所造成的悲惨后果：即使人们不以公正的旁观者和老练的道学家的观点看也一样（我声明我不同意，至少不完全同意这种多少有点虚假的保留，这几乎是相当重要的）；否则，对此事的怀疑不可能扩展它的根蘖；因为，目前我还不认为它掌握在一个超自然力的手上；否则，由于缺少一种同时满足营养和无毒这两个条件的汁液，怀疑必将死亡，尽管也许不是突然死亡。我只是把我的信念的羞怯人格搬上舞台，这早已谈妥，否则，你们不要阅读我的作品。然而，我丝毫也没想过放弃某些不容置疑的权利！当然，我的意图不是反对下述具有确定标准的论断：存在一种更为简单的相互理解的方法，它值千言万语，但我只用几个字来表述，这就是不要争论，这种方法实行起来比一般人想的要难。争论只是一个字眼，很多人将发觉，没有一大堆资料作为证据就不应该反驳我刚才写在纸上的话。然而，如果允许各自的本能以一种罕见的精明服侍他的谨慎，那么事情就又大不相同，否则你们可以相信，他做出的评判就会显得大胆到了接近吹牛的程度。为了结束这段以一种极其可悲又极其有趣的轻率方式蜕去表皮主动出现的短小插曲（每人只要检查一下自己最近的记忆就可以验证此事），最好还是，如果各种才智绝对平衡，或者说，如果在天平上愚

蠢不是大大压过那个盛着高贵、华丽的理性的托盘，就是说，为了更清楚起见（因为，至今为止我的文笔一直都很简洁，但有些人却不承认，因为我的句子很长，而这只是想象的长度，因为这些长句完成了它们的使命，它们用分析的解剖刀围剿转瞬即逝的真理，一直追到它最后的堡垒），如果智慧足以战胜习惯、天性、教育这些使它感到窒息的缺陷，那么，最好还是，我再说最后一遍，因为，重复太多常常会使人们无法相互理解，最好还是夹着尾巴（如果说我真有一条尾巴）回到凝固在这一节诗中的悲剧主题上来。在继续我的工作之前，喝一杯水是有用的。我宁可喝两杯，而不愿意省去不喝。这就好像在森林里追捕一个逃亡的黑奴时，队伍里的成员在约定的时刻把枪挂在藤枝上，聚拢在树荫下，解渴充饥。但是，停歇只持续几秒钟，激烈的追捕又重新开始，很快就响起号角声。就像氧气可以从它不无谦虚地具备的、能使一根有几处热点的火柴重新燃起的特性辨认出来，人们也可以从我为了回到正题而显出的急迫看出我完成了义务。当这两个女人看到自己无法拿住鞭子时，当劳累使鞭子从她们手中滑落时，她们明智地停下已经进行了近两小时的体操训练，满怀对未来的威胁快乐地离开了。我走向这个用一只冰冷的眼睛向我求救的人（因为，他大量失血，虚弱得说不出话，依我看——尽管我不是医生，大出血发生在他的脸和小腹上），解开他的胳膊，然后用一把剪刀剪断他的头发。他对我讲述道，一天晚上，他母亲把他叫到她的房间，吩咐他脱去衣服和她在一张床上过夜，还没等他做出任何回答，母亲便解开自己的所有衣服，在他面前做出各种最猥亵的纠缠动作。那时，他逃掉了。另外，由于不断拒绝，他还招来了妻

子的怨恨，要是她能成功地促使丈夫献身于老妇的情欲，她将有希望得到一笔报酬。她们决定在附近的无人区域准备一个绞架，采用计谋把他吊到上面，让他经受各种苦难和危险，缓慢地丧命。她们进行了大量的、非常成熟的思考，其中充满几乎无法克服的困难，最后终于把她们的选择导向这种精巧的刑罚，它只是由于我意外的干预才得以结束。最热烈的感激的表示加强了每一个语句，却没有给他这些知心话带来最微小的价值。我把他背到最近的茅屋；因为，他刚才昏过去了。我在离开农夫前，把钱袋留给他们，让他们护理伤员，让他们答应将这个不幸的人当成自己的儿子，持久地对他表现出同情。我又给他们转述了这个事件，然后走向门口，重新踏上小路。但是，我在走出约一百米后，又机械地半途折回，再次进入茅屋，对那些淳朴的主人喊道："不，不……不要以为这件事让我惊奇！"这次，我确实离开了，但是，脚掌着地不稳：别人也许不会发现！那只狼不再像它以前让陶醉的想象力走上一条虚幻的饭菜之路时那样，从这个妻子和母亲在春日里共同竖立的绞架下经过。当它看到地平线上这缕被风吹动的黑发时，它非但不敢鼓起它那迟钝的勇气，反而以无可比拟的速度逃开。是否应该把这种心理现象看成是一种高于哺乳动物的一般本能的智慧呢？我什么也没有证明，甚至什么也没有预言，但我觉得这只动物明白了什么是罪行！当一些人以这种无法形容的方式抛弃理性帝国、只让凶残的报复占据这个被废黜的皇后的位置时，它怎么会不明白呢？

4

　　我很脏。虱子咬我。公猪见到我就呕吐。麻风使我身上布满鱼鳞般的疮痂，流着黄脓。我不认得河水，也不认得雨露。我的颈背好似一堆粪肥，上面长出一朵巨大的伞形蘑菇。我坐在一件丑陋的家具上，四个世纪以来没移动过肢体。我的双脚在地上生了根，直到腹部变成一种类似多年生植物的东西，满是卑鄙的寄生虫，它虽然还不能算作草木，但已经不是皮肉。然而我的心在跳动。但如果不是我的尸体（我不敢说身体）腐烂的气味提供大量的养料，它怎么能跳动呢？我的左腋下，住着一家蛤蟆，只要其中一只动弹，我就发痒。当心，别让一只溜出来用嘴挠你们的内耳：然后，它可能进入你们的大脑。我的右腋下，一条变色龙在不断地追捕它们，以免饿死：大家都应该活下去。但是，当一派完全挫败另一派的诡计时，它们丝毫也不感到拘束，并且一起吮吸那美味的、覆盖着我的肋骨的脂肪。我已经习惯了。一条凶狠的蝰蛇吞掉我的阴茎，占据了那个位置：这个恶棍，它使我成为太监。啊！要是我能用我瘫痪的胳膊自卫就好了，不过，我宁可相信胳膊变成了劈柴。无论如何，重要的是红色的血液不再流到这儿了。两只长不大的小刺猬把我的睾丸扔给一条狗——它没有拒绝：它们洗净阴囊，自己住到里面。一只螃蟹挡住我的肛门，它在我呆滞的鼓励下，挥舞着它的夹子看守入口，这使我非常疼痛！两只水母立即受到一个希望的引诱——这个希望没有落空，它们越过海洋，仔细地察看了那两块构成人体臀部的肥肉，然后紧贴在凸面上，持久地保持着压力；两块肉消失了，只剩下两个来自黏性王国

的怪物，同样的颜色，同样的形态，同样的凶残。你们不要谈论我的脊柱，因为它是一把利剑。是的，是的……我没注意到这点……你们的要求是正当的。你们想知道它是怎样垂直地插入我的腰部，不是吗？我记不太清了，然而，如果我决心把也许只是梦想的东西当成回忆，那么你们可以知道，人类听说我立志要与疾病和静止一同生活直到战胜造物主，他们踮着脚尖在我身后走来，脚步并不轻盈，所以我听见了。在一段不长的时间里，我完全失去了知觉。这把尖刀直到刀柄都插入节日的公牛的肩膀，公牛的骨骼像地震般颤动。刀身和我的身体贴得如此紧密，至今还没人能拔出来。竞技者、机械师、哲学家、医生都轮流试过各种各样的方法。他们不知道人类所作的恶不可解除。我原谅了他们极度的天真无知，用我的眼皮向他们致敬。旅行家，当你从我身边经过时，我求你别对我说任何一点安慰的话：你会削弱我的勇气。让我用志愿殉难者的火焰重新点燃我的顽强。走开……但愿我不能引起你丝毫的孝心。仇恨比你想象的更奇怪，它的行为就像一根插入水中的棍子那断裂的表象一样不可解释。同你所见的一样，我还能率领一群杀人犯远征到天国的围墙边上，然后再回到这种姿势中，以便重新思考高尚的复仇计划。别了，我不再耽搁你了，想一想找这必然通向反抗的命运吧，以便你能得到教益，保护自己，而我出生时可能是善良的。你把看到的事情讲给你儿子听吧，握住他的手，让他赞叹星辰的美丽和宇宙的神奇，赞叹知更鸟的窝和天主的庙。你将惊奇地看到他顺从父亲的劝告，你将用微笑奖励他。但是，当他知道没人监视他时，你再瞧他一眼吧，你将看到他对着美德吐痰。这个人类的后裔欺骗了你，但是，他无

法再骗你:今后你将知道他会成为什么东西。啊,不幸的父亲,
准备永不消失的断头台和痛苦来陪伴你晚年的脚步吧,断头台
将砍下一个早熟的罪犯的脑袋,痛苦将给你指点通向坟墓的道
路。

5

　　在我房间的墙壁上,以无比强大的力量投下其干瘪轮廓的,
是什么样的身影? 当我把这疯狂而沉默的疑问放入心中时,文
笔这样朴实,不是为了表现形式的庄严,而是为了表现真实的
画面。不论你是谁,为自己辩护吧,因为,我要用可怕控告的
投石器瞄准你:这双眼睛不是你的……你从哪儿得到的? 一天,
我看见一个金发女人从我面前走过,她的眼睛和你的一样:你
挖掉了她的眼睛。我知道,你想让人相信你的美丽,但是,谁
都不会弄错,我比别人更不会。我告诉你这些,以免你把我当
傻瓜。形形色色的猛禽,美得像阿肯色那些瘦骨伶仃的疏叶工,
它们喜食他人的肉,并为追捕的利益辩护,它们围绕着你的额
头飞舞,仿佛是一些驯服的奴仆。但那是一个额头吗? 这让人
犹豫,难以相信。这个额头如此狭窄,以致证据不足,无法证
实它那可疑的存在。我对你说这些,并不是为了寻开心。也许,
你没有额头,你拖着你的腰椎骨在墙上狂热地来回摇摆,宛如
一个神奇的舞蹈那扭曲的映象。那么,是谁割掉了你的头皮?
如果是一个人——因为你把他关进监狱二十年,所以他越狱后
开始进行名副其实的报复,那么他做了他应该做的事,我为他
鼓掌。只是——这儿有一个只是,他还不够严厉。现在,你像
一个被俘的印第安人,至少(让我们预先指出这点),从你没

有头发而富于表情这点看就是如此。头发并非不能再生，因为生理学家发现，一些动物即使大脑被摘除，久而久之也会再长出来。但是，我的思想只停留在一个简单的事实上，根据我有限的观察，这个事实并不缺少一种极大的快感，我即使在最大胆的推论中也不会一直走到祝愿你痊愈的地步，相反，我即使严守比可疑更可疑的中立，也有充分理由把这种对你来说只不过是暂时失去了覆盖头顶的头皮的事实看成是更大灾难的预兆（至少，但愿如此）。我希望你明白了我的意思。甚至当一种荒诞的、有时不合情理的奇迹使你偶然重新找到了这张被你的仇人当作他那令人陶醉的胜利的纪念品而以宗教式的警惕珍藏起来的宝贵头皮时，尽管你正当、然而有点夸张地担心头皮已经部分或完全冷却，但你很可能不会拒绝这个重要的，甚至唯一的，以一种尽管突然、然而却如此及时的方式呈现给你的机会，哪怕人们只从数学角度研究概率法则也是如此（不过，我们知道，这一法则的应用很容易通过类比转入其他的智力领域）。你将戴一顶理所当然属于你的帽子——因为它是天生的，避免你的脑髓的各个部分接触空气，另外，你可以将它一直留在头上，而不会有那些总是令人不愉快的、违反基本礼节中最简单规则的危险（你若否认这一点，那将是不可理解的）。你是不是真的在专心听我讲话？如果你更专心，你的忧愁就远不会离开你红色的鼻孔。但是，因为我非常公正，而且我讨厌你的程度低于我应该讨厌你的程度（如果我弄错了，你告诉我），所以你不情愿地听我演讲，仿佛被一种胜过你的力量推动。我不像你那么坏：所以你的天才才会自动地向我的天才鞠躬……确实，我不像你那么坏！你刚才望了一眼建在这个山坡上的城

市。现在，我看到什么了……所有居民都死了！我像别人一样
骄傲，如果更骄傲，那就成为一种罪恶。好吧，一个人回想起
他曾在非洲沿海的潜流中以鲨鱼的形态活了半个世纪，如果他
的坦白引起你足够的兴趣，使你能够注意他，那你就听吧……
听吧。虽然你并非没有痛苦，但你至少不会因显露你对我的反
感而犯下无法挽回的错误。我不会为了以我的本来面目出现在
你眼前而把美德的面具扔到你脚下，因为，我从来没有戴过这
种面具（如果这也算是一种辩辞）。要是你从一开始就仔细观
察我的面容，那你就会认出我是你在邪恶方面的恭敬的弟子，
而不是你可怕的对头。既然我不和你争夺恶的棕榈，我不相信
别人会这样做：他必须首先赶上我，而这并不容易……如果你
不是一团薄雾（你把身体藏起来了，我无法碰到它），那就听着：
一天早晨，我看见一个小姑娘俯身在一池湖水上，想摘取一朵
粉红的莲花，她以一种早熟的经验站稳了脚跟，当她向湖水弯
下腰时，她的眼睛遇到了我的目光（的确，我这方面并非没有
预谋）。她立刻像潮水在岩石周围激起的漩涡般摇晃起来，两
腿弯曲，一直落入湖底：这真是值得一看的绝妙场景，像我和
你聊天一样真实的现象。奇怪的结果：她不摘睡莲了。她在湖
底做什么？……我没打听。大概，她的意志正站在拯救的旗帜
下，同腐烂展开激战！但是你，啊，我的主人，在你的目光下，
城市居民转眼间都被消灭，仿佛被大象一脚踩烂的蚁穴。我不
是刚刚目睹了一个示范实例吗？看……那座山不再欢乐……它
像一个老人似的孤独。是的，房屋依然存在；但是，你不能说
那些已不在房屋中的人也依然存在，低声肯定这一点并不是悖
论。尸体的气味已经传到我这儿了。你没闻到吗？看，那些猛

禽正等着我们离开，以便大吃一顿，它们像一片无边无际的云朵从四面八方飞来。唉！它们已经到了，因为我看见它们贪婪的翅膀在你头上画出一个螺旋形纪念碑，仿佛是要激励你加速犯罪。你的嗅觉难道一点气味也没接收到吗？伪君子就是这样……你的嗅觉神经终于被香味原子震动了：它们来自那座被毁灭的城市，当然，这用不着我来告诉你……我想搂抱你的脚，但我的手臂只挽住了一团透明的蒸汽。让我们搜寻这个找不到但我的眼睛却看得到的身体：他应该从我这儿得到真诚的、不可胜数的赞赏。这个幽灵在嘲笑我。他在帮我寻找他自己的身体。我打手势要他举止分寸些，他也对我作同样的手势……我发现秘密了，但是，坦率地说，这并不使我感到非常满意。不论巨细，一切都得到了解释，没有必要再想这些事了，比如，挖掉金发女人的眼睛，这几乎微不足道！……我不是也回想起来了吗？我也曾被割去头皮，尽管我把一个人关入监狱只有五年(准确的时间有多长我记不起来了)，以便目睹他受难的情景，因为他拒绝给我友谊：他做得对，这种友谊不是给我这类人的。既然我装作不知道我的目光能杀人，甚至能杀死在空间运转的行星，那么，声称我没有记忆力的人并没有错。我现在要做的就是用一块石头把这面镜子砸碎……当我偶然由于不可弯曲的光学法则而置身于我自己那难以辨认的形象前时，暂时失去记忆的噩梦并不是第一次在我的想象中安营扎寨！

6

我在悬崖上睡着了。那个整天都在沙漠中追捕鸵鸟却没能追上的人，既没有时间进食，也没有时间合眼。如果他在阅读

我的作品，那他有可能在最艰难的时刻猜出我身上压着多么沉重的困倦。但是，当暴风雨用它的手掌把一艘军舰垂直推入海底时，如果全船只有一人登上木筏，疲惫不堪，一无所有；如果海浪像摇荡沉船一样摇荡他，持续时间比人的生命还长；如果此后有一艘驱逐舰在这片荒凉的海域巡航，发现了这个正漂浮在海面上的不幸的人，带给他险些过迟的救援；那么我相信，这个遇难者更能猜出我的感官的昏沉达到了什么程度。催眠和氯仿，如果它们愿意尽力，有时也会造成这样的嗜眠昏迷症。这种昏迷和死亡没有任何相似之处：这样说是大谎话。但还是让我们立即谈论梦境吧，以免那些渴望这类读物的人发出焦急的吼叫，好似一群为了一头怀胎的母鲸而打架的大头抹香鲸。我梦见我进入一头公猪的身体，很难从里面出来，我在泥塘中打滚。这是不是一种奖励？我实现了心愿,不再属于人类！至于我，我就这样解释，并感到更加快乐。不过，我努力探究我做了什么善事，竟能博得上帝这种惊人的宠爱。我令人恐惧地平躺在花岗岩的凸肚上，潮水不知不觉间两次漫过这种不可分离的、由死的材料和活的肉体组成的混合物；既然我回忆了此事的各个阶段，那么，也许应该不无益处地声明，这种堕落很可能是神圣的正义对我的惩罚。但是，谁了解自己内心的需求或自己那恶臭的欢乐的原因呢？在我眼里，变形从来都是一种完美幸福的强烈而崇高的回响，很久以来我就在期待。在我变成公猪的那天，它终于来到了！我在树皮上试我的牙，高兴地欣赏着我的长嘴。神性荡然无存：我的灵魂上升到这种极端的、无法言喻的高度。所以，你们这些无穷无尽的美的漫画，听我说吧，不要脸红，你们把你们那极其卑鄙、可笑的灵魂的

叫嚷看得太认真了；你们不明白为什么万能的上帝曾有一天在一个罕见、非凡的滑稽时刻（它当然并不超越怪诞的一般法则），欣喜若狂地在一个行星上安置了一些奇特的、被叫作"人类"的微生物——其材料近似红珊瑚。你们这些骨头和脂肪，你们虽然有理由脸红，但还是听我说吧。我不乞灵于你们的智慧，智慧对你们表示厌恶，你们将把它赶出血液：忘记它吧，你们应该始终不渝……那时，你们就再不受约束了。我想杀人时我就杀人，我甚至经常这样做，从来没人阻拦。尽管我现在平静地遗弃了人类，没有再攻击他们，但他们的法律仍然为了复仇而追捕我；不过，我丝毫也没受到谴责。白天，我和我的新同类交战，地上洒满一层层的凝血。我是最强者，百战百胜。我身上布满灼痛的伤口，但我却装作没看见。那些陆生动物远远地躲开我，我独自留在我那闪闪发光的伟大中。我游过一条河，以便远离那些被我的狂怒搞得空空荡荡的地区，到其他原野去栽植我那谋杀和屠杀的习俗。当我试图走上鲜花盛开的河岸时，我有多么惊奇。我的双脚瘫痪了，我被迫固定在那儿，纹丝不动。我做出超自然的努力以便继续我的路程，就在这时，我醒了，我感到我又变成了人。上帝就这样以一种并非无法解释的方式使我明白，即使在我的梦中，他也不想让我实现我那些崇高的计划。对我来说，回到我的原始形态是一种巨大的痛苦，以致我每夜都在为此哭泣。我的床单就像在水里泡过一样，总是湿的，我每天都要换。如果你们不相信，那就来看我吧，你们将通过亲自感受，不仅检验我这些言论的可能性，而且还检验它们的真实性。自从那个在星光下、悬崖上露宿的夜晚，我多少次地混入猪群，以便夺回我的权力，重新开始我那被粉碎的变

形！现在是离开这些光荣回忆的时候了，它们只留下了永恒的遗憾，苍白的银河。

7

在自然法则的潜在或明显的运转中，目睹一次异常的偏差，这并非不可能。事实上，如果每人都灵巧并费神地查阅一下他生命的各个阶段（不要忘记任何一个阶段，因为，可能正是这个阶段将证明我的论题），他将不无惊奇（在其他场合，这种惊奇将成为滑稽）地想起某一天——首先我谈一谈客观事物，他曾目睹某种现象，它似乎超越并且确实超越了那些众所周知的、由观察和经验提供的观念，例如蛤蟆雨：这种神奇的景象最初连学者都无法理解；他还将想起另一天——其次也是最后我谈一谈主观事物，他的灵魂向心理学那探究的目光呈现一种罕见状态，我不想说这是精神错乱（不过，精神错乱不仅同样令人惊奇，而且更加令人好奇），以便与某些冷酷无情的人和睦相处，他们从不原谅我那些显然夸张的胡言乱语。这种罕见状态往往十分严重，它表明常识为想象设置的界限（尽管这两种力量缔结了短暂的条约），不仅有时由于意志那强大的压力而不幸被超越，而且大部分时间里也由于意志缺乏有效的合作而被超越：让我们举几个例子作为证明，如果人们把适度的专心当成伴侣，那就不难赞赏这些例子的及时性。我要出示两个例子：愤怒狂和傲慢病。我要提醒读者注意，不要对文学美产生一种模糊甚至错误的概念，我极其快速地展开我的语句，摘除了文学美的花瓣。唉！我本想缓慢、壮丽地展开我的推理和比喻（但谁有时间呢），以使每人都更清楚地了解我在那个夏

夜的惊讶——如果不是恐惧。那天，当太阳似乎正在沉入地平线时，我看见一个人在大海里游泳，他肌肉强壮，手脚顶端长着鸭掌，后背长着鳍片，在比例上和海豚的一样长，一样薄。一群群的鱼（我在这些水中居民的行列中见到了电鳐、格陵兰鲸鱼以及可怕的鱿鱼）追随着他，不加掩饰地表现出对他的钦佩。有时，他潜入水中，但他发黏的身体马上又在二百米远处重新出现。那些鼠海豚，虽然依我看它们并没有盗取它们那游泳健将的美名，却只能在远处勉强跟上这个新种两栖人。如果读者不是用愚蠢的轻信给我的叙述设置有害的障碍，而是用深刻的信任给予崇高的服务，那我不认为他有理由后悔。这种信任以隐蔽的同情合法地探讨那些在他看来并不多的诗歌秘密，这些秘密由我来向他透露——只要有像今天这样的意外机会，这个机会浸透了水生植物的滋补的香味，这种香味被强劲的北风带入这节诗，这节诗包含了一个怪物，这个怪物把蹼足类的特性占为己有。是谁在这儿谈论占为己有？我们应该清楚地知道，人类具有种种复杂的天性，他们懂得拓展这些天性的边界。他们生活在水中如同海马，他们飞过高空如同海雕，他们钻入地下如同鼹鼠、甲虫和蚯蚓的崇高。这就是衡量安慰的精确标准，虽然它的表述形式或多或少（但更多，而较少）有点简洁，但非常令人鼓舞。当我远远地看到那个人在浪花上划动着四肢游得比最出色的鸬鹚还要快时，我在头脑中努力呈现的正是这个标准。我想，他也许犯下某种不为人知的罪行，他那臂和腿的顶端产生的新变化也许只是一种赎罪的惩罚。我没有必要折磨我的大脑来预先制造忧伤的怜悯药；因为，我不知道他是自愿获得这种奇特形态，还是被迫接受一种刑罚。他的双臂轮番

击打着苦涩的海浪，他那像独角鲸的螺旋形獠牙一样有力的双腿则向后推开水波。我后来知道真相很简单：这个人自愿离开了多石的大陆，让生命在液体中延长，这逐渐带来了我注意到的那些重要但并非本质的变化。他刚一出现（他以一种无法形容的轻盈出现，距离造成了这种十分痛苦的情感，心理学家和谨慎的情人很容易就能明白这一点），我那有点模糊的目光使我以为他是一条形态奇特的鱼，这条鱼还没记录在博物学家的分类中，但也许会进入他们身后的著作，不过，尽管情有可原，我并不倾向于这最后一个在过分虚假的条件中设想出来的假设。事实上，这个两栖人（既然他真是两栖，既然人们不能反驳这点），除了鱼类和鲸类，只有我一人能看见。我发现一些农夫停下来凝视我那被这种超自然现象吓慌的脸，他们徒劳地寻思为什么我的眼睛以一种似乎不可战胜但实际上并非如此的毅力紧盯着大海的一个地方，他们在那里只能辨认出数量可观然而有限的各类鱼群。于是，他们的大嘴便膨胀起来像一头鲸鱼。"这使他们微笑，而不是像我一样变得苍白。然而，他们不至于蠢到不能发现我看的恰巧不是鱼类在野外的活动，我的视线停在前方更远处。"至于我，当我不由自主地把眼睛转向这些有力的、宽得出奇的嘴时，我在心里想道，除非人们在全宇宙范围内找到一只鹈鹕，大得像一座山，至少像一个岬角（我请你们欣赏这种限制的巧妙，它并未丧失一寸土地），否则，任何猛禽的喙或野兽的颌都永远不可能超过，甚至不可能赶上这些敞开的、过分阴森的火山口。尽管我很大程度上是在使用给人以好感的隐喻（这一修辞格帮助人类憧憬无限，它提供的服务比一些人努力想象的还要多，这些人浸透了成见和错误思

想——这是一回事），但是，这些农夫的嘴确实大得足以吞下三头抹香鲸。让我们进一步节制我们的思想，严肃一些，就只说是三只初生的小象吧。两栖人只划了一下水，就在身后留下一公里翻卷着泡沫的水波。他向前举起的手臂在重新入水之前短暂地在空中停留，他分开的手指被好像薄膜般的皮肤皱褶连接在一起；他的手似乎在伸向高空，摘取星星。我站在一块岩石上，把手握成喇叭状大声喊叫，螃蟹和螯虾向最隐蔽、最黑暗的裂缝逃去："啊，你，你的游泳速度胜过军舰鸟那长长的翅膀的飞行，如果你还能明白人类为了忠实地表达内心思想而用力发出的声音的意义，那就请你在快速的行进中停一下，给我简略地讲一下你各个阶段的真实故事。但是，我要提醒你，如果你大胆的意图是要让我产生友谊和崇敬，那你就没必要对我说话，从我第一次看见你以鲨鱼的优美和力量完成你那笔直的、不屈不挠的朝圣时，我就感到了对你的友谊和崇敬。"一声冰冷刺骨的叹息使那块我用脚掌踩着的岩石摇晃起来（如果不是我自己在摇晃：声波带着这种绝望的声音猛烈地钻进我的耳朵），并且一直传到地心深处：鱼类发出雪崩的声音，潜入浪涛。两栖人不敢过分靠近海岸。但是，当他确信他的声音可以比较清楚地传到我的耳膜时，就放慢了他蹼足的动作，在怒吼的浪花上露出他盖满海藻的上身。我看见他低下额头，似乎在发布一道庄严的命令，召唤记忆中游荡的犬群。我不敢打断他这种神圣的考古工作：他沉浸在过去，宛如一块礁石。他最终说出如下的话："蜈蚣不缺少仇敌，它长有无数只脚，但这种神奇的美丽不仅没有给它带来其他动物对它的好感，反而可能成为它们嫉妒和恼怒的强烈兴奋剂。如果我得知这只昆虫

成为最强烈的憎恨的目标，我不会惊奇。我将对你隐瞒我的出生地点，它在我的故事中并不重要；但是，波及我家的耻辱对我的责任却很重要。我的父母（愿上帝饶恕他们）在等待了一年之后，看到上天满足了他们的心愿：一对双胞胎，我兄弟和我出生了。这本该是相爱的又一个理由，但事实却不是我说的这样。因为我在两人中更聪明、更漂亮，所以遭到我兄弟的怨恨，他从不费神掩饰他的情感。我的父母把他们的大部分爱都给了我，而我则用真诚、持久的友谊，尽力平息我的心灵：它无权反对自己的同胞。此时，我兄弟气得发疯，他用最荒谬的诽谤在我父母的心中毁了我。我在一间囚室中度过了十五年，虫子和泥水便是我全部的食品。我不想对你详细讲述我在这种不公正的长期非法关押中遭受的闻所未闻的折磨。有时，在一天中，这三个刽子手轮流地突然进来，带着夹子、钳子等各种刑具。酷刑使我发出的叫喊不能打动他们，我的血液大量流失，他们却在微笑。啊，我的兄弟，我宽恕你，尽管你是这一切恶的起因！盲目的狂怒使他最终也没能睁开自己的双眼，这怎么可能。我在永恒的监禁中进行了大量的思考。你可以猜出我对人类的普遍仇恨变成了什么。缓慢的衰弱和身心的孤独还没使我完全失去理智，达到怨恨这些人的地步，我依然爱他们：我是这三重枷锁的奴隶。我终于通过计谋恢复了自由！因为厌恶大陆上的居民——他们尽管自称是我的同类，至今为止却显得和我毫不相像（如果他们认为我和他们相像，那为什么要虐待我），所以我向海滩的卵石跑去，下定决心自杀，也许大海会让我回忆起生命之前必然存在过的状态。你能相信自己的眼睛吗？自从我逃离父亲的房屋，住进大海的水晶洞之后，我并不像你想象

的那样抱怨。如你所见，上帝给了我天鹅的部分形态，我和鱼类和平相处，它们给我所需的食物，好像我是它们的君主。我要发出一声奇特的呼啸——但愿这不妨碍你，你会看见它们怎样重新出现。"他发出他预言的那种喊声。他重新开始像君王般游动，随行的臣民围绕在他的周围。尽管几秒钟后他从我眼中完全消失，但我通过一个望远镜还能在天边认出他。他一只手划水，另一只手擦着眼睛。他曾被迫靠近坚实的土地，这种可怕的强制使他的眼中充满了血。他为了让我高兴而做了这件事。我把望远镜摔到陡峭的悬崖上，它从一块岩石跳到另一块岩石，海浪接收了它散乱的碎片。这就是最后的表示，最后的永别，我以这种举动向一个高贵而不幸的智慧致敬，仿佛是在梦中！然而，在这个夏夜发生的一切全是真实的。

8

每天夜晚，我展开翅膀进入我垂死的记忆，回想法尔梅……每天夜晚。他那金色的头发、他那椭圆的脸庞、他那庄重的仪表仍然铭刻在我的想象中……不可磨灭，尤其是他那金色的头发。移开，移开这个像龟甲一样光滑的秃头吧。他那时十四岁，我仅比他大一岁。愿这副凄惨的嗓音停下来，为什么它要来揭发我？但这是我自己在说话。我使用自己的舌头，表达自己的思想，我发觉自己的嘴唇在动弹，这是我自己在说话。是我自己在叙述一个我青年时代的故事并感到悔恨渗透我的心灵……是我自己，除非我弄错了……是我自己在说话。我仅比他大一岁。那么，我影射的这个人是谁？我想，他是我过去的一个朋友。是的，是的，我已经说过他叫什么名字……我不想重念那三个

字，不，不。而且复述我仅比他大一岁也没益处。谁知道呢？
然而，还是让我们重说一遍吧，不过，用一种痛苦、低沉的语调：
"我仅比他大一岁。"即使在那时，我也愿意用我优越的体力来
搀扶这个依靠我的人走过生活的崎岖小路，而不愿意虐待一个
明显比我柔弱的人。现在，我确实认为他比我柔弱……即使在
那时。我想，他是我过去的一个朋友。我优越的体力……每天
夜晚……尤其是他那金色的头发。不止一人见过秃头：衰老、
疾病、痛苦（这三者共同或分别）令人满意地解释了这种消极
现象。至少，如果我请教一个学者，他将给我这样的回答。衰
老、疾病、痛苦。但是我并非不知道（我也是学者），曾有一天，
当我举起匕首准备刺穿一个女人的乳房时，他挡住了我的手，
于是我用钢铁的臂膀抓住他的头发，让他在空中打转，速度如
此之快，以致他的头发留在我的手上，而他的身体却被离心力
抛出，撞上一棵橡树的树干……我并非不知道，曾有一天，他
的头发留在我的手上。我也是学者。是的，是的，我已经说过
他叫什么名字。我并非不知道，曾有一天，我犯下无耻的罪行，
而他的身体却被离心力抛出。他那时十四岁。我精神错乱，跑
过田野，在心口上紧紧地捧着一个血淋淋的东西——我把它当
作珍贵的圣物保存已经很久了。此时，孩子们追着我……孩子
和老妇追着我扔石块，发出悲哀的呻吟："那是法尔梅的头发。"
移开，移开这个像龟甲一样光滑的秃头吧……一个血淋淋的东
西。但这是我自己在说话。他那椭圆的脸庞、他那庄重的仪表。
现在，我确实认为他比我柔弱……老妇和孩子。现在，我确实
认为……我想说什么？……现在，我确实认为他比我柔弱。用
钢铁的臂膀。这种碰撞，这种碰撞把他撞死了吗？他的骨头是

否在树上撞碎了……无法补救？这种由一个竞技者的力量造成的碰撞把他撞死了吗？尽管他的骨头撞碎了，无法补救，但他的命是否保住了……无法补救？这种碰撞把他撞死了吗？我害怕知道我紧闭的眼睛不曾目睹的事情。确实……尤其是他那金色的头发。确实，我远远地逃开了，良心从此无法平静。他那时十四岁。良心从此无法平静。每天夜晚，当夜阑人静，一个渴望荣誉的年轻人，在六层楼上，伏在书桌前，听见一阵不知发自哪儿的声响。他向四处转动他那因沉思和满是灰尘的手稿而昏昏欲睡的脑袋；但是，什么也没有，没有任何意外的迹象向他揭示造成这种声音的原因。声音非常微弱，尽管他能听见。他最终发现，烛烟穿过周围的空气，升上天花板，使一张挂在墙钉上的纸几乎无法觉察地颤动。在六层楼上。就像一个渴望荣誉的年轻人听见一阵不知发自哪儿的声响一样，我也听见一个婉转的嗓音在我耳边说："马尔多罗！"但是，他在结束错误之前，以为听见的是一只蚊子的振翅声……伏在书桌前。然而，我不是在做梦，我躺在绸缎床上，但这又有什么关系？我要镇定、敏锐地指出，尽管现在已经到了化装舞衣和化装舞会的时间，但我仍然睁着双眼。从来没有……啊！从来没有一个致命的嗓音如此悲痛、如此优美地以天使的声调念出这些组成我名字的音节！一只蚊子的振翅声……他的嗓音多么和蔼。他宽恕我了吗？他的身体撞上一棵橡树的树干……"马尔多罗！"

第五支歌

/

如果不幸，读者不喜欢我的散文，愿他不要对我生气。他承认了我的思想至少是独特的。可敬的人，你说出了真理，但这是一种带有偏见的真理，而任何带有偏见的真理都是差错和误会的丰富源泉！椋鸟群以自己特有的方式飞行，它们似乎遵循一种固定不变的策略，就像一支训练有素的部队严格地服从一个队长的命令。椋鸟服从的是本能的命令，本能总让它们靠近鸟群中央，而快速的飞行则不断把它们带向远方。因此，这一大群趋向同一个磁点的椋鸟聚集在一起，不停地来来往往，纵横交错，形成剧烈动荡的旋风；旋风的整体没有确定的方向，个体的特殊飞行运动组成了群体超越自身的普遍发展运动；旋风的中央总在扩展，但又不断被来自边缘的相反力量所压制、排斥；中心永远比周围紧密，而周围则越邻近中心越紧密。尽管椋鸟具有这种独特的旋转方式，但它们仍以罕见的速度划破周围的天空，明显取得可贵的进展，分分秒秒地接近它们劳累的终点，接近它们朝圣的目标。你也一样，不要注意我唱每节歌时奇怪的方式。但是，你要相信，诗歌那基本的声音在我的智慧中依然保持着固有的权利。我们不应把特殊事件普遍化。其实，这正是我求之不得的；然而，我的品性只可能处在正常的范围以内。你理解的文学和我的文学这两个极端之间，也许存在着无限多的中间状态，它们可以轻易地被继续分割；然而，这不仅毫无益处，而且还有危险；因为，这一出色的、具有哲理性的观念产生于宽广的想象，一旦不这样理解它，一旦对它做出狭隘、错误的解释，它就不再合乎情理。你懂得调配热情

和内心的冷漠，保持克制的情绪。总之，我觉得你十全十美……但你不愿理解我！如果你身体不好，那就听我的劝告去乡间散步（这是我给你的最有益的劝告）。可悲的补偿，你满意吗？你呼吸了新鲜空气，再回来找我：你将精神焕发。别再哭了，我不是有意让你伤心。我的朋友，从某种程度上讲，我的歌不是已经赢得你的好感了吗？而谁又妨碍你达到另外的程度呢？你的趣味和我的趣味之间的界线是看不见的，你永远也抓不住它，这证明界线本身并不存在。那么想想吧（我只触及一下这个问题），你可能与固执签订了盟约，而固执是骡子的可爱女儿，是褊狭的丰富源泉。如果我不知道你不是傻瓜，我就不会这样责备你。你把自己禁锢在软骨甲壳——你以为不可动摇的公理中，这对你没有好处。其他的公理同样不可动摇，和你的公理并行不悖。如果你偏爱焦糖（大自然的奇妙玩笑），谁也不会认为这是罪行，但是，那些思想更刚强、更能成就大事业的人却喜欢胡椒和砒霜，他们有充分理由这样做，他们无意把他们的和平统治强加给那些在一只田鼠或一个富有表情的立方体前吓得发抖的人。我这只是经验之谈，不是来这儿扮演教唆犯的角色。轮虫和熊虫在被加热到接近沸点时仍不一定失去生命力，如果你懂得谨慎地吸收从我这有趣的胡言乱语所造成的厌烦中缓缓流出的呛人的脓液，你也将是这样。怎么，人们不是已经成功地把一只老鼠身上切下的尾巴移植到另一只活老鼠的背上了吗？你也试着把我这死尸般的理性中的各种变化搬到你的想象中去吧。但是，你要小心。就在我写作的时候，新的震颤又穿过思想氛围：必须鼓起勇气正视这些震颤。你为什么做出这种鬼脸？你甚至还伴以这种非长期学习不能模仿的手势。请相

信，做任何事都需要习惯。既然本能的、从开篇就已发作的厌恶，像一个被切开的疖子般随着专心阅读而成反比例地减弱，那么，尽管你的头依然疼痛，但应当坚信你的痊愈很快就会进入最后阶段。对我来说，毫无疑问你已经在完全的康复期航行；然而，你的面容还很消瘦！唉，不过……勇敢些！你身上有着不同寻常的精神，我喜欢你，我对你的彻底痊愈并不绝望，只是你必须吞下一些药用物质，它们将加快疾病最后症状的消失。作为收敛食品和强壮食品，你将首先斩断你母亲（如果她还在世）的胳膊，把它们切成碎块，然后在一天之内吃掉，脸上不要露出任何激动的表情。如果你母亲太老，那就另选一个更年轻、更鲜嫩、走起路来跗骨轻易地在一个支点上摇摆、骨膜剥离器能够控制的手术对象，例如：你妹妹。我不禁为她的命运感到惋惜。我不是那种只用冰冷的热情假装善良的人。你和我，我们将为她，为这个可爱的处女（不过，我没有证据表明她是处女）流下两滴抑制不住的眼泪，两滴如铅砣般沉重的眼泪。仅此而已。我建议你服用的最有效的复方镇痛剂是满满一盆淋病脓球，人们预先在里面溶解了一个卵巢毛囊、一个翻转到龟头后面的发炎的包皮和三条红色的鼻涕虫。如果你遵循我的处方，我的诗歌将张开双臂欢迎你，如同一只虱子用它的亲吻切断头发根。

2

我看见一个物体站在我面前的山冈上。我分不清哪是它的头，但是，我已猜出它的形态很不一般。然而，我还不能确定它的轮廓的精确比例。我不敢走近这根静止的柱子。如果不是

一件本身微不足道的事情在我的好奇心上抽取重税,使之决堤,即使我可以支配三千多只那些螃蟹用来走路的爪子(我且不说那些抓握和咀嚼食物用的爪子),我也仍会待在原地不动。一只金龟子用上颚和触角在地面上滚动着一个主要成分是粪便的圆球,朝刚才提到的那个山冈快步前进,清楚地表明了它的意图就是选择这个方向。这个节肢动物比一头牛大不了多少!如果有人怀疑我说的话,请他来找我,我将用可靠的证人的证词满足那些最不相信我的人。我远远地尾随着它,毫不掩饰我的惊奇。它要这个大黑球做什么?啊,读者,你总在吹嘘你的敏锐(这并没错),你能回答我这个问题吗?不过,我不想让你那尽人皆知的对谜语的迷恋经受一场严峻的考验。你只需知道,我能给予你的最轻微的惩罚就是提醒你注意这个秘密以后才会向你公开(它将向你公开),当你进入暮年,在枕边同垂死展开哲学讨论的时候……甚至也许就在这节诗的末尾。金龟子来到山下。我步步紧跟它的足迹,但我离故事发生的地点还有一大段距离;因为,正像贼鸥这种似乎总为饥饿担心的鸟儿喜欢待在濒临两极的海洋中,只是偶然地进入温带一样,我也感到忧虑,两腿极其缓慢地向前移动。然而,我向它走去的这个形体究竟是什么呢?我知道鹈形目包括四个不同的科:鲣鸟、鹈鹕、鸬鹚、军舰鸟。我看见的这个灰色的形态不是鲣鸟。我发现的这个成型的板块不是军舰鸟。我观察的这个凝聚的肉体不是鸬鹚。现在我明白了,这是一个脑袋上没有脑桥的人!我在记忆的皱褶里茫然地搜寻,我是在那个炎热或冰冷的地区见过这张宽阔、突出、棱角分明、尖端极其弯曲的圆弧形长嘴,见过这些笔直的锯齿状边缘,见过这个具有两道分支的下颌,见

过这个由薄膜连接的间隔，见过这个巨大的、占据了整个喉咙并且还可以大幅度扩张的黄色嗉囊，见过这对狭窄、纵向、难以觉察地在底沟中形成的鼻孔！这个用肺呼吸、身上长满汗毛的生物，如果它是一只完整的鸟，直到脚掌而不是仅到肩膀，那我辨认它不会如此困难：正如你们自己马上会看到的那样，这是很容易的事情。只是，这次我就免了。为了让我的论证清晰，我需要一只这样的鸟放在我的书桌上，哪怕只是一个标本。然而，我不够富有，无力搞到它。如果我逐步跟随前面的假设，那我就能立即确定它的真正类别，并在博物学范围内为这个高贵的、令我赞叹的病态找到一个位置。我凝视着它持久的变形，知道一点点关于它双重机体的秘密令人多么高兴，但又多么渴望知道得更多！尽管它没有一张人脸，但在我看来，它美得像昆虫那两条长长的触角，更像仓促的埋葬，还像修复各种伤残器官的法则，尤其像极易腐臭的液体！但是，这个外乡人完全没注意周围发生的事情，一直在用他那鹈鹕的脑袋望着前方！

总有一天，我将重写这篇故事的结尾。在此之前，我仍以一种忧郁的热情继续我的叙述。因为，从你们那方面讲，你们急于知道我的想象究竟要干什么（但愿这确实只是想象），而从我这方面讲，我决心把我要对你们说的话一次说完（而不是两次）。尽管谁都无权指责我缺乏勇气，然而，当人们面对这样的情景时，不止一人都会感到他的心脏在紧靠着手掌跳动。在布列塔尼的一个小港口，一个几乎不为人知的海员刚刚死去。这个老水手曾是一段可怕的故事中的主人公。他原是远洋轮船长，为圣马洛的一个船主运输货物。他在出门十三个月后回到自己家中，这时，还在卧床的妻子刚给他生了一个继承人，他认为自

己没有任何权利承认这个孩子。船长丝毫未流露他的惊奇和愤怒，他冷冰冰地请妻子穿上衣服，陪他去城墙上散步。此时正值一月。圣马洛的城墙很高，刮起北风时，最勇敢的人也会退缩。这个可怜的女人镇静、温顺地服从了。她散步回来，直说胡话，夜里便断了气。不过，她只是个女人，而我却是男人。面对同样可怕的悲剧，我不知道是否能保持足够的自制力，以使脸上的肌肉纹丝不动！金龟子刚一来到山下，那个人便向西方抬起胳膊（正是在这个方向，一只食羊秃鹫和一只弗吉尼亚老雕开始了空战），擦去嘴上一道长长的、显出钻石色彩系统的泪水，然后对金龟子说道："可怜的圆球！你滚动它的时间还不够长吗？你的报复心还没得到满足吗？你用珍珠项链捆住这个女人的手脚，把她变成一个无定形的多面体，以便用你的跗骨拖着她穿过山谷和小径，越过荆棘和碎石（让我走近些，看看这还是不是她）。她的骨头已经布满伤痕，她的四肢因滚动摩擦的力学定律而变得光滑，混合成凝固的统一，她的躯体呈现的不是最初的轮廓和自然的曲线，而是一个单调的外表、一个均匀的整体。各种成分被研碎混淆在一起，这实在太像一个星球了！她早已死去，把这个遗体留给大地吧，你要当心，不要以无法挽回的规模增加狂怒来消耗你自己：这已经不是正义了，因为，藏在你前额皮肤里的自私正像一个幽灵般缓慢地揭开了掩盖着它的帷幔。"食羊秃鹫和弗吉尼亚老雕不知不觉地被它们高潮迭起的激战带向这里，正在靠近我们。金龟子听到这些意外的话，全身发抖。这在其他场合可能是一个没有意义的动作，但这次却成为一种无边无际的愤怒的特殊标志。它一边可怕地在鞘翅上摩擦着后腿，一边高声喊道："你怎么啦？你这个懦夫。

你似乎忘记了过去某些奇怪的发展，你没有把它们留在记忆中，我的兄弟。这个女人先后背叛了我们。先是你，后是我。我觉得这种侮辱不应该（不应该！）如此轻易地从记忆里消失。如此轻易！你，你宽宏的天性使你能够饶恕。尽管这个女人已经沦为面团，原子状态很不正常（显著增强这个躯体密度的不是我狂热的激情，而是两个有力的齿轮；即使人们在初步调查之后不相信，现在的问题也不是要弄清这点），然而，你知道她就不存在了？住嘴吧，让我来报仇。"它继续旋转。推动着这个圆球走远了。当它走远时，鹈鹕喊道："这个女人用她的巫术力量给了我一个蹼足类的头，并把我兄弟变成了金龟子：或许她应该受到比我刚才列举的还要糟的待遇。"我呢，我不能确定我不是在做梦。我从听到的话中猜出了把食羊秃鹫和弗吉尼亚老雕联系在一起的这种敌对关系的性质，它们正在我的上方进行着一场流血的战斗。我把头像风帽一样甩向身后，带给我的肺部运动尽可能多的舒适和弹性，然后把目光投向高空，对它们喊道："你们这些家伙，停下你们的争执吧。你们双方都有理，因为，她向双方都许诺了她的爱；所以，她把你们一起骗了。但是，你们并不是唯一受骗的。另外，她除去了你们的人形，把你们神圣的痛苦当成她残酷的游戏。而你们还犹犹豫豫，不相信我！再说，她已经死了。尽管第一个遭背叛的人有恻隐之心，但金龟子使她受到了惩罚，留下不可磨灭的痕迹。"它们听到这些话就停止了争吵，不再相互撕扯羽毛和肉块：它们这样做很有道理。弗吉尼亚老雕美得像一篇论述主人的走狗画出的曲线的论文，它隐没在一个坍塌的修道院的裂缝中。食羊秃鹫美得像成长趋势与机体吸收的分子数量不相称的成年人

胸脯停止发育的规律，它消失在高高的大气层中。鹈鹕的宽恕给我留下很深的印象，因为我觉得这不自然，它在山冈上一直凝视着前方，重新摆出威严、镇定、有如灯塔的样子，仿佛是要告诫人类的航海者注意它的例子，以防他们的命运陷入阴郁的巫女的爱情。金龟子美得像酒精中毒的双手的颤抖，它消失在天边。人们又可以从生命簿上划掉四条生命。我从左臂上撕下整整一块肌肉，因为我面对这四重不幸，感到非常激动，不知道自己在做什么。我，我原以为那是粪便。我真是大傻瓜，算了。

3

人类的才能间断性地毁灭：不论你们的思想倾向于假定什么，这都不是废话。至少，不是像其他废话一样的废话。谁认为请刽子手活剥他的皮是完成一个正义的行动，谁就举起手来。谁自愿把胸膛献给死亡的子弹，谁就带着微笑的快乐抬起头来。我的眼睛将寻找这个怪人的伤痕，我的十指将集中全部的注意力来仔细地触摸他的肉体，我将检查他迸裂的脑浆是否溅及我这像绸缎一样光滑的前额。全世界也找不到一个爱恋这种殉难者的人，不是吗？我不知道什么是笑，真的，因为我从未亲身体验过笑。然而，断言即使我见到那个声称某地确有此人存在的人时我的嘴唇仍不会扩展，这将是多么轻率！任何人都不希望在他自己的生活中遇到的东西，却因一种不平等的命运落到了我身上。我的身体并没有因此而沉入痛苦的湖泊，不谈这个了。但是，精神由于凝练、紧张、长期的思索而枯竭，它大喊大叫，就像泥塘里的青蛙看见一群贪婪的红鹳和饥饿的苍鹭落

在池边的灯芯草上时所做的那样。平静地睡在一张用绒鸭胸脯上拔下的羽毛铺成的床上，而没有觉察到背叛了自己的人是幸福的。三十多年了，我还没有睡过觉。我从那个无法启齿的诞生之日起，就对这些催眠的木板怀有不可调和的仇恨。是我愿意这样，不必责怪任何人。快，愿人们快些抛掉那流产的怀疑。你们能看清我额头上这顶苍白的花冠吗？它是顽强地用干瘪的手指编织的。只要我的骨头里还剩有一点炽热的、像熔化的金属形成的激流般奔腾的液体，我就不会睡觉。每天夜晚，我强迫我铅色的眼睛透过窗户上的玻璃遥望群星。为了更加自信，我用一个木片分开红肿的眼皮。曙光每次出现时，都发现我处于相同的姿势，身体靠在冰冷的灰墙上垂直地站立着。不过，我有时也做梦，但一刻也没有失掉对我的人格的生动感觉，没有失掉行动的自由能力：你们要知道，那藏在磷光闪烁的阴暗角落里的噩梦，那用残肢抚摸我面颊的热病，那一个个举起血淋淋的爪子的邪恶动物，是我让它们原地打转，以便为我的意志永无休止的活动提供一份稳定的食粮。事实上，虽然自由意志只是极端脆弱的原子，但它仍然要报仇，它以一种强大的权威毫不畏惧地保证不把迟钝算在它的后代之列：睡觉的人还不如一只在前夜被阉割的动物。尽管失眠正在把这些已经散发出柏树气味的肌肉带往深深的坟坑，但我的智力的白色墓穴永远不会对造物主的眼睛开放它的圣殿。我本能地投向秘密而高贵的正义那敞开的怀抱，它命令我不停地追捕这种卑鄙的惩罚。当人们在海岸上点燃一盏风灯时，我不允许我不幸的腰肢躺倒在草地的露水上，对于我那冒失的灵魂来说，我是它可怕的敌人。我粉碎了虚伪的罂粟设下的圈套，我是胜利者。因此，可

以肯定，通过这场奇特的斗争，我那因饥饿而自我吞食的心灵掩盖了它的意图。我像巨人一样不可捉摸，我一直大睁着双眼生活。至少在白天，人人都确实能够有效地抵抗那个"伟大的外来物体"（它的名字谁不知道），因为此时，意志在极其顽强地保护自己。然而，当夜雾展开帷幔甚至遮住那些即将被吊死的囚犯时，啊，看吧，智力便掌握在一个亵渎圣灵的外乡人手中。一把无情的解剖刀搜索着茂密的荆棘。意识发出长长的咒骂声，因为，它的遮羞布被残酷地撕裂了。奇耻大辱！我们向"天国强盗"粗暴的好奇心敞开了大门。你是可恶的密探，监视我的因果关系，我不该遭受这种可耻的酷刑！如果我存在，我就不是他人。我不容许我身上具有这种暧昧的多元性。我要一人居住在我的隐秘推理中，独立自主……不然就让人把我变成河马。啊，你这匿名的污点，沉入地下吧，再不要出现在我这种令人惊恐的愤怒前。我的主体性加上造物主，这对一个大脑来说太多了。当黑夜使时间的行程变得昏暗时，谁不曾在他那浸透冷汗的床铺上同袭来的睡意作过斗争？这张床把垂死的才能拉进怀抱，其实，它不过是一座用杉木方板建成的坟墓。意志渐渐地溃退，仿佛面对着一种看不见的力量。一滴发黏的树脂使眼睛的晶体变得呆滞。上下眼皮像两个朋友似的相互寻找。身子只不过是一具还在呼吸的死尸。最后，四只粗大的木桩把肢体全都钉在床垫上。总之，我请你们注意，床单只不过是裹尸布。看，这儿有一个香炉，香烟缭绕。永恒像遥远的大海般咆哮着大步走来。房间消失了：人类啊，在火热的教堂里跪下吧！有时，在最深沉的睡意中，当磁化的感官徒劳地试图战胜肌体的缺陷时，它惊奇地发现它只不过是一块墓地，于是，它以无比

的微妙令人赞叹地做出推论："走出这张床铺是一个比人们的想象更为困难的问题。我坐在马车上，人们把我拖向断头台的那两根支柱。怪事，我这迟钝的手臂灵巧地和僵硬的树桩同化了。梦见自己走上断头台，这可真糟糕。"大量的鲜血流过面颊。胸脯不断地惊跳，呼啸着膨胀。一座尖形石碑的重量压住了狂怒的扩散。现实毁灭了半睡中的幻梦！谁不知道，当我充满自豪地和可怕的、不断增长的僵硬症展开持久的搏斗时，恍惚的精神便失去判断力？精神在战胜天性之前，一直沉湎在恶中，受到绝望的折磨。睡意看见它的猎物已经溜掉，便展开气愤、羞耻的翅膀远远地逃离心脏，一去不返。请在我着火的眼眶里投一点灰烬。不要紧盯着我这永远不会闭合的眼睛。你们理解我所忍受的痛苦吗？（然而，自尊心得到了满足。）当夜晚劝告人们去休息时，一个我认识的人便大踏步行走在乡间。我害怕我的决心抵挡不住暮年的侵袭。让它来吧，我必将入睡的日子！当我醒来时，我的剃刀将穿过脖子开出一条通道，从而证明一切都再真实不过了。

4

"但这是谁？……这是谁竟敢像一个阴谋家似的拖着身上的环圈爬上我这黑色的胸脯？古怪的蟒蛇，不论你是谁，你以什么借口为你这种可笑的出场辩解？深深的悔恨在折磨你吗？因为，蟒蛇，你看，我猜想你这个野蛮的君主并没有下述奢望：避免我把你和罪犯的相貌进行比较。在我看来。这冒泡的白色唾沫是狂怒的迹象。听我说：你可知道你的眼睛远没有吸收天上的光芒？不要忘记，你自负的脑浆之所以认为我可能会送你

几句安慰的话，这只是因为你对相面术一无所知。当然，自命不凡的家伙，在一段充足的时间里，你可以把你的目光射向我的面孔——我像别人一样有权称其为面孔！你没看见它在怎样地哭泣？蛇怪，你弄错了。你必须去别处寻找可怜的安慰，尽管我的善意提出了无数的抗议，我的彻底的无能还是扣除了给你的那份安慰。啊！是哪种可以用词句表达的力量必然地把你引向了毁灭？我几乎不可能习惯于下述推论：你居然不明白，我只要一脚把你那三角形脑袋的后倾曲线踩在染红的草皮上，便可以用大草原的青草和被压死者的血肉揉成一团无法说出名称的油泥。"

"你这个面色苍白的罪犯，尽早从我眼前远远地躲开吧！恐怖的幻影向你显示了你自己的鬼魂！如果你不愿意让我也控告你，反驳你（这种反驳肯定能得到食蛇鹰的判决和赞许），那就消除你不公正的怀疑吧。多么巨大的想象错乱居然阻止你认出我来！我给你提供过重要的服务，从混沌里拉出一个生命满足了你，你也曾立下难忘的誓言，绝不背弃我的旗帜，至死对我忠诚，这些你难道都不记得了吗？当你还是孩子时（那时你的智慧处在它最美好的阶段），你总是以羚羊的速度第一个爬上山丘，挥动你的小手向黎明那多彩的曙光致敬。从你响亮的喉咙里像钻石珠般涌出的音符聚合起它们的集体品性，化做一曲悠扬、震颤的爱情颂歌。现在，你把我长期表现出来的坚忍像沾满污泥的破衣一样丢弃在脚下。感恩的根蒂干枯了，仿佛池塘的塘底；但在它的位置上，野心却以我难以形容的规模生长出来。听我讲话的人是谁？他竟如此依赖自己那软弱的恶习。"

"大胆的物体，你自己是谁？不！……不！……我没有弄错，尽管你求助于无数的变形，你的蛇头却始终像一座由永恒的不公正和残酷的统治筑成的灯塔在我眼前闪闪发光！他想握住指挥的缰绳，但他却不懂得统治！他想成为让大自然中一切生物都恐惧的对象，他成功了。他想证明他是唯一的宇宙君王，他恰恰在这一点上弄错了。啊，可怜的家伙！莫非你一直等到此刻才明白这些怨言和阴谋？它们正从各个星球的表面同时升起，它们那凶恶的翅膀掠过你这可能被摧毁的鼓膜边缘。不久会有这么一天，我的臂膀将把你打翻在被你的呼吸毒化的尘土里，从你的内脏中挖出一个有害的生命，把你全身扭曲的尸体抛弃在大路上，以便让那个沮丧的旅人知道，如果人们能保持镇静，那就只能把这个悸动的、令人瞠目结舌的肉体比作一棵因衰老而倒下的橡树那腐烂的树干！是什么恻隐之心使我停留在你面前？听我说，还是你自己在我面前后退吧，到新生婴儿的鲜血里洗刷你难以估量的耻辱吧：这是你的习惯，符合你的本性。走吧……一直朝前走。我强迫你成为流浪汉。我强迫你孑然一身，无家可归。不停地行走吧，直到你的双腿拒绝支撑你。穿过荒凉的沙漠吧，直到世界末日把星辰吞入虚无。当你从虎穴旁经过时，老虎会急忙逃掉，以免仿佛在镜中看见它的性格提高到由完美的邪恶建成的基座上。但是，当蛮横的疲劳命令你在我的官殿那布满荆棘和矢车菊的石板前停步时，你要留心你那双破烂的鞋子，你要踮起脚尖通过雅致的门厅。这不是一番无用的叮嘱。否则，你会吵醒我年轻的妻子和幼小的儿子，他们睡在沿古堡地基而建的铅制墓穴中。如果你事先不提防，他们会用发自地下的吼声把你吓得脸色发白。当你那难以

捉摸的意志夺去他们的生命时，他们知道你的威力非常可怕，他们对此毫不怀疑，但是，他们丝毫没有料到（他们临终的诀别向我证实了他们的思想），你的天意竟然达到如此残酷的地步！不管怎样，快速穿过这些荒漠、寂静的大厅吧。大厅四壁翠绿，纹章却已褪色，里面安放着我祖先的辉煌雕像。这些大理石的身躯会对你生气，你要避开他们那无神的目光。这是他们唯一的、也是最后的后裔的舌头给你的劝告。看，他们高傲地向后仰头，举起手臂，摆出自卫反击的挑衅姿势。他们肯定猜到了你对我的伤害，如果你从支撑这些雕像的冰冷底座旁经过，你会遇见正在等待你的复仇。如果你需要说什么话来反对我并且为你自己辩护，那就讲吧。现在哭，太晚了。你本该在更合适的时候、更有利的场合哭。如果你的眼睛终于睁开了，那就自己判断一下你的行为带来的后果吧。永别了！我要去呼吸悬崖上的清风；因为，我这半窒息的肺叶大声要求一个比你更安宁、更贞洁的景致！"

5

啊，不可思议的肛交者，用不着我来向你们的巨大堕落投去咒骂，用不着我来向你们的漏斗形肛门投去轻蔑。只要那些可耻的、几乎无法医治的疾病带着它们必然的惩罚围攻你们，这就够了。愚蠢法规的创立者，狭隘道德的发明家，你们离我远一些，因为我不偏不倚。你们这些少年，或者更准确地说少女，给我解释一下（但是，请保持一段得体的距离，因为，我也同样不能抵挡我的欲望），复仇之念怎样萌生在你们心中，你们为什么把这样一个伤痕的花环系在人类身上。你们的行为使人

类为自己的子女脸红（却让我崇敬）。你们这种委身于任何人的卖淫遵循着最深刻的思想家的逻辑，你们这种过分的敏感远远超过了女人的麻木。难道你们比你们的同类具有更少或更多的世俗天性？难道你们具有我们所缺少的第六感官？不要撒谎，你们想什么就说什么。我不是在审问你们；因为，自从我作为旁观者经常接触你们宏伟、崇高的智慧以来，我心中就已经有数了。受到我普遍的爱心保护的天使，我的左手祝福你们，我的右手圣化你们。我亲吻你们的脸，我亲吻你们的胸，我用甜蜜的嘴唇亲吻你们匀称、芳香的身体上的各个部位。高尚的道德美的结晶，为什么你们没有立即把你们的真相告诉我？我只好自己猜想温柔和贞洁的无数珍宝，它们隐藏在你们的心脏那受压抑的跳动中。你们的胸膛装饰着玫瑰和香根草的花环。我只好分开你们的大腿来了解你们，只好把我的嘴悬挂在你们那羞耻的标志上。但是（这是必须指出的重要一点），不要忘记每天用热水洗你们阴部的皮肤，否则，我未满足的嘴唇的开裂连接处必然会滋生性病溃疡。啊！如果宇宙不是一个地狱而是天堂的一个宽广的肛门，那你们就观看我在小腹方向所做的动作吧：是的，我会把我的阴茎插进它流血的括约肌，用猛烈的动作击碎它的骨盆内壁。这样，灾难就不会把整座整座移动的沙丘吹向我失明的眼睛；这样，我就会发现掩藏着沉睡的真理的地方；这样，我黏稠的精液形成的河流就会找到一片直泻其中的汪洋！但是，你为什么突然发现自己在为一种想象的、永远也不会打上完成的印记的事态而遗憾呢？我们不必花费力气建筑转瞬即逝的假设。暂时，谁热烈渴望和我同床就来找我吧；不过，我待客有一个严格的条件：他不能超过十五岁。而且，

他不能认为我有三十岁。这有什么关系？年龄不会削弱感情的强度，远远不会。尽管我的头发已经雪一样白，但这并不是因为衰老，相反，这是因为你们所了解的那个原因。我，我不喜欢女人！甚至不喜欢阴阳人！我需要和我相似的人，他们的额头上必须用更为鲜明的、不可磨灭的字体铭刻着人的高贵！难道你们能肯定那些披着长发的女人具有和我一样的天性？我不这样认为，而且我不会放弃我的观点。我的嘴里流出发咸的口水，我不知这是为什么。谁愿意帮我吸掉它，让我摆脱它？口水涌上来……口水不断地涌上来！我知道这是为什么。我发现，当我咬住那些躺在我身边的人的脖子、喝下他们的鲜血之后（人们以为我是吸血鬼，这不对，因为吸血鬼指的是那些走出坟墓的死人，而我却是活人），第二天我便从嘴里吐出一部分：这就是流出令人厌恶的口水的原因。器官受到恶习的损害，拒绝发挥营养功能，你们让我怎么办？不过，别向任何人泄露我的隐私。我对你们说这些话，不是为了我自己，而是为了你们和他人，以便这个秘密的威望能把那些受到陌生的电流磁化而试图模仿我的人留在义务和美德的范围内。劳驾你们看一下我的嘴（此刻，我没有时间使用一个更长的礼节用语）。它首先使你们惊讶的是它的表面结构，尽管它并没有在你们的比喻中放进毒蛇。这是因为我尽量地收缩嘴的肌肉组织，好让人相信我具有冷血动物的性情。其实，你们知道，我的性情截然相反。为什么我不能透过这些天使般的书页凝视我那个读者的脸庞。如果他尚未超过青春期，那就让他靠近我。你紧紧地抱住我吧，不要怕弄疼我，让我们逐渐地密切肌肉的联系。再紧些。我感到没有必要坚持下去了。这张书页的不透明性有种种理由值得

注意，它是阻止我们完全结合的最大障碍。我，我一向对中学里那些苍白的少年和作坊中那些孱弱的孩子怀有可耻的好感！我这些话不是对梦境的模糊回忆，如果我被迫在你们眼前重视那些有可能用它们的证据来加强我这种痛苦表白的真实性的事件，那我要理清的回忆就太多了。人类的司法机关还没有在犯罪现场捉住我，尽管它的警察具有不容置疑的机智。（不久以前）我甚至还杀死了一个不能充分顺从我的欲望的肛交者。我把他的尸体扔入一口废井，人们没有关键证据来指控我。阅读我的少年，你为什么怕得发抖？你以为我也要同样对付你吗？你显得非常不公平……你是对的：你要对我当心，尤其是如果你很漂亮。我的阴部永远呈现肿胀的凄惨景象，没有人能断言见过它处于正常的平静状态（但有多少人曾接近过它），甚至那个出于一时的妄想砍了我一刀的擦皮鞋人也不能这样说。忘恩负义的家伙！我一个星期换两次衣服，但整洁并不是我这样做的主要原因。如果我不这样做，人类的成员几天之内就会在持久的战斗中消亡。因为，不论我走到哪个地区，他们总要来不断地打扰我，奉承我。不过，我的精液具有多么大的威力啊，竟招来了一切用嗅神经呼吸的人！他们来自亚马逊河畔，他们越过恒河流经的山谷，他们抛弃了两极的地衣，长途旅行来寻找我，他们询问静止的城镇是否见到那个用神圣的精液染香了山岭、湖泊、欧石楠、森林、岬角和辽阔大海的人沿着城墙走过。他们因无法遇到我而绝望（我隐藏在最难以达到的地方，以便维持他们的热情），做出最令人遗憾的事情。他们双方各有三十万人，大炮的轰鸣成为激战的序曲。所有翅膀都同时扇动，仿佛只是一个战士。排好的方阵立即倒下去，再也没站起

来。惊慌的马匹四处逃窜。炮弹翻耕着土地，好似无情的流星。当黑夜来临、静谧的月亮露出云缝时，战场已成一片广阔的屠杀场。朦胧的新月指给我看方圆数里遍布尸体的空间，命令我进行片刻的沉思，沉思的主题是上帝赋予我的这个神奇而迷人的法宝造成的致命后果。可惜，在人类被我的阴谋诡计彻底歼灭之前，还要再等多少个世纪啊！因此，一个机灵的、不自吹自擂的人，为了达到目的，甚至采用那些初看似乎具有不可克服的障碍的手段。我的智力总在升向这个威严的问题，你们自己也看出我不可能仍停留在我开始时有意探讨的那个微小题目上。最后再说一句……那是一个冬天的夜晚。当寒风在枞树林中呼啸时，造物主在黑暗中开门放进一个肛交者。

6

肃静！一支送葬的队伍从你们身边经过。向地面弯下你们的两个骸骨，唱一曲墓畔之歌吧（如果你们把我的话看成是一个简单的命令形式，而不是一个失当的形式命令，那你们将显得机智，十分机智）。这样，你们就有可能使死者那将去墓穴中安息的灵魂感到极大的欢欣。对我来说，这甚至是肯定的。注意，我并不是说你们的观点不会在某种程度上与我的观点相反，但最重要的是对道德基础形成正确的概念，以使下述原则深入人心：己所欲，施于人。宗教祭司走在队伍的最前面，一只手举着一面白旗——安宁的象征，另一只手举着一个表现男女阴部的金色标志，似乎是为了指出这些肉体器官在那些使用它们的人手中往往是非常危险的工具——完全不是隐喻，因为他们不是做出及时的反应来克制那种人所共知的、几乎引起我

们一切痛苦的欲望，而是盲目地操纵它们，以达到各种相互抵触的目的。祭司的后背下端连着一条浓密的马尾（这当然是人为的），它扫过地面的尘土。这意味着我们要当心我们的行为，不要堕落到与动物为伍。棺材认得它的路，走在安慰者飘动的祭服后面。死者的家属和朋友用他们的位置显示了走在队伍末尾的决心。这支队伍庄严地前进，仿佛一艘战舰劈开大海，毫不担心沉船的现象。因为，此时此刻，风暴和暗礁，除了它们那可以解释的隐退，没通过任何其他迹象显露出来。蟋蟀和蛤蟆在几步外跟随着这个丧葬的庆典；它们也同样知道，它们在某人葬礼上的出现虽然微不足道，但总有一天会得到报答。它们用生动的语言低声地交谈（请允许我给你们一个无私的忠告，不要傲慢地以为只有你们才具备表达思想感情的宝贵才能），它们不止一次看见那人奔跑在青翠的草地上，看见他把四肢的汗水洒进沙质海湾的蓝色波浪中。起初，生活似乎毫无保留地朝他微笑，慷慨地给他戴上花冠；不过，既然你们的智慧发现或者说猜出他停留在了童年的限度内，那我在一种真正必要的痉挛出现之前，就没有必要继续我这段严密论证的前言。十年。这是按照手指的数目精确计算出来的，精确得简直让人出错。十年很短，十年很长。然而，在我们所关注的这个事件中，我将依靠你们对真理的热爱，使你们一秒也不耽搁地跟我一起说十年很短。一个人像一只苍蝇或者一只蜻蜓一样轻易地从大地上消失，没有保留重返的希望。当我粗略地思考这些深奥的秘密时，突然发现自己怀有强烈的遗憾，遗憾自己大概不能长久地活下去，以致无法向你们解释那些我自己并不以为已经弄懂的事情。但是，既然我在遥远的过去满怀恐惧地写下上

面这个句子之后，出于一种奇特的偶然我还没有丧命——这已经得到证明，那么我在心中估计，在此建立完整的供词，承认我彻底无能，这将不是没有益处的，尤其是像目前这种涉及无力解决的巨大问题的时候。一般地讲，我们那种诱人的倾向确实是一件怪事，它驱使我们去寻找（然后表达）那些截然相反的事物的自然属性中所包含的相似之处和相异之处，而这些事物有时从表面上看最不适合于这类给人以好感的奇怪组合。我以名誉担保，这类组合无偿地赋予那个对此感到自我满足的作家一种像猫头鹰般永远严肃的、难以忍受而且难以忘怀的风格特征。因此，让我们跟随引诱我们的潮流走吧。巨鸢的翅膀相对来讲比隼的翅膀长，飞行也更为轻松：所以它一生都在空中度过。它几乎从不休息，每天都飞越广阔的空间，这种巨大的运动并不是捕食训练，也不是追踪猎物，甚至不是搜寻猎物；因为，它并不打猎：飞行似乎是它的天生状态，是它最喜爱的姿势。人们禁不住要赞叹它的飞行方式。它狭长的翅膀似乎一动不动；尾巴以为是它在指挥一切活动；尾巴没有弄错：它在不断地摆动。巨鸢毫不费劲地上升，又像在一个斜面上滑动似的下降；它更像在游泳，而不像在飞行；它加速，减速，停止，像被悬挂或固定住似的好几个小时待在原地不动。人们察觉不到它的翅膀有任何动作：你们就是把眼睛睁得像炉口一样大也照样没用。每人都会通情达理、毫无困难（尽管不太情愿）地承认，他最初没有发觉巨鸢的飞行美和那个从敞开的棺材中像出水芙蓉般缓缓站起来的孩子的容貌美之间的关系：它们尽管相距遥远，但我却指出了它们的关系。不可饶恕的错误正在于此，人们终生都待在自愿的无知状态中，从不懊悔。我这种诡

诈的比喻所包含的平静而庄严的关系其实非常一般，象征也相当容易理解，所以我对只能用通俗性来辩解就更加感到惊奇，这种通俗性使人们对任何被它传染的物体或景象都表现出一种不公正的深深的冷漠。好像日常所见的事物仍应该唤起我们的关注和赞赏！队伍来到墓地入口，急忙停下，无意走得更远。掘墓人已经挖完墓穴，人们以这种场合应有的谨慎态度把棺材放进去，几铲泥土突然扔过来，覆盖了孩子的身体。宗教祭司对激动的在场者讲了几句话，以便更深地把死者埋葬在听众的想象中。他说，他很惊奇，人们为如此微不足道的人生一幕洒下如此多的泪水。这是原话。但他仍担心没能充分地描绘出他所声称的那种无可置疑的幸福。如果他真认为朴素的死亡很少给人好感的话，那他早就放弃他的职位了，以免给死者的众多亲属和朋友增加合情合理的痛苦。然而，一个秘密的声音提醒他应该给他们一些并非无益的安慰，哪怕是让他们隐约看见死者和幸存者将在天国相遇的希望。马尔多罗策马飞逃，似乎是向墓地的围墙跑来。马蹄在主人周围扬起厚厚的尘土，构成一个虚假的花环。你们这些人，你们无法知道这个骑马人的名字，而我却知道。他越来越近，尽管读者没能从记忆中抹去的一件斗篷完全裹住了他的下半张脸，只有眼睛露在外面，但他那白金的形体开始变得依稀可辨。宗教祭司讲到一半时脸色突然变白，因为他的耳朵认出了那匹从没遗弃过主人的著名白马发出的不规则的奔跑声。他接着说："是的，我对这种将来的相遇充满信心；因此，我们比以前更明白对于灵魂与肉体的暂时分离应该赋予什么样的意义。自认为活在这个尘世上的人是用幻想欺骗自己，现

在重要的是迅速打消这种幻想。"马蹄声越来越响，当骑马人像一道旋风般出现在地平线上，出现在墓地大门的视野中时，宗教祭司更加庄严地继续说道："你们似乎没有料到，这个因疾病所迫只度过生命最初阶段就投进墓穴怀抱的人是不容置疑的活人。但是，你们至少应该知道，那个骑着一匹矫捷的骏马、你们看见他那模糊的身影的人，尽管活了很久，却是唯一真正的死人，我劝你们尽可能早地盯住他，因为他变成了一个小点，马上就要消失在欧石楠丛中。"

7

"每天夜晚，当睡意达到最深沉的程度时，一只巨大的老蜘蛛便从一个位于屋角地面的洞口中慢慢地探出头来。它仔细地听着空气中是否还有响声在抖动牙床。鉴于它的昆虫形态，如果它想为文学宝库增添一些闪光的拟人法，就不能不给响声一对牙床。当它确信四周一片寂静时，不靠沉思的援助就从巢穴的深处依次拉出身体的各个部位，然后一步步地走向我的床铺。这个绝妙的家伙！当它沿着绸缎床的乌木腿爬上来时，我感到全身瘫痪，睡意和噩梦无影无踪。它用爪子掐住我的喉咙，用肚子吮吸我的鲜血。显而易见，自从它采用这种伎俩以来，喝过多少你们知道名称的这种鲜红液体啊！它的恒心本该用于更高尚的事业。它这样对待我，我不知道什么地方得罪了它。我不小心踩坏了它的一只爪子？我夺走了它的孩子？这两种假设都靠不住，都经不起严肃的审查，甚至不值得我耸肩微笑，尽管我们不应该讥笑任何人。黑色的蜘蛛，你要当心，如果你不能用驳不倒的三段论为你的行为辩解，那我将在某个夜晚，

通过垂死意志的最后挣扎突然醒来，破除固定我四肢的魔法，把你当成一种柔软的物质压碎在我的指骨中间。然而，我隐约想起是我允许你把爪子放在我这袒露的胸脯上，再从那儿一直爬到覆盖我面孔的皮肤上，所以我无权约束你。啊！如果谁能理清我这模糊的记忆，那我将用我剩下的血来奖励他：算上最后一滴血，至少还够盛半个狂欢的酒杯。"他一边说话，一边脱衣。他一条腿支在床垫上，另一条腿踩着蓝色的地板，然后横躺下来。他决心不闭眼睛，坚定地等待他的敌人。但是，每次他不是都下同样的决心，每次这种决心不是都被他那致命允诺的无法解释的印象摧毁了吗？他不再说什么，痛苦地顺从了，因为，誓言对他来讲是神圣的。他把自己庄严地裹进绸缎的皱褶，不屑于合上帷幔的金色流苏，又长又黑的波浪形卷发倚着天鹅绒靠垫的穗子，手摸着脖子上宽阔的伤口。那只蜘蛛已经习惯于卧在这个伤口中，仿佛这是它的第二个窝。此时，他的面容显出满意的神情。他希望（你们也同他一起希望吧！）这个夜晚观看大量吮吸的最后一次表演，因为，他唯一的心愿就是那个刽子手了结他的生命：死亡，他将十分高兴。你们看，这只巨大的老蜘蛛从一个位于屋角地面的洞口中慢慢地探出头来。我们已经离开了叙述。它仔细地听着空气中是否还有响声在抖动牙床。哎！现在我们已经进入了现实。尽管我们可以在每句末尾加上感叹号，但这也许并不是一种躲避蜘蛛的办法！它确信四周一片寂静。看，它不靠沉思的援助就从巢穴的深处依次拉出身体的各个部位，然后一步步地走向这个孤独者的床铺。它停了一下，但犹豫的时间很短。它心想，现在还不是中止折磨的时候，但应该先向犯人说明决定了这种永久酷刑的可

以接受的原因。它爬到了沉睡者的耳边。如果你们想一字不漏地听它说的话，那就撇开阻塞你们思想长廊的不相关的事物，并且至少要感谢我对你们的关心，亲自来观看这些我认为确实能够引起你们兴趣的戏剧场面，否则，谁能阻止我把我讲述的事件留给自己呢？"醒来吧，你这热恋往昔的火焰，你这干瘦的骨骼。正义住手的时候到了。你希望得到解释，我们不会让你久等。你在听我们讲话，是吗？但你不要抖动肢体，你今天仍然处在我们的磁力控制下，大脑仍然迟钝；这是最后一次。埃尔斯纳的面容在你的想象中留下了什么印象？你把他忘了！还有那个步伐豪放的雷吉纳尔，你把他的相貌铭刻在你忠实的大脑里了吗？你看，他藏在帷幔的皱褶中，他的嘴朝着你的前额，但他不敢同你说话，因为他比我还腼腆。我来给你讲述一段你青年时代的逸事，让你回到记忆的道路上……"蜘蛛老早就敞开了肚子，从里面冲出两个少年，身穿蓝袍，每人手握一把闪闪发光的利剑。他们站到床边，仿佛从此要守卫这个睡眠的圣地。"他还在注视着你，因为从前他非常爱你，我们两人中是他首先得到你的爱。但你粗暴的性格经常使他痛苦。他做出不懈的努力，不让你有任何抱怨他的理由：即使一个天使也不会成功。有一天，你问他是否愿意和你一起去海边洗澡。你们两人像两只天鹅似的同时从一块陡峭的岩石上跳下去。你们是出色的潜水员，两手并拢，双臂平伸，在水中滑行。你们潜游了几分钟。你们在很远的距离重新出现，凌乱的头发淌着咸水。但是，水下究竟有什么秘密，为什么透过波浪出现了一道长长的血迹？回到水面之后，你继续游泳，假装没有发现你的伙伴越来越虚弱。他很快就失去体力，而你却仍然使劲地划水，

游向起雾的、在你面前变得越来越朦胧的地平线。伤员发出求救的呼喊，你却装聋。雷吉纳尔敲了三次你那个名字的回声，三次你都用快乐的喊叫回答他。他离海岸太远，不可能游回来，他徒劳地尽力追随着你身后的水印，以便赶上你，把手放到你的肩上休息片刻。这种消极的追逐持续了一个小时，他用尽了力气，而你却感到力量倍增。他对赶上你已不抱希望，便向上帝短暂地祈祷，托付了自己的灵魂，然后像仰泳似的平躺下来，这样，人们可以看见心脏在他胸中激烈地跳动。他为了不再等待而等待着死亡的到来。这时，你强壮的肢体已经远得看不见了，而且还在远去，迅捷得像人们投下的一根探针。一只刚从远海撒网归来的渔船从那片海域经过。渔夫把雷吉纳尔当成一个遇难的船员拉上他们的船，他依然昏迷。人们发现他的右肋有一处伤口；这些有经验的水手个个都认为，任何暗礁尖和岩石块都不可能钻出一个这么小又这么深的洞，只有最尖的短剑一类的锋利武器才能窃取如此精细的伤口的制造权。他从不愿讲述在大海深处潜游时各个阶段发生的事情，这个秘密他一直严守到今天。现在，泪水在他有点发白的脸上流淌，落到你的床单上：有时，回忆比事实更为苦涩。但是，我不会感到怜悯：否则就太看重你了。你不要在眼眶里转动狂怒的眼珠。还是保持平静吧。你知道你无法动弹。再说，我还没有结束我的叙述（雷吉纳尔，拿起你的利剑，不要这么轻易就忘记了复仇。谁知道呢？也许有一天复仇会来责备你）。后来，你感到内疚，但这想必不会持久。你决定另选一个朋友，祝福他，敬重他，以此弥补你的过错。通过这种赎罪方式，你将抹去过去的污点，你将把没能向第一个人表露的同情给予那个变成第二个牺牲品的

人。徒劳的希望，性格不可能一天改变，你的意志依然和从前
相同。我，埃尔斯纳，我那时是第一次见到你，从此，我无法
忘记你。我们相互注视了片刻，你便微笑起来。我垂下了眼睑，
因为我在你的目光中看见超自然的火焰。我在寻思，你是否借
助某个幽暗的黑夜，秘密地从某个星球的表面一直降落到我们
中间；因为，既然今天已不必掩饰，我承认你长得不像人类的
小野猪，一圈灿烂的光环围绕着你那额头的表面。我本想和你
建立亲密的关系，但我不敢靠近这种奇特的高贵、这种惊人的
新颖，一种顽强的恐惧游荡在我周围。为什么我没有听从来自
意识的警告？那是正确的预感。当你看出我的犹豫时，你也脸
红了，并且伸出了手臂。我勇敢地把我的手放在你的手上，完
成这一举动之后，我感到自己更加强壮。从此，你那智慧的气
息传到了我的身上。我们让头发随风飘动，呼吸着微风的气息，
向前走了一会儿，穿过乳香、茉莉、石榴和柑橘，陶醉在茂密
的树丛散发的香味中。一只野猪飞快地擦过我们的衣服，当它
看见我和你在一起时，眼里滚出一滴泪水：我无法解释它的行
为。夜幕降临，我们来到一个人口稠密的城市的城门前。圆屋
顶的轮廓、清真寺的尖塔和亭台的大理石球饰透过黑暗在深蓝
的天空中清晰有力地勾勒出它们的齿形边缘。尽管我们已被疲
倦压垮，但你不愿在这个地方歇息。我们像两只夜行的豺狼沿
着外城墙脚前行，避免遇到埋伏的哨兵，终于从对面的城门离
开了这些像海狸一样文明、理智的动物的隆重集会。提着灯笼
飞行的萤火虫、发出噼啪声的干草和在远处断断续续号叫的野
猪陪伴着我们穿过田野，陪伴着我们在黑暗中漫无目的地前行。
你躲避人群，这到底是出于什么动机？我有点不安地对自己提

出这个问题，此外，我的腿也开始拒绝继续为我服务。终于，我们来到一片繁茂的树林边上，林中的树木被一堆堆高大的藤蔓、寄生的植物和长着巨大尖刺的仙人掌缠绕在一起。你在一棵桦树前停下。你让我跪下等死，你让我在一刻钟内离开这个世界。在我们漫长的行程中，当我不注意你时，你偷偷向我投来鬼鬼祟祟的目光，你做出节奏和动作都让我感到奇怪的手势，这些都像一本书那翻开的书页般立即呈现在我的记忆中。我的怀疑被证实了。我过于虚弱，无法同你抗争，你把我打翻在地上，仿佛狂风打落一片抖动的树叶。你一个膝盖压在我的胸口上，另一个膝盖支在潮湿的草地上，一只手像老虎钳一样抓住我的两臂，我看见你的另一只手从你腰间悬挂的刀鞘中抽出一把刀。我的反抗几乎没有任何效果，我闭上了眼睛：一群牛的顿足声从远处随风传来。牛群受到一个牧人的棍子和一条狗的上下颌的逼迫，像火车头似的疾奔而来。你明白不能再耽误时间了，你担心达不到你的目的，因为出乎意料的救援使我的肌肉增加了力量，而且你发现你只能同时固定住我的一只胳膊，于是你急忙挥起钢刀，切下了我的右腕。肉块整齐地断开，落在地上。当我因疼痛而昏迷时，你逃掉了。我不想对你讲述牧人如何救了我，以及我用了多少时间才痊愈。你只需知道，这种出乎意料的背叛使我产生了再次寻死的愿望。我参加各种战斗，向子弹敞开我的胸膛。我在沙场上赢得了荣誉，我的名字让最无畏的勇士也感到恐惧，我的钢铁假肢在敌阵中撒下屠杀和毁灭。然而，有一天，炮弹发出比往常更强烈的呼啸，骑兵被死亡的旋风刮入空中像麦秸一样打转，此时，一个骑士以果断的步伐来到我面前，同我争夺胜利的棕榈。双方的军队都停

下来，一动不动，无声地注视着我们。我们搏斗了很久，伤痕
累累，头盔破碎。我们一致同意停止战斗，休息一下，然后再
以更充沛的精力重新开始。每人都对自己的敌手充满钦佩，都
揭开了各自头盔上的脸甲：'埃尔斯纳！……''雷吉纳尔……'
我们气喘吁吁的喉咙同时发出这简单的话语。原来，他也因为
陷入忧伤的绝望，得不到安慰，而像我一样投入戎马生涯，并
且幸免于枪弹。我们重新相逢在什么样的情形中啊！但没人说
出你的名字！他和我，我们发誓结下永恒的友谊，但是，这种
友谊当然和前两次以你为主角的友谊不一样！一个大天使从天
上带来上帝的命令，要我们变成同一只蜘蛛，每天夜晚来吮吸
你的喉咙，直到天上降下一道停止惩罚的命令。在近十年的时
间里，我们经常出入你的床铺。从今天天国起，你摆脱了我们
的迫害。你谈到的那个模糊的诺言并不是向我们许下的，而是
向比你更强大的上帝许下的：你自己也明白最好还是服从这不
可收回的决定。醒来吧，马尔多罗！在两个五年中的夜晚，磁
性魔力沉重地压在你的脑脊系统上，现在它已经消失了。"他
像服从命令似的醒了，看见两个天国的形体挽着手臂消失在空
中。他不想再睡了，便慢慢地把四肢逐个伸出床铺。他重新点
燃了哥特式壁炉中烧焦的木柴以便烤暖冰冷的皮肤。他身上只
穿了一件衬衣。他用眼睛寻找水晶玻璃瓶来润湿干渴的口腔。
他打开窗户，靠在窗台上凝视着月亮。月亮把迷人的锥形光束
洒在他的胸前，光束中跳动着一些柔和得不可言喻的、仿佛尺
蛾般的银色颗粒。他期待着晨曦来改变这种景象，带给他动荡
的心灵一点可怜的安慰。

第六支歌

你们这种令人羡慕的平静只能美化面容，不要以为这些十四五行的诗节还要像一个四年级学生似的发出不合时宜的呐喊，还要像一只交趾支那母鸡似的发出我们只要略费一点力气就可以想象出的怪叫；不过，最好还是用事实来证明我们提出的建议。那么，因为我在我这些可以理解的夸张中仿佛开玩笑般辱骂了人、造物主和我自己，所以你们便断定我的使命已经完成了吗？不：我的大部分工作依然存在，依然是有待完成的任务。从现在起，将由小说的引线来牵动上面提到的三个人物；这样，他们将获得更为具体的力量，他们血液循环器官的激流中将充满壮丽的生机。你们会在原以为只能看到属于纯思辨范畴的模糊实体的地方，十分惊奇地遇到具有神经分支和黏膜的形体，以及支配生理机能的精神法则。这是一些精力充沛的生命，双臂交叉，胸口不动，以散文的形式（但我肯定效果将极富诗意）站在你们面前，离你们只有几步远，以致首先照射到屋瓦和烟囱的阳光接下来就会在这些人世俗的头发上闪亮。然而，这将不再是专门逗笑的被诅咒者，不再是本该待在作者脑髓中的虚构人格，也不再是过于超出常人生活的噩梦。注意，正因如此，我的诗歌将更美。你们的手将触摸到动脉上升分支和肾上腺囊，然后还将触摸到情感！前五章的故事并不多余，它们是我这部作品的扉页，是建筑的基石，是我的未来诗学的预先解释：我在扣上皮箱动身去想象的国土之前，有义务快速起草一个清晰、明确的概论，告诉真诚的文学爱好者我决心达到的目标。因此，我认为，我的作品的综合部分已经完成，已经得到了充分的发挥。正是通过这一部分，你们得知我打算攻击人类以及人类的创造者。无论是现在还是将来，你们都没有

必要知道更多的事情！新的思考在我看来是多余的，因为它们只会以一种虽然更广泛、然而却相同的形式复述这个今天结束时就能看到初步展开的命题。从前面的考察中可以得出如下结论：我的意图是从现在开始分析部分。千真万确，我在几分钟前刚刚表达了我的火热心愿，把你们关入我皮肤上的汗腺，以便你们在深知底细的情况下检验我的断言是否忠实。我知道，必须用大量证据来支持我的定理中包含的推论，好吧，这些证据是存在的，你们知道，我没有充分的理由便不攻击任何人！我一想到你们责怪我，严厉指控我是其中一员的人类（仅这一个事实就说明我有理）和上帝，我就要放声大笑：我不会收回我的话，我只要讲述一下我本该看见的事情就能毫无困难地证实这些话。我唯一的志向就是追求真理。今天，我要制造一篇三十页的小说，这个尺寸在以后将基本保持稳定。我希望能迅速地看到我的理论某一天得到某一种文学形式的认可，我相信我在几经摸索之后终于找到了我的确定方式。这是最好的：因为这是小说！这篇不伦不类的序言的表述方式似乎不够自然，在这个意义上读者可能会感到意外，看不太清楚人们想把他带到哪儿。一般地讲，应当尽量使那些整天念书或念小册子的人避免这种绝妙的惊奇，然而，我却竭尽全力来制造这种情感。事实上，我虽然满怀善意，却不可能不这样做。只有在将来出版了几本小说之后，你们才能更深地理解这篇由满脸煤灰的叛逆者写下的序言。

在进入正题之前，尽管我认为这样做很愚蠢（我想，如果我弄错了，谁都不会同意我的意见），但我还是必须在身边放上一只敞口的墨水瓶和几张没被嚼烂的纸。这样，我就可以满

怀爱恋、迫不及待地从《第六支歌》开始创作这组具有教育意义的诗篇，这些具有无情效益和戏剧色彩的插曲！我们的主人公发现，当他出入岩洞、把那些难以到达的地方当成避难所时，他违背了逻辑规律，陷进了恶性循环。因为，一方面，他以孤独和离群为代价助长了对人类的厌恶，消极地把自己的天地限制在枯萎的灌木、荆棘和野葡萄丛中；另一方面，他的活动再也找不到一点食物来喂养人身牛头的怪物——他的邪恶本能。所以，他决心走近人类的居民点，坚信他的各种激情定能在这么多现成的牺牲品中得到充分的满足。他知道，多年来警察这面守护文明的盾牌一直在顽强地寻找他，一支由特务和密探组成的名副其实的军队也在不断地追踪他。然而，他们却没能碰到他。因为他以惊人的机敏和异常的灵巧挫败了那些曾经确实取得过成就的计谋，挫败了从最渊博的思想中产生的法令。他有一种特殊的变形本领，最有经验的眼睛也难以辨认。如果我作为艺术家来评论，这是一种高级化装！但我想到道德时，这就成为一种效果实在平庸的可笑服装。由于这一点，他几乎接近天才。你们难道没有在巴黎的下水道中看见过一只纤弱、俊俏、行动敏捷的蟋蟀？这只能是他：马尔多罗！他用一种有毒的液体吸引那些繁荣的都城，将它们带入嗜眠状态，使它们不能像应该做的那样实行自我监督。由于他没有受到怀疑，所以这种状态就更加危险。今天他在马德里，明天他将在圣彼得堡，昨天他却在北京。然而，准确地指出这个富有诗意的罗康博尔[1]目前正在哪儿建立恐怖的功勋，这项工作超出了我高谈

---

1 法国作家蓬松·杜泰拉伊（Ponson du Terrail，1829—1871）的几十部连载小说中的主人公。——译者注（后同）

阔论的能力。这个强盗也许离此地有七百里，也许离你们只有几步。彻底消灭人类并不容易，何况还有法律；但是，可以耐心地、一个一个地干掉这些人道主义的蚂蚁。然而，从我诞生之日以来——那时，我和我们这个种族最古老的祖先生活在一起，对设置陷阱还毫无经验；从遥远的史前年代以来——那时，我通过精巧的变形，在不同时期用征服和屠杀毁灭了地球上的各个国家，并在国民中挑起了内战，我不是已经逐个或成群地踩死了整整几代人吗？不可胜数的数目并不难想象。光辉的过去预示了灿烂的未来：它将实现。我将采用自然方法来修整我的语句，我将一直返回到野蛮人那里向他们求教。这些淳朴而庄重的绅士，他们优雅的、刺有花纹的嘴唇使从中流出的一切都变得高贵。我刚才证明了在这颗行星上一切都不可笑。这颗行星虽然滑稽，然而壮丽。我获得了一种某些人会觉得幼稚的风格（实际上它如此深刻），我用它来阐述一些不幸可能显得并不伟大的思想！正因为此，我抛弃了日常谈话那种充满怀疑的浅薄态度，我非常谨慎，不会提出……我不知道我要说什么了，因为我想不起这句话的开头了。但是，你们应该知道，诗歌无处不在，只要那儿没有鸭子模样的人那种愚蠢、嘲讽的微笑。我先擤一下鼻涕，因为我需要这样做，然后我再依靠手的有力帮助重新拿起从我的指缝中滑落的笔杆。当卡鲁塞尔桥听到似乎是那个口袋发出的凄厉喊声时，它怎么能够保持坚定的中立呢！

1

维维安娜街的商店向惊异的眼睛展示着它们的财富。红木

匣子和黄金手表在无数汽灯的映照下透过橱窗射出耀眼的光芒。交易所的时钟敲八点了：天还不晚！最后一下钟声刚刚结束，前面提到名称的这条街便震颤起来，摇动了从皇家广场到蒙马特尔大道的地基。散步者都加快了脚步，心事重重地赶回家。一个女人昏倒在人行道上。没人扶她，大家都急于离开这个地段。居民都躲进房屋，猛烈地关上百叶窗，好像发生了亚洲鼠疫。当城市的大部分区域正准备沉入夜生活的欢乐时，维维安娜街就这样突然被某种石化作用冻结，像心脏停止了爱似的熄灭了生命。不过，这件怪事的新闻很快就在各个阶层的市民中传开了。忧郁的沉静笼罩了庄严的都城。那些汽灯哪儿去了？那些烟花女怎样了？空无一物……只有寂寞和黑暗！一只断了爪子的猫头鹰越过马德莱娜上空，径直飞往御座广场的栅栏。它喊道："一场灾难即将来临。"然而，在这个刚刚被我的羽笔（这个真正的朋友是我的同伙）神秘化了的地方，你们如果朝科尔贝尔街和维维安娜街汇合的方向望去，就会看见这两条街相交形成的拐角处露出一个人影，他正轻快地向林荫大道走去。不过，人们如果再走近一些（但不要引起这个行人的注意），就会愉快而惊奇地发现他很年轻！从远处看，人们也许会把他当作成年人。在判断一副严峻面孔的智力时，岁月的总合并不重要。我懂得相面术，能从额头的轮廓看出年龄：他十六岁四个月！他美得像猛禽爪子的收缩，还像后颈部软组织伤口中隐隐约约的肌肉运动，更像那总是由被捉的动物重新张开、可以独自不停地夹住啮齿动物、甚至藏在麦秸里也能运转的永恒捕鼠器，尤其像一架缝纫机和一把雨伞在解剖台上的偶然相遇！麦尔文，这个金色英格兰的儿子刚在教师那里上完击

剑课，正裹着苏格兰花呢大衣回父母家。八点半了，他希望九点钟到家：他假装确切地了解未来，这是妄自尊大。难道就不会有某种障碍在路上阻挡他？难道这种情况就如此罕见，以致他可以让自己把它看成是一种例外？为什么他不把自己直到现在还没有感到焦虑、甚至可以说还感到幸福这种可能性看成是一种反常现象呢？事实上，在有人把他当成未来的猎物而窥伺、尾随的时候，他有什么权力断定自己可以安然无恙地抵达住所？你们认出了那个虚构的主人公，长期以来，他一直在用个性的压力粉碎我悲惨的智慧！时而，马尔多罗走近麦尔文，以便把这个少年的相貌铭刻在记忆中；时而，他又仰身后退，好像处在第二阶段行程中的澳洲飞去来器，或者更像一个爆炸装置。他不清楚自己该做什么。然而，和你们的错误猜测相反，他的意识没觉察到任何形成胚胎的激动征兆。我看见有一会儿他往相反的方向走开了，他是深感内疚吗？不过，他又固执地转身回来了。麦尔文不知道为什么他的颈动脉在猛烈地跳动，他加快了脚步，被一种他和你们都在枉然寻找原因的恐惧所困扰。应该承认他这种解谜的专心。为什么他不回头呢？那样，他就能明白一切。人们可曾想过用最简单的方法来结束令人不安的状态？一个城门下的游荡者穿过郊区，喉咙里灌了一盆白葡萄酒，身上穿着破烂的罩衫。如果他在一块界石角上发现一只肌肉发达、和我们的父辈经历的革命同岁的老猫正在忧郁地凝望着倾泻在沉睡的原野上的月光，那他就会迂回曲折地向前移动，并朝一条懒狗打一个手势，狗便猛扑过去。高贵的猫科动物勇敢地等待着敌手，拼死争夺自己的性命。那么，为什么它不逃走呢？这相当容易。但是，在目前这个吸引我们的事件

中，麦尔文的无知使他更加难以理解危险。确实，这种危险似乎露出几线极其微弱的闪光——我不想停下来论证遮掩了这些闪光的黑暗，然而，他不可能猜到事实。他不是先知，我不否认这点，他也不认为自己具有这种才能。他走上大路后向右转弯，穿过鱼锅大道和佳音大道。走到这儿，他又进入圣德尼区街，把斯特拉斯堡火车站甩在身后。在到达拉斐特街的丁字路口之前，他在一扇高高的大门前停下来。你们建议我就在此地结束第一小节，这次我愿意尊重你们的意愿。你们是否知道，当我想到一个疯子的手藏在石头下的那只铁环时，一阵无法克制的战栗便穿过我的头发？

2

他拉了拉铜把手，这栋新式公馆的大门转动着合页打开了。他走过铺满细沙的院子，跨上八级台阶。两座雕像如同这座贵族别墅的卫士一样站立在左右，但没拦他的路。那个抛弃了父亲、母亲、上帝、爱情、理想和道德，抛弃了一切而只考虑自己的人专心地跟随着前面的脚步，看见他走进底层一间带有红玛瑙壁板的宽敞客厅。这个富家子弟倒在沙发上，因激动而说不出话。他母亲穿着拖地长裙，热心地照料他，用手臂搂住他。他的弟弟们围在这张负担沉重的沙发周围。他们还不太了解生活，对出现的场景认识不清。终于，父亲举起手杖，向在场者投下一道充满权威的目光。尽管年迈体弱，他仍用手腕撑着椅子扶手离开平时的座位，担忧地走向长子一动不动的身体。他说的是一种外语，每人都恭敬地凝神聆听："是谁把孩子弄成了这个样子？在我的力量完全耗尽之前，雾蒙蒙的泰晤士河还

要冲走大量泥沙。这个不好客的国家似乎不存在保护法。如果我知道谁是罪犯，他将体验到我臂膀的力量。虽然我已退役，远离海战，但我那把挂在墙上的海军准将剑还没有生锈。而且，磨快剑刃也不难。麦尔文，放心吧，我将命令仆人去搜索他的踪迹，今后我要寻找他，亲手杀死他。女人，离开这儿，你的眼睛让我心软，你最好关上你的泪腺导管。我的儿子，求求你，恢复你的理智，辨认一下家人吧，是你父亲在和你说话……"母亲走开，待在一边，并且为了服从主人的命令而拿起了一本书。她在她的子宫生下的人面临的危险前竭力保持着平静。"……孩子们，去花园里玩儿吧。当心，观赏天鹅游水时别掉进池塘……"弟弟们垂着手，一声不响。他们都戴着饰有卡罗来纳夜鹰翅膀羽毛的帽子，都穿着只到膝盖的天鹅绒短裤和红丝长袜。他们手拉着手，小心地用脚尖踩着乌木地板退出客厅。我肯定他们不是去玩儿，而是到梧桐小路上庄严地散步。他们智力早熟。这对他们再好不过。"……白费力气，我在怀里摇你，你却对我的哀求毫无反应。你愿意把头抬起来吗？如果必要，我来抱住你的膝盖。可是，不……头又垂下了，毫无生气。""温柔的主人，如果你允许你的奴隶，那我就去我的房间取一瓶松节油。当我从剧院回来、太阳穴受到偏头痛的侵袭时，或者当我读完一段记载在不列颠史书上的有关我们祖先的骑士故事的动人叙述、梦幻般的思想而陷入昏沉的泥沼时，我经常使用它。""女人，我没让你发言，你无权说话。自从我们合法结合以来，你我之间从未有过任何阴影。我对你很满意，从来没有责备你：反之亦然。去你的房间取松节油吧。我知道你的衣柜抽屉里有，用不着你来告诉我。快上螺旋楼梯吧，然后带

着高兴的面容回来见我。"但是，这个敏感的伦敦女人刚跨上几级台阶（她跑得不像下等阶级的人那么迅速），她的一个侍女就已经从二楼下来了，双颊被汗水浸红，手上拿着那个也许盛有生命之水的水晶瓶。侍女优雅地弯腰呈上瓶子，母亲步态庄重地走向带有流苏的沙发——唯一牵扯她的柔情的物体。海军准将以高傲而又亲切的姿势从妻子手中接过瓶子。人们把一条印度绸巾浸入瓶中，然后把绸巾曲曲折折地环绕在麦尔文的头上。他吸入嗅盐，一只胳膊动了动，血液循环又活跃起来。人们听到一只栖息在窗口的菲律宾鹦鹉发出欢快的叫声。"那是谁？……不要拦我……我在哪儿？是一座坟墓在支撑我这沉重的四肢吗？我觉得棺材板很柔软……嵌着母亲肖像的颈饰还在我脖子上挂着吗？走开，蓬头的歹徒。他没能追上我，但我的一个衣角留在了他的手上。解开獒狗的链子，因为，今天夜晚，当我们熟睡时，一个显然是盗贼的人可能会撬锁溜进家中。父亲，母亲，我认出你们了，谢谢你们的关怀。把弟弟们叫来，我为他们买了糖衣杏仁，我想拥抱他们。"说到这里，他又陷入深沉的嗜眠状态。人们火速召来了医生，他搓着手喊道："发作已经过去，一切都好了。明天，你们的儿子将会精神饱满地醒来。大家都回各自的床上去吧，这是我的命令，让我独自待在病人身边，直到出现曙光和夜莺的歌声。"马尔多罗躲在门后，没有漏掉一句话。现在，他了解了公馆中这些人的性情，将采取相应的行动。他知道了麦尔文的住处，不希望知道更多了。他在笔记本上记下了街道的名称和楼房的号码，这最重要。他现在肯定不会忘了。他像鬣狗一样顺着院墙向前走去，没有被人发现。他敏捷地爬上栅栏，被铁尖挂了一下，接着一跳便来

到街上。他像狼一样悄悄地离去。他喊道："他把我当成了歹徒，他是个笨蛋。这个病人还指责我呢，我倒想找一个可以不受这种指责的人。我没有如他所说扯掉他的衣角。这不过是惊吓造成的临睡幻觉。我的意图不是今天就征服他；因为，在这个羞怯的少年身上，我以后还有其他的打算。"你们朝天鹅湖方向走吧，以后我会告诉你们为什么那群天鹅中有一只全身乌黑。它的身子托着一个铁砧，上面放着一具正在腐烂的黄道蟹尸体，它理所当然地引起其他水栖同伴的怀疑。

3

麦尔文待在他的房间里。他收到了一封信。是谁给他写信？由于慌乱，他没向邮差道谢。信封带有黑边，字迹潦草。他应该把信交给父亲吗？如果写信人严禁他这样做怎么办？他满怀焦虑地打开窗户，呼吸空气的芳香。太阳在威尼斯玻璃和锦缎窗帘上映出棱镜闪光。他把信扔在旁边那张学生书桌上，桌上覆盖着压花皮革，散放着一些切口涂金的书籍和珠光色封面的画册。他打开钢琴，任细长的手指在象牙键盘上滑动。铜弦没有发出任何声响。这种婉转的警告促使他重新拿起那张犊皮信纸；但信纸却在退缩，仿佛它被收信人的犹豫所伤害。麦尔文上当了，他更加好奇，于是便打开这张现成的抹布。至今为止，他只见过自己的笔迹。"年轻人，我对您很感兴趣，我要让您幸福。我将把您当作伴侣，一起去大西洋的岛屿长途旅行。麦尔文，你知道我喜欢你，我无须向你证明。你将给我友情，我坚信这点。等你更加了解我时，你不会因对我表示信任而后悔。我将保护你，使你免遭缺乏经验带来的危险。我将是你的兄长，

你不会缺少忠告。后天早上五点，你去卡鲁塞尔桥上，你会得到更详尽的解释。如果我没到，你要等我，不过，我希望能准时到达，你也要这样做。一个英国人不会轻易地放弃一个弄清事实真相的机会。年轻人，我向你致敬，再见。不要给任何人看这封信。"麦尔文叫道："没有署名，只有三颗星，信纸下面一片血迹！"滔滔的泪水落在这些奇怪的、他的眼睛贪婪地阅读的语句上，它们在他的思想中打开了一片无边无际、若明若暗的新天地。他觉得（只是从他刚才读完信时开始），父亲有点严厉，母亲过分庄重。他还有一些不为我所了解的道理，所以我无法向你们暗示他的弟弟们也不合他的意。他把信藏在胸口。老师们发现，这一天他和以往不一样。他的目光极其忧郁，眼眶周围降下过度思考的纱幕。每个老师都脸红了，担心自己达不到学生的智力水平，而学生则第一次忽略了学业，没做功课。晚上，全家聚集在用古人肖像装饰的餐厅里。麦尔文欣赏着美味的菜肴和芬芳的水果，但他却不吃。五彩缤纷的莱茵葡萄酒和冒着红宝石泡沫的香槟酒镶嵌在细长的波希米亚石林里，他却视若无睹。他把胳膊支在桌子上，陷入沉思，仿佛一个梦游人。被海浪弄黑了脸庞的海军准将向妻子耳边弯下身子："自从那天发病，长子性格变了。他原先就喜欢胡思乱想，今天比平常更厉害。总之，我像他这个年纪时可不是这样。你要装作什么都没发现。现在正需要一剂物质或精神的良药。麦尔文，你爱好游历和博物学方面的读物，我来给你念一个你肯定喜欢的故事。大家要注意听，每人都能从中受益，我将是第一个受益者。你们这些孩子要留心我的话，学会完善你们的文笔，学会了解作者最微小的意图。"仿佛这帮可爱的小家伙真能懂

得什么叫修辞！他说着做了个手势，一个弟弟便向父亲的书房走去，又在胳膊下夹着一本书回来。此时，餐具和银器已被撤走，父亲拿起了书。听到游历这个激动人心的词，麦尔文抬起了头，努力收回他不着边际的冥想。书被翻到中间，海军准将金属般的嗓音证明他仍然能够像在他光荣的青年时代里一样指挥狂怒的士兵和狂怒的风暴。阅读还远没有结束，麦尔文就已经倒在胳膊肘上，无法继续追随那些逐级展开的推理句子和那些皂化了的必不可少的隐喻。父亲叫道："这个引不起他的兴趣，我们念个别的。念吧，女人，如果能驱除儿子生活中的忧愁，你比我更幸福。"母亲已不抱希望，但还是拿起了另一本书，她那女高音的嗓子富有旋律地回响在她孕育的果实的耳边。但是，她刚念了几句就泄气了，主动停止朗读这部文学作品。长子叫道："我要去睡觉了。"他走出去，低垂着冰冷、呆滞的眼睛，再没有说一句话。狗发出一声凄凉的吠叫，因为它觉得这种举止不合情理。风从屋外忽强忽弱地吹进窗户上的纵向缝隙，摇曳着铜灯上被两个粉红色水晶圆盖压低的火苗。母亲手撑额头，父亲抬眼望天，孩子们向老水手投去惶恐的目光。麦尔文紧紧锁上自己的房门，他的手在纸上迅速移动："我中午收到您的信。如果我让您久等了我的答复，请您原谅。我个人没有认识您的荣幸，所以我不知是否应该给您写信。但是由于我们家容不下失礼，所以我决定拿起笔，热诚地感激您对一个陌生人表示的关心。愿上帝惩罚我，如果我不对您慷慨给予我的同情表示谢意。我了解自己的缺点，我并不为此而自豪。但是，如果可以接受一个长者的友情，那么也可以让他懂得我们的性格不一样。是的，看来您比我年长，因为您称我年轻人，不过我对

您的真实年龄仍存有疑问。否则，怎样调和您那三段论的冰冷和其中显出的热情？我肯定不会为了陪您到遥远的国度而抛弃这块生我的地方，除非事先征得创造我生命的双亲的准许——我焦急地等待着这种准许。然而，既然您嘱咐我对这个黑暗的精神事件保守秘密（立方意义上的秘密），我将立即听从您这种不容置疑的智慧。看来，您的智慧不会愉快地迎战光明。既然您似乎希望我能信任您（我乐于承认，这种愿望并非不合时宜），那就请您也对我显示同样的信任，不要试图以为我会如此远离您的忠告，以致后天早上不按指定时间准时赴约。我将翻越花园围墙，因为栅栏门到时已经关闭，谁也不会看见我离开。坦率地讲，为了您，我什么不能做？我着迷的眼睛很快就看出您流露的那种无法解释的爱慕。这种善良的表示让我惊奇。它确实出乎我的意料。因为，我以前不认识您。现在，我认识您了。不要忘记您对我许下的诺言，您将在卡鲁塞尔桥上散步。我一心一意地相信，当我经过那儿时将能遇到您，并和您握手，但愿一个昨天还拜倒在羞涩祭坛前的少年这种纯真的表示不会因恭敬的亲密而冒犯您。然而，当沉沦已经相当严重、并且得到证实时，这种处在强烈、炽热中的亲密又有什么不可以坦白的呢？后天不论是否下雨，五点敲响时我将路过那里向您告别。我问您，这样做到底有什么不好？绅士，您会欣赏我构思这封信时的分寸，因为，我不想冒昧地在一张有可能丢失的活页纸上对您说更多的话。您在信笺下面写的地址极难辨认，我费了近一刻钟才解读出来。您用微小的字体写信，我认为您做得非常正确。我效仿您，免去签名：我们生活在一个十分怪诞的时代，对可能发生的任何事情都不会感到片刻的惊奇。我很想知道您

怎样了解到我的住处的。我待在这个冰冷的地方，周围是一长排空荡的房间——我那无聊时光的肮脏堆尸所。这怎么说呢？当我想到您时，我的胸膛便起伏动荡，发出巨响，仿佛一个颓废的帝国在崩溃。因为，您那爱情的影子露出一丝也许并不存在的微笑：影子如此模糊，如此扭曲地抖动着鳞片！我在您手中放下我这些激烈的情感——这些全新的、尚未被致命的接触玷污的大理石板。让我们耐心地等待第一片熹微的曙光。在投入您那双患有鼠疫的手臂的丑恶搂抱之前，我谦卑地跪下按压您的膝盖。"麦尔文写完这封罪恶的信，把它投寄出去，然后回来上了床。你们不要指望在那儿找到他的守护神。鱼尾将只飞三天，这是真的，但是，唉！房梁仍将被烧毁，圆锥形子弹仍将射穿犀牛的皮。尽管有白雪公主和乞丐！因为，加冕的疯子将说出关于那十四把忠实的匕首的真相。

4

我发觉自己仅有一只眼，长在额正中！啊，镶嵌在门厅壁板上的银镜，你们的反射能力给我多少次帮助！一天，一只安哥拉猫突然蹿到我背上，像环钻在头颅上打孔那样咬噬我的顶骨整整一个小时，因为我把它的幼崽放进满满一盆酒精里煮了。从那天起，我不断地向自己发射痛苦之箭。今天，带着在各种场合因命中注定或因自己的过错而落下的满身伤痕，忍受着我那道德堕落的后果（某些后果已成事实，谁将预见其他后果），作为一个面对着那些装饰着说话人筋膜和智力的各种后天或先天的残酷而无动于衷的旁观者，我以满意的目光久久地凝视着构成我人格的二重性……我觉得自己很美！美得像男性

生殖器的先天畸形，还像长在火鸡嘴上的布满横向深纹的圆锥形肉瘤，更像下述真理："音阶、调式及其和声连接的体系并不建立在一成不变的自然法则上，相反，它是美学原理随着人类的逐渐发展而变化、并且仍将变化的结果"，尤其像一艘装甲炮舰！是的，我坚持认为我的描述非常准确。我没有自负的幻想，我为此而自豪；况且，我从谎言中也得不到任何好处；所以，你们应该毫不犹豫地相信我说的话。面对着来自意识的颂词，我为什么要对自己感到憎恶？我丝毫也不羡慕造物主，不过，但愿他能让我犯下一串光荣的、越来越多的罪行，沿着我的命运之河顺流而下。否则，我将把一道能被任何障碍激怒的目光抬到他额头的高度，让他懂得他不是宇宙的唯一主人，一些直接来自对事物本质的更深刻认识的现象提出了反证，明确否认了独裁的可行性。因为，我们两人正在相互注视着眼皮上的睫毛，你看……你知道，我这没有嘴唇的嘴中不止一次地响起过胜利的号角。再见了，杰出的战士，你在不幸中表现出的勇敢让你最顽固的仇敌也感到敬佩；不过，马尔多罗很快就会找到你，和你争夺那个名叫麦尔文的猎物。这样，那只公鸡在烛台下隐约看见未来而发出的预言就将实现。但愿黄道蟹能及时赶上那队朝圣者，用几句话告诉他们克利尼昂库尔的拾荒人讲述的事情！

5

一个家伙走出里沃利街，来到王宫花园，坐在左边离水池不远的一条长椅上。他头发蓬乱，衣着露出贫困长期侵蚀的影响。他用一根尖木棒在地上挖了个洞，手心里盛满土。他把这

种食品送进嘴里，又急忙吐掉。他重新起来了，头顶着长椅，腿伸向高处。但是，这种走钢丝的姿势违反了支配重心的重力法则，所以他又重重地摔在木板上，两臂下垂，鸭舌帽遮住半边脸，双腿击打着砾石，处于一种越来越令人担心的不稳定平衡状态。他久久地保持着这种姿势。在北边中门旁边那个内设咖啡厅的圆亭附近，我们的主人公胳膊倚在栅栏上，目光巡视着长方形花园，不想漏掉任何景物。他视察完毕，收回目光，发现花园中央有一个人正在一张长椅上做摇摆体操，竭力想稳住自己，创造着力量和灵巧的奇迹。但是，由于精神的错乱和失常，哪怕是为正义事业服务的最善良意愿又有什么用呢？他向那个疯子走去，好心地帮他把尊严重新放在正常的位置上，向他伸出手，在他身边坐下。他注意到疯病只是阵发性的。发作已经过去，他的对话者合乎逻辑地回答着所有问题。有必要复述他这些话中的意义吗？为什么要以亵渎神灵的急切来重新翻开一页人类的悲惨之书呢？没有什么比这更富于教益！即使我没有任何真实事件向你们讲述，我也要杜撰一些虚构的故事灌输到你们的脑子里。然而，病人并非为了自己的乐趣而得病，他那叙述的真诚和读者的轻信绝妙地结合在了一起。"我父亲是玻璃街的一个木匠……是他杀死了三个玛格丽特！愿金丝雀的嘴永远啄他的眼珠！他染上了酗酒的习惯。那阵子，当他跑遍酒店的柜台回到家时，他的愤怒变得几乎无法估量，他不加区别地摔打眼前所有的东西。但是，面对朋友们的责备，他很快就完全变了，沉默寡言，谁都无法接近他，即便是我们的母亲。他对阻止他为所欲为的责任感怀恨在心。我为三个妹妹买来一只金丝雀，这只金丝雀是我为三个妹妹买来的。她们把它

关进一个鸟笼，挂在门的上方，行人每次经过都要停下来听它唱歌，欣赏它瞬间的优美，观察它灵巧的形态。我父亲不止一次下令除掉鸟笼和笼中的鸟儿，因为，金丝雀以歌唱家的才华向他送去轻盈的咏叹调，而他却把这想象成是对他的讥笑。当他从钉子上摘下鸟笼时，被愤怒蒙住了双眼，从椅子上滑落下来。他的膝盖轻微地擦破了，这是对他这种行为的奖赏。他用一片刨花按压了几秒钟肿起的部位，然后放下裤腿，皱着眉头，更加小心地把鸟笼夹在腋下，朝他的木匠房深处走去。在那儿，他不顾家人的喊叫和哀求（我们十分珍爱这只鸟儿，仿佛它是我们的家神），用带有铁钉的鞋跟踩碎了柳笼，与此同时，一把长刨围着他的头旋转，使在场的人无法靠近。出于偶然，金丝雀没有马上死掉，这团羽毛虽然沾满鲜血，却还活着。木匠使劲地关上门离开了。母亲和我竭力想保住这只鸟儿即将失去的生命，它的末日到了，翅膀的抖动只反映出临终的痉挛。这时，三个玛格丽特意识到全部希望马上就要破灭，便手挽手组成活的链条，走到楼梯后面，把一只油桶推开几步，蹲在我们那条母狗的窝旁。母亲没有中断她的任务，她把金丝雀捧在手上，呼气温暖它。而我则在各个房间狂奔，朝家具和工具上乱撞。三个妹妹不时地有一个在楼梯前伸出头来，打听这只不幸的鸟儿的命运，然后又伤心地把头缩回去。母狗从窝里出来，它似乎明白我们这种损失的巨大，所以用舌头舔着三个玛格丽特的裙子，徒劳地安慰她们。金丝雀只有片刻时间可活了。一个妹妹（最小的那个）在微弱的光线形成的昏暗中伸出头来，看见母亲脸色变白，而这只鸟由于神经系统的最后作用闪电般仰起脖子，接着便倒在她的手上，永远地失去了活力。她向两个姐

姐报了信。她们没有发出任何呜咽和任何抱怨。木匠房里一片寂静，人们只能分辨出破碎的鸟笼断断续续的声响，由于木料的弹性，鸟笼正在部分地恢复最初的形状。三个玛格丽特没有落下一滴眼泪，没有失去鲜红的脸色，没有……她们只是一动不动。她们爬进狗窝，在麦秸上一个挨一个地躺下，那条母狗——她们这种行为的被动目击者，惊异地望着她们。母亲喊了她们好几次，她们一声也没回答。也许，她们因刚才的激动而劳累，已经睡着了！母亲搜遍家中每个角落，但没有发现她们。她跟着拖她裙角的母狗走近狗窝。这个女人弯下身子，把头伸向入口。我心中估计，即使不考虑母性的恐惧那种不正常的夸张，她可能目睹的景象也一定是悲惨的。我点燃一支蜡烛递给她，这样，她就能看清任何细节。她把沾满麦秸的头从这个墓穴中缩回来，对我说：'三个玛格丽特死了。'我们无法把她们从这个地方拖出来，因为，好好记住这点，她们紧紧地挽在一起。于是，我去木匠房找来一把锤子准备捣碎这个狗窝。我立即开始拆毁工作。行人只要稍有一点想象力，就会认为我们家不缺活儿干。母亲忍受不了这种必不可少的耽搁，把指甲全在木板上弄断了。消极的拯救行动终于结束了，狗窝被砸得四分五裂。我们艰难地分开木匠的女儿，然后把她们从废墟中一个接一个地拉出来。母亲离开了家乡。我再没见过父亲。至于我，人们说我疯了，我乞求公众的施舍。我所知道的就是金丝雀不再唱歌了。"听话人在心中赞赏着这个新的实例，它又为他那种令人厌恶的理论提供了依据。仿佛因为一个人曾经喝醉了酒，我们就有权控诉整个人类。至少，这是他力图引入脑中的荒谬思考，然而，它并不能从那儿驱

除来自沉痛经历的巨大教训。他假装同情地安慰这个疯子，用自己的手帕为他擦去眼泪，把他带到一家饭馆，和他同桌吃饭。他们又去一家时装店，这个被保护人穿上王子一样的衣服。他们敲响圣奥诺雷街一栋大住宅的房门，疯子被安置在四楼一个豪华套间里。这个恶棍强迫阿戈纳接受他的钱袋，又从床下拿出便盆扣在他头上，以事先想好的夸张语调叫道："智慧之王，我为你加冕；我随时听候你的召唤；从我的银箱里大把地取钱吧；我的肉体和精神都属于你。夜里，你将把洁白晶莹的王冠放回原处，你可以使用，但是，白天，一旦曙光照耀城镇，你就要把它重新戴在头上，它是你权力的象征。三个玛格丽特将在我身上复活，何况我还将成为你的母亲。"这时，疯子后退了几步，仿佛受到一场噩梦的凌辱和折磨。他忧愁的、布满皱纹的脸上露出了幸福的线条。他满怀谦恭地跪倒在保护人的脚下。感激之情像毒药般进入加冕的疯子的心灵！他想说话，舌头却不动。他的身体向前倾去，摔倒在方石地板上。那个青铜嘴唇的人退了出去。他的目的是什么？争取一个天真的、经得起任何考验的、对他唯命是从的朋友。机遇帮助了他，他再不能碰到更好的了。他找到的那个躺在长椅上的人，自从青年时代的一次事件起就再也不能识别善恶。他需要的正是阿戈纳。

6

万能的上帝把一个大天使派到尘世，拯救那个必死无疑的少年。上帝还将被迫亲自下来！不过，我们的故事还没讲到这一步，我不得不闭上嘴，因为我不能同时述说一切：当这篇虚构故事的情节认为方便时，每种效果特技都会在适当的场合

出现。为了不被认出来，大天使变成一只黄道蟹，像羊驼一般大。它立在大海中央的一块礁石上，等待着涨潮的有利时机来实施登陆。那个碧玉嘴唇的人手持一根木棒，藏在海滩的一个洼处，监视着这只动物。谁愿意察看这两个生物的思想？前者毫不隐瞒它有一项难以完成的使命。当不断高涨的海浪拍打它的临时避难所时，它喊道："怎么成功？我的主人不止一次地看到他的力量和勇气受挫。我，我只是一个能力有限的实体，而他，没人知道他从哪儿来，也没人知道他的最终目的是什么。天国的军队听到他的名字就发抖。在我离开的那个地方，不止一人说，即使是撒旦，撒旦——恶的化身，也没有如此可怕。"后者进行了如下的思考，回声响彻、污染了蓝色的天宇："它似乎毫无经验，我马上就能把它了结。它可能来自天国，受到那个如此害怕亲自下来的人的派遣！我们在实战中看看它是否真像它显示的那样蛮横。它不是地球上的居民，游移不定的目光暴露出了天使的血统。"黄道蟹环视了一下海岸上有限的空间，发现了我们的主人公（他此时以大力士的身躯完全站起来了），便用如下的言辞斥责他："你不要企图反抗，还是投降吧。一个比我们俩都强大的人派遣我来给你套上锁链，使你那两条协助思想的胳膊无法乱动。相信我吧，为了你的利益，也为了他人的利益，今后必须禁止你的手抓握长刀和匕首。不论你是死是活，我终将战胜你。不过，我接受的命令是把你活捉回去。不要让我被迫使用赋予我的本领。我将轻轻动手。你则不要对我作任何抵抗。这样，我立即就会欢喜地承认你迈出了悔过的第一步。"听完这段带有喜剧味道的演讲，我们的主人公勉强保持住了他那粗

黑面孔的严肃。但是，如果我补充说他最终爆发出了大笑，没人会对此感到奇怪。他实在忍不住了！他并没恶意！他当然不想招来黄道蟹的责备！他做出了多大的努力，以便驱逐快乐！他多少次闭上两片嘴唇，以免冒犯他那个惊讶的对话者！可惜，他的性格具有人类的特征，他像绵羊一样大笑！他终于停下来了！真险哪！他差点窒息！海风给礁石上的大天使送去如下的答复："当你的主人不再派遣蜗牛和螯虾来同我算账时，当他屈尊亲自和我谈判时，我相信我们就可以找到和解的办法，因为，正如你准确说出的那样，我不如派遣你来的人强大。但在此之前，妥协的想法对我来说还为时过早，只可能产生虚幻的结果。我非常清楚地知道你那些话中每一个音节的意义，既然我们可能会白白地劳累嗓子，让声音穿越三公里的距离，那么，我看你还是明智地行事，从你那无法攻克的堡垒上下来，游到坚实的陆地上：我们可以更方便地商谈投降的条件。投降不管多么合情合理，对我展现的终究还是不愉快的前景。"大天使没有料到这种诚意，便从裂缝深处探出头，答道："啊，马尔多罗，这一天终于来到了。无法解释的傲慢点燃的火炬就要熄灭了，它把你可憎的本能引向了永恒的惩罚！那么，我将第一个向那些成群的小天使讲述这种值得称赞的变化，他们将为找回一个自己人而高兴。你自己也知道，你不会忘记，曾有一个时期，你是我们中的佼佼者。你的名字有口皆碑，现在，你仍是我们寂寞时的话题。来吧，和你昔日的主人缔结一个永久的和约吧，他会把你当作迷途的孩子来接待，不会发现你心头大量积聚的、如同印第安人垒起的鹿角山般的罪恶。"它说完就从黑暗的洞口中伸出全部肢体，出现在礁石上，容光焕发，像

一个确信领回了迷途羔羊的宗教牧师。它准备跳入水中，游向这个得到宽恕的人。但是，那个蓝宝石嘴唇的人早就盘算好了一个阴谋。他用力地投出木棒，木棒在海浪上弹跳了几下，最后打在这个行善天使的头上。黄道蟹受到致命的伤害，落入水中。潮水把漂浮的残骸带上了岸。它本来正等待着涨潮，以便更顺利地登陆。现在，潮水来了，还用歌声摇荡它，把它轻轻地放在海滩上：黄道蟹还不满足吗？它还需要什么吗？

马尔多罗向沙滩弯下腰，把两个被海浪偶然连在一起而不可分离的朋友抱入怀中：黄道蟹的尸体和行凶的木棒！他喊道："我还没有失去我的敏捷，它只想派上用场，我的手臂依然有力，我的目光依然准确。"他望着这只不动的动物，担心有人向他讨还血债。他应该把大天使藏到哪儿呢？同时，他还自问这个动物是否当场就死了。他把一个铁砧和一具尸体扛在肩上，走向一片宽阔的池塘，池塘四周丛生着高大的、纠结在一起的灯芯草，仿佛一道围墙。他原想带上一把锤子，但这种工具太轻，他需要一个更沉重的物体，假如尸体有活过来的迹象，他就可以把它放在地上，用铁砧砸碎。他的臂膀缺少的可不是力气，这根本不会让他为难。他走近池塘，看见水面布满天鹅。他心想，对他来讲，这儿倒是一个安全的藏身之处。于是，他没有卸下重负便借助变形混入鸟群。你们应该注意上帝的手，它就在人们以为它不在的地方；你们应该从我对你们讲述的奇迹中得到教益。他像乌鸦的翅膀一样黑。他三次游进洁白、闪亮的蹼足类中，但三次都保持着这种使他看上去像一块煤炭的特色。这是因为，公正的上帝不会允许他的诡计蒙骗一群天鹅。所以，他无遮无掩地待在湖中；

但是，每只鸟儿都同他保持着距离，都不靠近他可耻的羽毛，不来和他做伴。于是，他远远地在池塘尽头的一个小水湾里圈出了他的戏水范围，孤独地处在这些空中居民中，和他处在人群中的情形一模一样！他就这样拉开了不可思议的旺多姆广场事件的序幕！

7

那个金发海盗收到了麦尔文的回信。他在这张奇特的信笺上追随着写信人精神错乱的踪迹，自我暗示的微小力量完全控制了写信人。如果他在回答陌生人的友情之前先请教一下父母，那就好多了。以主要演员的身份介入暧昧的情节，这不会给他带来任何好处。不过，他毕竟是自作自受。麦尔文在指定的时间离开家门，径直朝前走，沿着塞巴斯托波尔大道来到圣米歇尔喷泉，然后又走上大奥古斯坦沿河大道，穿过孔蒂街。当他来到马拉凯沿河大道时，看见卢浮街上与他并行走着的一个人，胳膊下夹着一个口袋，似乎正在专心地观察他。晨雾已经散去。这两个行人同时出现在卡鲁塞尔桥的两头。虽然他们从没见过面，彼此却认出来了！这两个年龄悬殊的人因情感的伟大而心心相印，这确实动人。至少，那些在这一场景前留步的人会这样看，哪怕他们具有数学头脑也会觉得这一场景令人感动。麦尔文泪流满面地思忖，他在跨入人生大门时，可以说遇到了未来逆境中的宝贵支持。你们可以相信，另一个人什么话也没说。他是这样做的：他展开带来的口袋，张开袋口，抓住少年的头，把他的整个身体装入这个麻布套子。他用手绢扎紧作为入口的那一端。由于麦尔文发出尖叫，他便像提一包衣服

似的提起口袋，朝大桥栏杆上撞了几下。这时，受刑者发觉自己的骨头噼啪作响，便不再出声了。这真是独一无二、任何小说家都不可再得的场面！一个屠夫坐在马车里的肉垛上经过这里。一个家伙跑过去叫他停下来，对他说："这个袋子里装了一条狗，它长了疥癣，请尽快杀掉它。"被叫住的人显得很乐意帮忙。拦车人离去时，看见一个衣衫褴褛的少女向他伸手乞讨。厚颜无耻和大逆不道的极限在哪里？他竟给她施舍！告诉我，你们是否愿意让我在几小时后把你们带到一个偏僻的屠宰场门口。屠夫回来了。他把一个沉重的包袱扔在地上，对同伴们说："我们赶快杀掉这条长了疥癣的狗。"他们共四个人，各自操起一把用惯的锤子。但是，他们仍然犹豫，因为口袋正在使劲地动弹。其中一人慢慢垂下胳膊，喊道："我怎么这样激动？另一个人说："这狗发出像孩子一样的痛苦呻吟，它似乎明白等待它的命运。"第三个人回答："这是它们的习惯，即使它们不像这条狗一样有病，只要主人几天不在家，它们就会发出让人实在难以忍受的吠叫。"当所有人的胳膊都有节奏地抬起来、终于准备果断地击打这只口袋时，第四个人叫道："停下！……停下！……我说，你们停下。我们忽略了一件事情。谁告诉你们袋子里装的是一条狗？我要证实一下。"于是，他不顾同伴的嘲笑，解开了包袱，拉出了麦尔文的四肢！他险些在里面闷死。他重见光明，昏了过去。过了一会儿，他显出了不容置疑的生命迹象。救命恩人说道："下一次，即使干你们的本行也要学会小心。违反这一法则没有任何好处，你们自己险些发现这一点。"屠夫们逃走了。麦尔文充满不祥的预感，心情沉重地回到家，躲进自己房间。我有必要着重强调这节诗吗？啊，

谁不为发生的事件感到遗憾！让我们等到最后再更加严厉地评判吧。结局将加速到来。在这类故事中，不论哪种激情，只要产生便会不畏任何艰险地为自己闯出一条道路。这里没有必要在一个小碗里调拌四百张平庸书页的虫胶。六节诗能讲完的就用六节诗讲完，然后就闭嘴。

8

为了机械地建造一篇催眠童话的脑髓，不仅需要剖析一些傻话，使读者的智力因反复用药而严重迟钝，使他的才能在余生中因疲劳法则而必然瘫痪，而且还需要用强大的磁流巧妙地把他带入无法行动的梦游状态，迫使他的眼睛在你们的凝视下失去本性，变得模糊。我并不想让人更清楚地理解我，我只想发挥一下我的思想，它那最敏锐的和谐既有趣又令人讨厌。我是想说，为了达到既定的目标，我不认为有必要发明一种诗歌，它完全脱离自然的正常进程，它的有毒气息似乎连绝对真理也能震撼；但是，取得这种结果（而且，如果人们仔细想想，它也符合美学规律），也并不像人们想象的那么容易：这就是我想说的。所以，我将竭尽全力达到它！如果死亡抓住我肩膀上这双瘦得出奇的、用来粉碎我的文学石膏的长臂，我至少要让服丧的读者能够说："应该还他公道。他使我变得非常愚蠢。如果他能活得更久，那什么事情做不出来！这是我知道的最出色的催眠教师！"人们将把这几句感人的话语刻在我的大理石墓碑上，我的阴魂将得到满足！——我接着说！一条鱼尾在一个洞的深处摆动，旁边有一只破靴子。"鱼在哪儿？我只看见尾巴在动。"这样的思考不合情理，因为，默认没见到鱼，恰

巧就是说实际上那儿并没有鱼。这个陷进沙滩的漏斗里存有几滴雨水。至于那只破靴子，后来有些人认为它是被故意丢弃的。依靠上帝的力量，黄道蟹从解体的原子中复活了。它从深坑里拉出鱼尾，向它许诺，如果鱼尾向造物主报告他的使者无力驾驭马尔多罗之海的怒涛，它就把鱼尾重新接到它失去的身体上。它借给鱼尾一对信天翁的翅膀，鱼尾便飞了起来。但是，鱼尾却飞向那个叛徒的住所，以便向他讲述发生的事情，出卖黄道蟹。黄道蟹识破了奸细的诡计，它在第三天结束之前用一只毒箭射穿了鱼尾。奸细的喉咙里发出一声微弱的喊叫，还没触地便断了气。这时，一根安放在城堡顶部的百年房梁直直地跳起来，高喊着要复仇。但是，变成犀牛的万能上帝告诉它，鱼尾死有余辜。百年房梁平静了，回到城堡深处，重新横卧下来，并唤回了受惊的蜘蛛，让它们继续像过去一样在它的角落里织网。那个硫黄嘴唇的人得知了盟友的软弱，便命令加冕的疯子焚烧大梁，把它化为灰烬。阿戈纳执行了这个严格的命令。他叫道："因为您认为时机已到，所以我取回了我埋在石头下的铁环，把它系在了绳子上。就是这捆绳子。"他拿出一根六十米长的盘成卷的粗绳。主人问他，那十四把匕首在做什么。他回答说，匕首仍然忠实，一旦需要，随时准备应付任何事件。苦役犯点头表示满意。阿戈纳接着说，他见到一只公鸡用嘴把一个烛台劈成两半，目光轮流注视着每一部分，并疯狂地扇动着翅膀高喊："从和平街到先贤祠广场的路程并不像人们想象的那么远。人们马上就可以看到可悲的证据！"这时，苦役犯表现出惊奇、甚至忧虑的神情。黄道蟹跨上一匹烈马全速奔向那块暗礁——刺有花纹的手臂投出木棒的见证者、它降临尘世

第一天的避难所。一队朝圣者正去朝拜这个因一起庄严的死亡而从此神圣的地方。它希望追上他们，向他们请求紧急援助来挫败那个它所知道的正在酝酿的阴谋。再过几行，你们将借助我那冰冷的沉默，看见黄道蟹没能及时赶到，没能向他们讲述一个拾荒人告诉它的事情：那天清晨，他躲在一个房屋建筑工地的脚手架后面，依然带有夜间潮湿露水的卡鲁塞尔桥惊恐地发现，它那思想的地平线正以同心圆的形式隐隐约约地拓展，它那石灰石的栏杆上有节奏地响起拍打一只二十面体口袋的声音！在黄道蟹通过回忆这段插曲来唤起他们的同情之前，他们最好还是先毁掉心中希望的种子……为了打破你们的惰性，请你们发挥善意的力量，走在我的身边，眼睛不要丢掉那个头顶便盆的疯子，他正手持木棒推着一个人向前走。如果我不特意提醒你们，并在你们耳边说出麦尔文这个名字，你们将很难认出他。他变化多大呀！他向前走着，双手捆在身后，仿佛是上断头台，然而，他并没犯任何罪。他们来到旺多姆广场的圆形围墙里面。在离地面五十多米高的粗大柱子的顶盘上，一个人倚着方形栏杆，扔出一条绳索，它一直落到离阿戈纳几步远的地上。一件事只有做习惯了才能做得很快。但是，我可以说他没用多少时间就把麦尔文的双脚绑在了绳索的顶端。犀牛知道了即将发生的事情，浑身是汗，气喘吁吁地出现在卡斯蒂格利奥纳街的拐角处。它甚至没能尝到参战的乐趣。那个正在圆柱上审视周围的家伙，给他的手枪装上子弹，仔细地瞄准，抠动了扳机。那个自从以为儿子得了疯病的那天起便沿街乞讨的海军准将和那个因特别苍白而被人叫作"白雪公主"的母亲挺起胸膛保护犀牛。枉费心机。子弹如同钻机一样射穿了犀牛的皮。

人们可能会根据一种表面逻辑，以为死亡必将到来。但我们知道，这个厚皮动物的身上钻进了天主的实体。他悲伤地离开了。如果不是事实证明他特别厚爱他的一个创造物，那我就会对柱子上的人抱有同情！这人用手腕猛地一拉，提起了系上重物的绳索。绳索处在非正常状态，摆来摆去，晃动着头朝下的麦尔文。麦尔文迅速伸手抓住一条长长的、连接基座相邻两角的不凋花饰，他的额头撞在基座上。他把这个并非一个固定点的东西随身带到了空中。越狱的苦役犯把大部分绳子盘成重叠的椭圆堆放在脚下——这样麦尔文便悬挂在青铜方柱的半中腰，然后，他用右手使这个少年在与柱轴平行的平面上做匀加速运动，用左手捡起他脚下盘成蛇形的绳索。投石器在空中呼啸，麦尔文的身体处处紧跟着它，始终因离心力而远离中央，始终在独立于物质的空间圆周上保持着等距的运动位置。文明的野蛮人一点点地松开这根会让人误以为是铁棍的绳索，最后用手掌紧紧地握住另一端。他抓着扶手，开始沿栏杆奔跑。这一行为的作用在于改变绳索原先的旋转平面，并且增大已经相当可观的张力。绳索循序渐进，不知不觉地经过几个斜面，此后就在水平面上威严地旋转。铜柱和麻绳构成的直角两边相等！叛徒的手臂和凶器合成一条直线，仿佛一束光线的原子透过黑暗的房间。力学定理使我可以这样说：唉，人们知道，一个力加另一个力产生的是两个原始力的合力！如果竞技者没有力气，如果麻绳没有优良的品质，谁敢说这条直线还没有断裂？金发海盗突然停下他已经获得的速度，同时张开手，松开绳子。这个与前面的一切截然相反的动作所产生的后坐力震裂了栏杆的接缝。麦尔文拖着绳子，就像一颗彗星拖着闪亮的彗尾。活结上的铁环

在阳光下闪闪发亮，更让人补足了这种幻觉。被判处死刑的犯人划出抛物线，劈开空气，一直飞向塞纳河左岸，并且由于我假设其无限大的推动力而越过左岸，身体撞在先贤祠的圆顶上，与此同时，一部分蜿蜒的绳索绕住了巨大圆顶的上端。在那个凸出的、形状好似柑橘的球面上，人们每天任何时刻都可以看见吊着一具风干的骷髅。据说，当风吹动它时，拉丁区的学生们由于惧怕相同的命运而短暂地祈祷：这是毫无意义的传闻，没有必要相信，它只能吓唬小孩子，他那蜷缩的手中握着枯黄的花束，如同一条长带。考虑到距离，无论视力被证实有多好，谁都不能断定那些真的就是我向你们谈起过的不凋花，它们在新歌剧院附近发生的一场双方实力悬殊的战斗中从一个巨大的基座上掉落下来了。有一点是真的，新月形的帷幕在那里再也不能表现它们完美的四边对称。如果你们不愿相信我，那就自己去看吧。

Eichhorn

诗
与
书
信

献给乔治·达泽、亨利

路易·迪尔库尔、约瑟夫

献给我的同学莱斯佩、乔治

献给杂志主编阿尔弗雷德

献给过去、现

献给我昔日的修

我将这些随着年龄而写作的

其中的第一部分，就印

米、佩德罗·居尔马朗、

勒姆斯坦、约瑟夫·迪朗、

维耶尔、奥古斯特·代马尔、

尔科、弗雷德里克·达梅、

将来的朋友们，

老师安斯坦先生，

文片段一劳永逸地献给他们，

而言，从今天开始问世。

诗 /

　　我用勇敢代替忧郁，用确信代替怀疑，用希望代替绝望，用善行代替恶毒，用义务代替抱怨，用信仰代替怀疑主义，用平静的冷淡代替诡辩，用谦虚代替骄傲。

　　这个世纪的诗歌呻吟只不过是一些诡辩。

　　最初的原则不容讨论。

　　我接受欧里庇得斯和索福克勒斯，但我不接受埃斯库罗斯[1]。

　　面对创造者，不要显得缺少最基本的礼仪，不要显得低级趣味。

　　拒绝怀疑：你将让我高兴。

　　不存在两种诗歌，只有一种诗歌。

　　作者和读者之间存在着一种并非默契的协议，根据这种协议，前者自称是病人，接受后者的看护。现在是诗人安慰人类！角色被任意颠倒了。

　　我不想让装腔作势者这个称号在身上留下烙印。

　　我不会留下回忆录。

　　诗歌不是暴雨，也不是狂风。它是一条庄严而富饶的河。

　　只有在肉体上接受黑夜，才能在精神上除去黑夜。啊，《扬格之夜》[2]！你们经常带给我偏头痛！

　　人只在睡觉时才做梦。正是梦、生命的虚无、尘世的过客这些词，也许还有介词，像破旧的三脚架，在你们的灵魂中注入了这种潮湿、萎靡、像腐烂物一样的诗歌。从词语到思想，只有一步之遥。

1　欧里庇得斯、索福克勒斯、埃斯库罗斯，此三人为古希腊三大悲剧作家。
2　英国诗人扬格（Edward Young，1683—1765）的作品的法译本名。

紊乱、忧虑、堕落、死亡、身体方面或精神方面的异常、否定的精神、迟钝、意识提供的幻觉、苦恼、摧毁、颠覆、眼泪、贪婪、顺从、引起食欲的想象、小说、没料到的事情、不应做的事情、怀着某种破灭的幻觉守候着腐尸的神秘秃鹫的化学特性、早熟并流产的经验、长着臭虫甲壳的晦涩、骄傲的可怕偏执、深度僵化的接种、悼词、羡慕、背叛、暴政、大逆不道、愤怒、尖刻、进攻性的失言、痴呆、忧郁、经过推理的惊恐、读者不希望感受的奇异的不安、鬼脸、神经病、那些使逻辑陷入绝境的血腥步骤、夸张、缺乏诚意、陈词滥调、平庸、阴暗、凄惨、比谋杀更坏的生育、激情、重罪法庭的小说家集团、悲剧、颂歌、音乐剧、永远存在的极端、不受惩罚地鸣笛召唤的理性、湿母鸡的气味、枯燥无味、青蛙、章鱼、鲨鱼、沙漠热风、昏昏欲睡者、形迹可疑者、夜间活动者、催眠、梦游、黏稠、会说话的海豹、暧昧、肺病患者、痉挛、春药、贫血者、独眼者、阴阳人、私生子、白化病患者、鸡奸者、水族馆的怪物和长胡子的女人、沉默而气馁的醉酒时刻、奇思异想、辛辣、魔鬼、伤风败俗的三段论、垃圾、不像孩子般思考的东西、悲痛、这种智力的芒齐涅拉树、芳香的溃疡、茶花腿、一个在虚无的陡坡上滚动并且快乐地大喊着蔑视自己的作家所具有的犯罪感、悔恨、虚伪、把你们放入难以觉察的齿轮中碾碎的模糊远景、对神圣公理的严肃唾弃、害虫和它们那种奉承的挠痒、像《克伦威尔》[1]、《莫班小姐》[2]和小仲马那样的荒谬序言、

---

[1] 法国作家雨果的剧本，其序言成为当时浪漫主义的宣言。

[2] 法国作家戈蒂耶（Théophile Gautier，1811—1872）的小说，其序言中提出了"为艺术而艺术"的理论。

过时、无能、亵渎、窒息、压抑、疯狂——面对这些肮脏的尸体堆，我说出它们的名称都会脸红，现在终于到了反抗这些如此崇高地刺激我们、压迫我们的东西的时候了。

你们的精神被永恒地拖到它的铰链外面，掉进了自私和自尊用粗糙的技艺建造的黑暗陷阱。

情趣是最基本的品质，它概括了其他一切品质，是智力至高无上的境界。天才仅仅因为有了情趣才成为极度的健康和一切能力的平衡。维尔曼[1]比欧仁·苏[2]和苏利埃[3]聪明三十四倍。他为《法兰西学院词典》所写的序言将看到司各特的小说、库柏[4]的小说以及一切可能的和可以想象的小说的死亡。小说是一种虚假的体裁，它为了激情本身而描写激情：缺少道德结论。描写激情毫无价值，只要出生时稍有点像豺狼、秃鹫、豹子就够了。我们并不需要激情。像高乃依那样，描写激情，再把激情交给一种高尚的道德，这是另一回事。一个人如果坚持不做前一种事，但同时又能欣赏并理解那些做后一种事的人，那么这个人就以美德对恶习的全部优势超越了做前一种事的人。

一个中学二年级的老师对我说："即使把宇宙中的财富全给我，我也不愿意写出像巴尔扎克和大仲马那样的小说"，仅凭这一句话，他就比大仲马和巴尔扎克更聪明。一个中学三年级的学生深信不应该歌唱身心的畸形，仅凭这一句话，他就比雨果更强壮、更能干、更聪明，假如雨果只写过小说、剧本和书信。

1　维尔曼（Abel Francois Villemain，1798—1870）：法国文学批评家。

2　欧仁·苏（Eugène Sue，1804—1875）：法国作家。

3　苏利埃（Frédéric Soulié，1800—1847）：法国19世纪连载小说作家。

4　库柏（James Fenimore Cooper，1789—1851）：美国作家，擅长写作冒险小说。

　　小仲马不会,永远不会发表中学颁奖演说。他不懂得什么是道德。道德不会妥协。如果他这样做,他就必须从他那些荒谬的序言开始,把他至今为止所写的一切一笔勾销。你们组成一个专家委员会吧:我坚持认为一个中学二年级的学生在任何方面都比他强,甚至在高级妓女这个"肮脏"的问题上也是如此。

　　法语杰作全是中学颁奖演说,是经院话语。事实上,教育青年也许是责任最美的实用表达,而正确评价(请深入研究"评价"一词)伏尔泰的作品则比这些作品本身更可取——当然如此!

　　如果教师作为正义的捍卫者,却不在诚实和劳动的道路上留住一代又一代的年轻人和老年人,久而久之,即使是最优秀的小说作者和戏剧作者也会歪曲善的著名观念。

　　我以人类的个人名义,不顾人类的反对——必须如此,以不可驯服的意志和钢铁的顽强,否定了好哭的人类那丑陋的过去。是的,我要用金制的竖琴宣告美的诞生,除去那些甲状腺肿的忧伤和愚蠢的自负,它们从根本上分解了这个世纪的沼泽诗歌。我要用脚践踏怀疑论的尖酸诗节,它们没有存在的理由。判断,一旦进入能量的沸腾,就像一个总检察长那样蛮横,那样坚定,一刻也不会摇摆于不合时宜的虔诚带来的可笑犹豫中,它命中注定要判处这样的诗歌。必须不断地监视化脓的失眠和抑郁的噩梦。我蔑视并且憎恨傲慢,一种令人扫兴的讽刺造成的可耻享乐,这种讽刺转移了思想的公正。

　　某些绝顶聪明的人晕头转向地投入恶的怀抱,你们不必用一种可疑的趣味出尔反尔地否认这一事实。这是苦艾酒,我不相信它好喝,它一定有害,它从精神上杀死了《罗拉》的作

者[1]。贪杯的人该倒霉了！那个英国贵族刚刚进入成年，他的竖琴就摔碎在迈索隆吉翁的墙下[2]，他一路上只采集了那些孵化忧愁和沮丧的罂粟花。

尽管他比一般的天才更伟大，但如果他的时代有另一个诗人具备同他一样多的特殊智慧，能够成为他的对手，那他就会第一个承认自己为了生产这些不和谐的诅咒而做出的努力是徒劳的，并且承认所有人的声音都宣称只有善才值得我们尊重。但事实是从来没有任何人能够胜过他。这就是任何人都没有说出的事实。怪事！任何一个批评家，甚至当他翻阅这个时代的文集和图书时，也没有想到要强调指出前面这个严谨的三段论。这可不是那个将要超过他的人能发明的。面对这些作品，人们不是充满沉思和赞叹，而是充满惊慌和不安，这些作品是一只背信弃义的手创造的，但它们却显示了一个威严的灵魂，这个灵魂不属于凡夫俗子，它在两个最不晦涩的问题的最终后果中感到非常舒适，这两个使那些并不孤独的人感兴趣的问题就是：善与恶。并非所有人都能达到这两个极限，不论是朝这一个方向，还是朝那一个方向。这就解释了为什么人们一边毫无私心地赞扬他每时每刻都显出证据的奇妙智慧——他是人类的四五个灯塔之一，一边却对他的智慧那些无法解释的应用和使用悄悄地表示了许多保留。他也许不该进入撒旦的领域。

---

1 指法国诗人缪塞（Alfred de Musset，1810—1857）。
2 指英国诗人拜伦，他曾帮助希腊独立事业，病死于希腊小城迈索隆吉翁。

特罗普曼[1]、拿破仑、帕帕瓦恩[2]、拜伦、努瓦尔[3]、科黛[4]之流那种凶残的反抗将受到抑制，远离我严厉的目光。这些大罪人，尽管身份如此不同，我一下子就把他们全打发了。人们以为这里在骗谁？我用一种必要的缓慢提出这个问题。啊，服苦役的马！肥皂泡！肠衣玩偶！旧绳子！让他们过来吧，形形色色的康拉德[5]、曼弗雷德、莱拉、长得像海盗的海员[6]、靡非斯特[7]、维特、唐璜、浮士德、依阿高[8]、罗丹[9]、卡利古拉[10]、该隐[11]、伊里迪翁[12]、像高龙巴[13]一样的悍妇、在印度斯坦的神圣宝塔中消化牺牲品的鲜血的沾满脑浆的摩尼教众神、毒蛇、蛤蟆、鳄鱼、被当成疯子的古埃及众神、中世纪的巫师和魔鬼附身的力量、神话中朱庇特用雷劈打的普罗米修斯和泰坦、被野蛮民族唾弃的各种

---

1 特罗普曼（Jean Baptiste Troppmann）：杀死自己妻子和六个孩子的罪犯，1870 年在巴黎被判处死刑。
2 帕帕瓦恩（Louis-August Papavoine）：杀死儿童的罪犯，1825 年在巴黎被判处死刑。
3 努瓦尔（Victor Noir，1848—1870）：法国记者，被拿破仑三世的堂兄皮埃尔·波拿巴杀害。
4 科黛（Charlotte Corday，1768—1793）：暗杀法国革命家马拉的女凶手，当场被捕，并被处决。
5 波兰诗人密茨凯维奇（Adam Mickiewicz，1798—1855）的诗名及诗中的主人公。
6 曼弗雷德、莱拉、海盗皆为拜伦的诗及诗中的主人公。
7 德国作家歌德的《浮士德》中与浮士德结盟的魔鬼，又译靡非斯特菲勒士。
8 英国作家莎士比亚的悲剧《奥赛罗》中的人物。
9 法国作家欧仁·苏的小说《流浪的犹太人》中的人物。
10 卡利古拉（Caligula，12—41）：罗马皇帝。
11 《圣经》中亚当和夏娃的长子，因嫉妒而杀其弟。
12 波兰诗人克拉辛斯基（Zygmunt Krasinski，1812—1859）的诗名称及诗中的主人公。
13 法国作家梅里美（Prosper Mérimé，1803—1870）的小说及小说中的女主人公。

上帝——这是全套吵吵闹闹的纸鬼系列。我满怀战胜它们的信心，紧握愤怒和专心的马鞭，坚定地等待着这些魔鬼，仿佛是他们的天生驯化者。

有一些卑鄙的作家，他们是危险的小丑，四分之一的闹剧演员，阴沉的故弄玄虚者，名副其实的疯子，应该让他们住进比塞特收容所。他们令人愚蠢的脑袋上少了一片瓦，那里生出一些只会下降不会上升的巨大幽灵。下流的练习，似是而非的体操。那么，你们就变得滑稽可笑吧。请你们从我面前走开，你们这些制造廉价而难解的字谜的人，我在过去不像今天一样能一眼就发现无聊的谜底。自私自利的绝妙病例。神奇的自动木偶：我的孩子们，你们用手指相互指出能把这些木偶放回原处的那个定语吧。

如果他们以造型的真实性存在于某个地方，那么他们将是他们居住的星球上的耻辱和痛苦，尽管他们确实具有狡猾的智慧。你们短暂地设想他们和本该是同类的实体聚集在一起的情形吧。一串不间断的战斗，就连法国禁止饲养的獒狗、鲨鱼和大头抹香鲸都难以想象。血流成河，惊慌的白鸽拍打着翅膀永远地逃离了这片布满七头蛇和人身牛头怪的混乱地区。一堆末日的野兽，它们知道自己在做什么。激情和野心不可调和地碰撞，它们发出吼声，穿越了自我克制的难以察觉的傲慢，任何人都无法探测，即使是粗略地探测，这种傲慢的暗礁和浅滩。

但是，他们不再让我敬畏了。当人们可以不让自己痛苦、可以做一点更有益的事情时，痛苦是一种软弱。显露某种不平衡的光辉痛苦，啊，邪恶沼泽地上垂死的人，这表明的仍然不是更多的耐力和勇气。我在荒凉的家乡，用我的嗓音和我那阳

光下的庄严呼唤你,光荣的希望。到我身边来,裹上幻觉的外套,坐在通情达理、让人平静的三脚凳上。我曾把你当成废弃的家具,用蛇蝎的鞭子把你赶出家门。如果你希望我相信你回家时忘记了我过去给你造成的忧愁,那你就带着雄壮的随行队伍来吧:各种受到伤害的美德以及它们不朽的复兴。扶住我,我要晕倒了!

　　我痛苦地发现,我们这个肺结核时代的动脉中只剩几滴血了。从卢梭、夏多布里昂和喂养奥贝曼[1]婴儿的穿长裤的乳母,他们那些可怕而奇特的、受到没有标准的专利保护的哀怨开始,通过其他那些在淤泥中打滚的诗人,一直到让-保尔[2]的梦幻、多洛蕾丝·德·万特米拉[3]的自杀、爱伦[4]的乌鸦、那个波兰人[5]的地狱喜剧和左里拉[6]流血的眼睛,还有不死的癌症。这是霍屯督的维纳斯那个生病的情人过去满怀爱心描绘的腐尸[7]。这个世纪创造了难以置信的痛苦,在有意而讨厌的单调中使自己患了肺病。这些从自己那难以忍受的迟钝中吸收营养的幼虫!

1　法国作家瑟南古(Etienne Pivert de Sénancourt,1770—1846)的自传体小说名称及小说中的主人公。

2　让-保尔(Jean-Paul,1763—1825):德国小说家。

3　多洛蕾丝·德·万特米拉(Dolarès de Veintemilla):据有人考证,这是基多(厄瓜多尔首都)的一位女诗人,她因不幸的恋情而自杀。

4　指美国作家爱伦·坡(Edgar Allan Poe,1809—1849),其成名诗便是《乌鸦》。

5　这里是指克拉辛斯基,他当时在法国被人称为"匿名波兰人"。

6　据有人考证,这里可能是指曾在巴黎避难的西班牙政治家左里拉(Manuel Ruiz Zorilla,1834—1895)。

7　这里是指法国诗人波德莱尔(Charles Baudelaire,1821—1867),他的情妇是混血儿,被称为黑色维纳斯,所以这里说是霍屯督的维纳斯,霍屯督是西南非洲的一个民族,另外,波德莱尔的《恶之花》中有一首诗题为"腐尸"。

来吧，音乐！

是的，善良的人，是我在命令你们，把铲子放在火上烧红，撒上一点黄糖，烧掉那只长着苦艾酒嘴唇的怀疑的鸭子，它在善恶的忧郁争斗中，洒下了没有抽风机便不会从心中流出的眼泪，在各处都制造了普遍的真空。这是你们能干的最好的事情。

绝望下定决心沉浸在自己的幻影中，毫不动摇地将文人引向大量废除的神圣社会法则，引向理论和实践的恶毒。总之，让人类的屁股在推理中占有主导地位。好了，原谅我的用词！我重复说，人变坏了，眼睛里有了死囚的色彩。我不会收回我提出的一切。我希望一个十四岁的少女能读我的诗。

真正的痛苦和希望是不相容的。不论这种痛苦多大，希望仍然比它高得多。因此，让我安静地和研究者在一起吧。放下爪子，下来，可笑的母狗、捣乱鬼、装腔作势的家伙！那个痛苦的人，那个解剖我们周围的神秘的人是不抱希望的。讨论必要真理的诗没有不讨论这些真理的诗那么美。过分的犹豫，使用不当的才华，丢失的时间：没有比这些更容易检验的了。

歌颂阿达马斯托尔[1]、约瑟兰[2]、罗康博尔，这是幼稚的。这甚至仅仅因为作者希望读者暗示他将宽恕这些淘气的英雄，显露自身并且依靠善来使恶的描绘得以通过。我们也正是希望以法兰克[3]不承认的这些相同的美德的名义来容忍恶。啊，不可救药的江湖骗子。

1　葡萄牙诗人卡蒙斯（Luis de Camoes，1524—1580）的长诗《卢济塔尼亚人之歌》中的巨人。

2　法国诗人拉马丁（Alphonse de Lamartine，1790—1869）的长诗及诗中的主人公。

3　缪塞的剧本《林与唇》中的主人公。

不要像这些无耻、忧郁、自己看来极其出色的探险家一样行事，他们在自己的精神和肉体中发现了未知的事物！

忧郁和悲伤已经是怀疑的开始了，怀疑是绝望的开始，绝望是恶毒不同程度的残酷开始。为了相信这一切，你们读一读《一个世纪儿的忏悔》[1]吧。这个陡坡一旦爬上去将是致命的。人们肯定会达到恶毒。小心陡坡吧。连根拔除恶吧。不要迎合形容词崇拜，例如"难以描绘"、"难以叙述"、"光彩夺目"、"无与伦比"、"巨大无比"，它们无耻地背叛了那些被它们毁容的名词：它们受到淫荡的追捕。

像缪塞一样的二流智者可以把他们的一种或两种能力倒退到比拉马丁、雨果这些一流智者的相关能力更远的地方。我们面对着一个因劳累过度而出轨的火车头。噩梦握着羽笔。你们应该知道，心灵是由二十来种能力构成的。和我谈一谈这些带着崇高的帽子却穿着肮脏的破衣的乞丐吧！

下面是一种验证缪塞比那两个诗人低级的方法。请你们在一个姑娘面前朗读《罗拉》，或者科布的《疯子》[2]，或者关伯伦和蒂[3]的肖像描绘，或者欧里庇得斯写的塞拉门尼斯[4]的故事——它被老拉辛译成了法文诗。她颤抖着皱起眉头，抬起又放下双手，没有明确的目的，如同一个溺水的人，眼睛射出青光。再给她读雨果的《为众人祈祷》[5]吧。效果截然相反。电的

---

1 缪塞的自传体小说。
2 法国作家莱尔米纳（Jules Lermina，1839—1915）曾用"科布"（William Cobb）的笔名发表过《难以置信的故事》，其中一篇题为"疯子"。
3 雨果小说《笑面人》中江湖客乌尔苏斯收养的那对男女儿童。
4 塞拉门尼斯（Théramène，前450—前404）：雅典政治家和军事家。
5 雨果《秋叶集》中的一首诗。

种类不再相同。她放声大笑，她还要求听下去。

雨果将只剩下针对儿童的诗歌，其中缺陷甚多。

《保尔和薇吉尼》[1]违背了我们对幸福的最深沉的向往。以前，这个从第一页到最后一页都令人感伤的片段，尤其是最后的遇难，曾让我恨得直咬牙。我在地毯上打滚，踢我的木马。描绘痛苦是不合常理的。应该让人从美的方面看一切。如果这段故事是在一个单纯的传记中讲述的，那我就不会抨击它。它的性质立刻就变了。不幸会变得庄严，因为它是上帝那难以理解的意志创造的。但人类不应该在他们的书中创造不幸。这是不顾一切地只想观察事物的一面。啊，你们是喜欢大喊大叫的怪人。不要否认灵魂的不朽、上帝的智慧、生命的伟大、宇宙中显现的秩序、身体之美、家庭之爱、婚姻、社会体制。不要理睬那些阴郁、平庸的作家：乔治·桑、巴尔扎克、大仲马、缪塞、杜泰拉伊、费瓦尔[2]、福楼拜、波德莱尔、勒孔特[3]以及科佩[4]。

向那些阅读你们的人仅仅传递来自痛苦的经验吧，这种经验不再是痛苦本身。不要当众哭泣。

应该懂得从死亡的怀抱中夺取文学美：这些美将不属于死亡。这里的死亡仅仅是偶然原因。这不是方法，而是目的，目的不是死亡。

永恒而必要的真理是与时代一起开始的，它们带来了民族

---

1 法国作家贝尔纳丹·德·圣-皮埃尔（Bermardin de Saint-Pierre，1737—1841）的爱情小说。

2 费瓦尔（Paul Féval，1817—1877）：法国连载小说作家。

3 勒孔特·德·利尔（Leconte de Lisle，1818—1894）：法国诗人，帕尔纳斯派最主要代表。

4 科佩（Francois Coppée，1842—1908）：法国诗人，代表作有《铁匠的罢工》。

的光荣，它们不被怀疑所动摇。这是一些不应该触及的事物。那些以创新为借口企图在文学中制造无政府状态的人陷入了违背常理的错误。人们不敢攻击上帝，于是就攻击灵魂的不朽。但是，灵魂的不朽也像世界的基础一样古老。如果它应该被替代，那用什么信仰来替代呢？这并非总是一个否定。

如果人们记得产生一切其他真理的那个真理，上帝绝对的善和他对恶的绝对无知，各种诡辩就会自行崩溃。依赖这些诡辩的缺乏诗意的文学也会同时崩溃。任何讨论永恒公理的文学都注定只能靠自身而存活。它是错误的，它吞食自己的肝脏。《最后的话》[1]让四年级那些没有手帕的孩子骄傲地微笑。我们无权向造物主询问任何事。

如果你们痛苦，不应该向读者诉说。把这个留给自己吧。

如果人们用符合诡辩的真理来修正诡辩，那只有这种修正本身可能是真的，修正过的作品可能有权不再被认为假。剩下的一切都在真之外，带有假的痕迹，结果等于零，而且必然会被看成无效。

个人化诗歌已经过时，它完成了相应的杂耍和偶然的扭曲。让我们重新走上非个人化诗歌不可摧毁的道路吧，它是从费尔内[2]的那个失败的哲学家诞生之日起中断的，是从伟大的伏尔泰流产之日起中断的。

以卑贱或骄傲为借口讨论终极原因，歪曲那些稳定的已知结果，这似乎很美，很崇高。你们错了，因为没有比这更愚蠢的事了！我们来把正常的链条与过去的时间连在一起，诗歌是

1　拉马丁的诗集《诗与宗教的和谐集》中的一首诗。

2　法国小镇，法国作家伏尔泰曾在此居住。

最好的几何学。从拉辛开始，诗歌没有前进一毫米。它倒退了。这归功于谁？归功于我们这个时代那些柔软的大头。归功于那些懦弱的男人：穿裙的男人——瑟南古、唠唠叨叨的社会主义者——卢梭、神经兮兮的幽灵——拉德克利夫[1]、酒精梦幻的马穆鲁克骑兵——爱伦·坡、黑暗的教父——马图林[2]、受过割礼的阴阳人——乔治·桑、无与伦比的杂货商——戈蒂耶、魔鬼的俘虏——勒孔特、痛哭的自杀者——歌德、大笑的自杀者——圣伯夫[3]、催人泪下的鹳——拉马丁、吼叫的老虎——莱蒙托夫、绿色的葬礼支柱——雨果、撒旦的模仿者——密茨凯维奇、没有智慧衬衫的青年——缪塞，还有地狱丛林的河马——拜伦。

在过去的任何时代，怀疑是作为少数派存在的。在这个世纪，它成为多数派。我们用汗毛孔就能呼吸到对义务的破坏。这只发生过一次。这不会再次发生。

单纯理性的概念在目前这个时刻变得如此模糊，以致中学四年级教师教学生写拉丁语诗歌时，做的第一件事便是通过练习来揭露缪塞这个名字，这些学生是嘴唇上沾着母乳的年轻诗人。我问你，这是否有点过分了？这是否太过分了！因此，中学三年级教师在翻译课上拿出两段血腥的诗要求译成希腊文。第一段是关于鹈鹕的讨厌的比喻。第二段是发生在一个农夫身上的可怕的灾难。关注不幸有什么好处？不幸的数量不是很少吗？为什么要让一个中学生的头脑朝向这些问题呢？这些问题

---

1 拉德克利夫（Anne Radcliffe，1764—1823）：英国女小说家，哥特小说最主要代表之一。

2 马图林（Charles Robert Maturin，1782—1824）：爱尔兰作家，以哥特小说著名。

3 圣伯夫（Charles Augustin Saint-Beuve，1804—1869）：法国文学批评家。

由于没有得到理解，使他们的头脑受到了帕斯卡尔或拜伦等人的侵害。

　　一个学生告诉我，他的那个中学二年级教师在课堂上日复一日地让人把这两具腐尸翻译成希伯来语诗句。动物世界和人类世界的这些伤口让他病了一个月，他去了医务室。因为我们认识，所以他让他母亲来叫我。他有点幼稚地对我说，他的夜晚被持续的梦幻扰乱了，他觉得看见了一大群鹈鹕扑到他身上，撕咬他的胸口。然后它们飞向一间着火的茅屋。它们吃掉了农夫的妻子和孩子。农夫拖着烧黑的身体从屋里出来，和鹈鹕展开了一场残酷的搏斗。他们全都冲进了茅屋，茅屋崩塌了。在一堆扬起的灰烬中——从来都是如此，他看见他的二年级教师出现了，一只手拿着自己的心，另一只手上是一张纸，硫黄的线条中可以辨认出鹈鹕和农夫的比喻，就像缪塞自己所写的那样。开始时，诊断他的病情并不容易。我嘱咐他小心地保持沉默，对谁也不要讲起这件事情，尤其是他的那个二年级教师。我建议他母亲带他回家住几天，直到病愈。因此，我每天都细心地过来几个小时，以后病就好了。

　　批评应该抨击形式，永远不应该抨击你们的思想和语句的实质。你们好自为之吧。

　　感情是可以想象的最不完整的推理形式。

　　全部的海水也不足以洗清一片知识的血迹。

诗 **2**

天资保证心灵的能力。

人并不比灵魂更不朽。

伟大的思想来源于理性!

博爱不是一个神话。

新生儿对生活一无所知,甚至不知生命的伟大。

朋友在不幸中增多。

你们进来时,请丢弃一切绝望。

善良,你的名字是人。

民族的智慧正在于此。

每次我读莎士比亚时,都感到我在凿开一只美洲豹的脑髓。

我将以一种毫不含糊的意图,有条理地写下我的思想。如果这些思想是正确的,那么其中的第一个就是其他的结果。这就是真正的条理。它以书法的混乱指明了我的目的。如果我不是有条理地处理我的主题,我就太侮辱它了。我想证明这是可能的。

我不接受恶。人是完美的。心灵不会堕落。进步是存在的。善是不会减少的。各种伪基督、坏天使、永恒的惩罚、宗教全都是怀疑的产物。

但丁、弥尔顿通过描写假设的地狱荒野,证明了自己是最初的鬣狗。证据很好。结果很差。他们的著作没人买。

人是一棵橡树。自然中没有更强壮的东西了。宇宙不必武装起来捍卫它。一滴水不足以保护它。即使宇宙捍卫它,也并不比不保护它更可耻。人知道自己的统治不会死亡,知道宇宙有一个开端。宇宙却一无所知:它至多只是一根有思想的芦苇。

我想象，埃洛希姆[1]更可能是冷漠的，而不是伤感的。

爱一个女人和爱人类是不相容的。应该抛弃缺点。没有什么比成双的自私更有害的了。在生命中，怀疑、责难、写在灰烬上的誓言大量繁殖。这不再是施曼娜[2]的情人，而是格拉齐拉[3]的情人。不再是彼特拉克[4]，而是缪塞。在死亡中，一块海边岩石、某个湖、枫丹白露的森林、伊斯基亚岛[5]、一间陪伴着乌鸦的工作室、一间带有耶稣受难像的火热的屋子、一片在终于让人厌烦的月光中出现恋人的墓地、一些为了展现作者才华而让一群匿名姑娘轮流出来闲逛的诗句，这一切全暗示着悔恨。这两种情境中都不存在尊严。

错误是痛苦的传奇。

对埃洛希姆的赞歌使虚荣养成了不关心人间事物的习惯。这就是赞歌的暗礁。它们使人类改掉了信任作家的习惯。人类抛弃了作家，称作家为神秘主义者、老鹰、违背天职者。你们不是那只被人寻找的鸽子。

一个小卒子只要说出与这个世纪的诗人所说的话相反的话，就可以为自己准备一套文学行装。他可以用否定来替换他们的肯定。或者相反。如果说攻击最初的原理是可笑的，那么通过反对这些攻击来捍卫这些原理则更可笑。我不会捍卫它们。

睡眠对一些人而言是奖赏，对另一些人而言则是酷刑。对所有人而言，它都是一种必然结果。

---

1 埃洛希姆（Elohim）：以色列的神。
2 法国悲剧作家高乃依的《熙德》中的女主人公。
3 拉马丁的自传体故事及故事中的女主人公。
4 彼特拉克（Francesco Pétrarque，1304—1374）：意大利诗人。
5 意大利那不勒斯湾的火山岛。

如果克娄巴特拉[1]的道德水准更高，地球的面貌就改变了。她的鼻子却不会因此而更长。

隐藏的行为是最有价值的。我在历史上看到了很多这样的行为，它们让我非常高兴。它们并没有完全隐藏，它们被人知道了。使它们显露的那一点地方更增加了它们的价值。没能隐藏它们，这是最美的。

人如此伟大，这种伟大尤其表现在他不愿承认自己可悲。一棵树不认为自己伟大。不愿承认自己可悲，这就是伟大。伟大驳斥了可悲。一个国王的伟大。

当我写下我的思想时，它没有离开我。这种行为让我想到了我的力量，我每时每刻都在遗忘它。我随着我连贯的思想而学习。我的目的仅仅在于认识我的精神与虚无的矛盾。

人的心灵是一本我已经学会如何评价的书。

没有缺点，没有堕落，人不再是那个巨大的秘密了。

我不允许任何人，甚至不允许埃洛希姆怀疑我的真诚。

我们可以自由地行善。

判断不可避免。

我们不能自由地作恶。

人是空想的征服者，是明日的新奇、让混沌呻吟的规律、和解的主体。他判断一切事物。他并不愚蠢。他不是蚯蚓。他是真实的占有者，是确定的星团，是宇宙的光荣而不是宇宙的渣滓。如果他堕落，我就夸他。如果他自夸，我就夸得更厉害。我与他和解了。他终于明白了自己是天使的妹妹。

---

1 克娄巴特拉（Cléopatre，前69—前30）：埃及著名女王。

没有任何不可理解的地方。

思想并非不如水晶清莹。一种被谎言所利用的宗教可以在几分钟的时间里扰乱思想，这是长久持续的效果。下面是短暂持续的效果：一个在都城之门杀死了八个人的凶手肯定能扰乱思想直至恶的毁灭。思想很快就会重新变得清晰。

诗歌的目的应该是实践的真理。它陈述的是生命的最初原理和附属真理之间存在的关系。各种事物都停留在自己的位置上。诗歌的使命是困难的。它不以统治人民的方式介入政治事件，不影射历史、政变、弑君、宫廷阴谋。它不谈论人偶尔与自身展开的激烈斗争。它能发现那些养活理论革命的法则，发现普遍的和平、对马基雅维利[1]的反驳、蒲鲁东的著作构成的号角、人类的心理。一个诗人应该比他的部落中的任何一个公民都更有用。他的作品是外交家、立法者、青年导师的元典。我们远离了各种荷马、维吉尔[2]、克洛卜施托克[3]，卡蒙斯、解放的想象力、颂歌的制造者、反神的诗歌商。让我们重新回到孔子、佛陀、苏格拉底、耶稣基督那里吧，这些忍受着痛苦的饥饿在乡村周游的道德家！今后必须重视理性，它只对支配纯善这类现象的各种能力起作用。

读完《贝蕾尼丝》[4]之后再读《方法谈》[5]，没有比这更自然

1　马基雅维利（Niccolo Machiavel，1469—1527）：意大利政治家、哲学家、作家。

2　维吉尔（前 70—前 19）：罗马诗人。

3　克洛卜施托克（Friedrich Gottlieb Klopstock，1724—1803）：德国诗人。

4　法国剧作家拉辛的悲剧。

5　法国哲学家笛卡尔的著作。

的事情了。读完《秋叶集》《静观集》[1]之后再读比耶希[2]的《论归纳》和纳维尔[3]的《恶的问题》，没有比这更不自然的事情了。过渡阶段消失了。精神抗拒废铁，抗拒秘传。心灵在一个木偶胡写乱画的这些书页前感到震惊。他受到这种暴力的启发。他合上书。他为了纪念这些野蛮的作者而流泪。当代诗人滥用了自己的智慧。哲学家却没有滥用。对前者的回忆将会熄灭。后者成为古典。

拉辛和高乃依有可能写出笛卡尔、马勒伯朗士[4]和培根的著作。前者的心灵与后者相通。拉马丁和雨果不可能写出《论知识》[5]。此书作者的心灵与前者不相符。自命不凡使他们失去了核心的品质。拉马丁和雨果，尽管比泰纳高级，但都像他一样只具有二流能力，承认这一点是痛苦的。

悲剧出于义务必须引起怜悯和恐惧。这不坏。这很差。但这不像现代抒情那么差。勒古韦[6]的《梅黛》胜过拜伦、卡庞迪、扎科恩、费利克斯、加尼、加博里约、拉科尔代、萨尔杜、歌德、拉维尼昂、迪盖的全套作品。请问，你们中间的哪一个作

1　《秋叶集》和《静观集》都是雨果的诗集。

2　比耶希（Biéchy）：当时的一位哲学家。

3　纳维尔（Naville）：当时的一位哲学家。

4　马勒伯朗士（Nicolas de Malebranche，1638—1715）：法国神学家，哲学家。

5　法国实证主义思想家泰纳（Hippolyte Taine，1828—1893）的著作。

6　勒古韦（Gabriel Legouvé，1807—1903）：法国作家，《梅黛》是他的剧本，从未在法国上演，但在欧洲其他国家却取得很大成功。下面的卡庞迪（Capen-du）、扎科恩（Zaccone）、费利克斯（Félix）、加尼（Gagne），加博里约（Ga-boriau）、拉科尔代（Lacordaire）、萨尔杜（Sardou）、拉维尼昂（Ravignan）、迪盖（Diguet）等人也是当时有一定知名度的作家，但今天已经基本被人忘记了。

家可以稍稍抬起"奥古斯都的独白"[1]的重量！什么？这些敌意的吸气声是什么？雨果的野蛮滑稽剧不宣称负责。拉辛和高乃依的情节剧、拉卡尔普雷奈德[2]的小说却宣称负责。拉马丁写不出普拉东[3]的《菲德拉》，雨果写不出罗特鲁[4]的《文策斯劳斯》，圣伯夫写不出拉阿尔普[5]和马蒙泰尔[6]的悲剧。缪塞可以写出格言。悲剧是无意中犯的错误，它承认斗争，它是行善的第一步，它不会在这部著作中出现。它保持了自己的威望。诡辩却不一样，它在事后成了这个可笑的英雄时代那些自我模仿者的形而上贡戈拉文体。

崇拜的起源是骄傲。如同约伯[7]、耶利米[8]、大卫、所罗门、迪尔凯蒂[9]等人所做的那样，对埃洛希姆讲话是可笑的。祈祷是一种虚伪的行为。讨好埃洛希姆最好采用间接的方法，它与我们的力量更相符，它能让我们这个种族幸福。不存在两种讨好埃洛希姆的方法。善的观念只有一个。因为大善等于小善，所以我允许人们向我举出母子关系的例子。一个儿子在讨好母亲时，不是对她大声说她很贤惠，很灿烂，不是说他将让自己的表现配得上她的夸奖。他采用另外的方法。他不是自己说出

---

1 高乃依的悲剧《西拿》中的场景。

2 拉卡尔普雷奈德（La Calprenède，1610—1663）：法国历史小说作家。

3 普拉东（Nicolas Pradon，1614—1698）：法国剧作家，曾试图用自己的《菲德拉》排挤拉辛的《菲德拉》。

4 罗特鲁（Jean de Rotrou，1609—1650）：法国剧作家，《文策斯劳斯》是他的悲剧。

5 拉阿尔普（Jean-Francois de Laharpe，1739—1803）：法国作家。

6 马蒙泰尔（Jean-Francois Marmontel，1733—1799）：法国作家。

7 约伯：《圣经》中的人物。

8 耶利米：《圣经》中的人物。

9 迪尔凯蒂（Edourd Turquéty，1807—1867）：法国浪漫派宗教诗人。

这些话，而是通过自己的行为让人想到这些话，他抛弃了那种使纽芬兰犬膨胀的忧愁。

不应该混淆埃洛希姆的善良和粗俗。两者似乎都是真的。亲密产生轻蔑，崇敬产生其反义词，工作摧毁情感的恶习。

任何一个推理者都不认为自己违背了理性。

信仰是一种自然功效，通过它我们接受了埃洛希姆用意识向我们揭示的真理。

我得到的唯一的恩惠就是出生。公正的精神认为这就足够了。

善是对恶的胜利，对恶的否定。如果人们歌颂善，这种恰当的行为就能消除恶。我不歌颂不应该做的事。我歌颂应该做的事。前者不包容后者。后者包容前者。

少年听取成年的建议。少年充满无限的自信。

我没见过超出人类精神力量的障碍，真理除外。

格言不需要自身来证明。一个推理需要另一个推理。格言是含有一整套推理的法则。一个推理越接近格言就越完整。当它成为格言，它的完美就抛弃了变形的证据。

怀疑是向希望表达的敬意。这不是自愿的敬意。希望也许不会同意仅仅成为一种敬意。

恶反抗善。它不可能做得更少。

没有发现我们的朋友的友谊在增长，这就是友谊的证据。

爱情不是幸福。

如果我们没有缺点，我们就不会如此快乐地改正自己，并且赞扬别人身上我们所缺少的一切。

那些决心憎恨自己的同类的人不知道应该从憎恨自己开始。

那些不决斗的人以为那些生死决斗的人很勇敢。

货架上蹲着多少小说的卑鄙啊！对一个迷路的人而言，就像对另一个为了一百生丁的钱币而迷路的人而言一样，有时人们似乎在杀死一本书。

拉马丁以为一个天使的堕落会成为一个人的升华，他这样想是错的。

为了让恶服务于善的事业，我将说前者的意愿很糟糕。

一个平凡的真理包含的才华比狄更斯、埃马尔[1]、雨果和朗代尔[2]的全部著作还要多。一个在宇宙消亡后还活着的儿童不可能用这些著作重建人的灵魂。他却可以用真理重建。我假定他早晚都不会发现诡辩的定义。

那些表达恶的词汇注定会产生有用的意义。各种观念变好了。这些词汇的意义有助于此。

抄袭是必要的。进步导致这样做。它紧紧地靠近一个作者的语句，利用他的表达，抹去一个错误观念，换上正确观念。

一个出色的格言不要求得到修改。它要求得到发挥。

晨曦刚一出现，少女们就去采摘玫瑰。一条纯洁的河穿过山谷和都城，援助着那些最热情的诗人的智慧，抛开了摇篮的保护、青年的花冠、老年关于不朽的信仰。

我看见人们让道学家探索他们的心灵，让上天的祝福散落到他们身上。他们讲出了尽可能广泛的沉思，用他们的祝贺使作者快乐。他们尊敬儿童和老人，尊敬会呼吸的一切和不会呼吸的一切；他们对女人表示敬意，把身体不愿命名的那个部位

1　埃马尔（Custave Aymard，1818—1883）：法国小说家。

2　朗代尔（Gabriel de la Landelle，1812—1886）：法国小说家。

献给了羞耻。天穹——我承认它的美，大地——我心灵的形象，我呼唤它们，让它们给我指出一个认为自己不好的人。这个魔鬼的样子，如果他真的出现，不会让我因惊讶而死：有人的死因更大。这一切不需要评论。

理性和情感相互劝告，相互补充。任何只了解其中的一个而放弃另一个的人将丧失全部那些为了引导我们而给予我们的援助。沃维纳格[1]说的是"丧失一部分援助"。

尽管他的语句和我的语句都建立在灵魂的情感人格化上，但假如这两个语句都是我造的，我偶然选择的那个理由就不会比另一个理由更好。一个是我不能抛弃的。另一个是沃维纳格可以接受的。

当一个前辈把一个属于恶的词用于善时，他的语句在另一个语句旁边生存是危险的。最好是让这个词继续保留恶的意义。为了把一个属于恶的词用于善，必须有这样做的权力。一个人把那些属于善的词用于恶时，他没有上述的权力。没人会相信他。谁也不想使用奈瓦尔[2]的领带。

因为灵魂是相通的，所以人们可以在话语中引进感觉。智力、意志、理性、想象、记忆。

我曾经用很多时间研究抽象科学。我与之打交道的很少几个人没有让我对此感到厌恶。当我开始研究人的时候，我发现这些科学非常适合人的特性，我进入时并不需要完全脱离我的状态，而其他那些不了解这些科学的人则不一样。我原谅了他

1　沃维纳格（Luc de Clapiers Vavenargues，1715—1747）：法国散文家，这里指的是他的道德学著作《格言集》。

2　奈瓦尔（Gérard de Nerval，1808—1855）：法国作家，因精神病自缢而死。

们，因为他们没有学习过这些科学。我不认为我在研究人的时候找到了很多同伴。这是这种研究的特点。我错了。人数比研究几何学的多。

我们快乐地失去生命，但愿人们不谈论这一点。

激情随着岁数的增加而减少。爱情不应归入激情，但它也同样在减少。它一边丧失，一边获取。它不再严厉地对待自己的誓言，补偿了自己的损失：扩张被接受了。感官失去了刺激肉体性欲的刺棒。人类之爱开始了。人类感到自己成了用自己的美德点缀的祭坛，他们清点着每次产生的痛苦。灵魂在这样的年代，在似乎诞生一切的内心深处，感到了某种不再颤动的东西。我命名了记忆。

作家不用把这些诗一首一首地分开就可以指出那种支配每一首诗的法则。

某些哲学家比某些诗人更聪明。斯宾诺莎、马勒伯朗士、亚里士多德、柏拉图不是莫罗[1]、马尔菲拉特、吉尔贝、谢尼耶。

浮士德、曼弗雷德、康拉德是一些典型。他们还不是说理者的典型，但他们已经是煽动者的典型了。

这些描写是一片草原、三只犀牛和半张灵柩台。它们可以是记忆和预言。它们不是我正在结束的段落。

灵魂调节器不是一个灵魂的调节器。当这两种灵魂相当混淆，以致可以肯定地说只有在一个开玩笑的疯子的想象中一个调节器才是另一个调节器的时候，一个灵魂的调节器是灵魂调节器。

---

1 莫罗（Hégésippe Moreau，1810—1838）、马尔菲拉特（Malfilatre，1732—1767）、吉尔贝（Nicolas Gilbert，1751—1780）、谢尼耶（André Chénier，1762—1794）均为法国诗人。

现象过去了。我寻找规律。

有一些人不是典型。典型不是一些人。不应该让偶然来控制。

那些关于诗歌的判断比诗歌更有价值。它们是诗歌的哲学。这样理解的哲学包容了诗歌。诗歌不能没有哲学。哲学可以没有诗歌。

拉辛无法把他的悲剧压缩成箴言。悲剧不是箴言。虽然精神相同，但箴言是一种比悲剧更聪明的行为。

把一支鹅毛笔放到一个道德家的手上吧，他如果是一流作家，就会比诗人高级。

在大部分人身上，对正义的爱只不过是忍受非正义的勇气。

你藏起来吧，战争。

情感表达幸福，让人微笑。情感的分析如果除去全部人格，也表达幸福，让人微笑。前者依据空间和时间，将灵魂一直提升到人类的概念，在其杰出成员中看到的人类。后者不依据空间和时间，将灵魂一直提升到人类的概念，在其最高表现——意志中看到的人类。前者负责罪恶和美德，后者只负责美德。情感不了解自己行进的次序。情感的分析试图让人了解，由此增加情感的活力。对前者而言，一切都不确定，它是幸福和痛苦这两个极端的表达。对后者而言，一切都确定，它是幸福的表达，这种幸福是在特定的时刻，在或好或坏的激情中知道保持克制的结果。它用它的平静把这些激情的描写熔化在一个流通于书页之间的原理中：恶的非在。情感在需要和不需要时都会哭。情感的分析不会哭。它具有潜在的敏感，出人意料，超越了苦难，懂得摆脱向导，提供一种战斗武器。各种情感是软弱的标志，它们不是那种唯一的情感。这种唯一情感的分析是

力量的标志，可以产生我所了解的各种最壮美的情感。受到情感欺骗的作家不应该和没有受到情感欺骗、也没有受到自己欺骗的作家放在一起考虑。年轻人说的是情感的胡话。中年人开始清晰地推理。他只是让人感受，他在思想，他让他的各种感觉四处游荡：这样他就给这些感觉找到了一个领航员。如果我把人类看作一个女人，我不会进一步说明她的青年时代正在没落，她的中年时代正在来临。她的精神正在朝更好的方向改变。她的诗歌理想也将改变。悲剧、诗歌、哀歌将不再占据首位。占据首位的将是格言的冷漠！在吉诺[1]的年代，人们可能会明白我刚才说的一切。因为从几年前开始，一些杂志和一些对开本书上有了一点零散的光芒，所以我自己也明白了。我正在创作的文类和道德家的文类不一样，这就如同他们的文类不是情节剧、悼词、颂歌和宗教诗，他们只是发现了恶，没有开出药方。这里没有斗争的情感。

埃洛希姆是按照人的形象塑造的。

许多确定的事物是矛盾的。许多虚假的事物却没矛盾。矛盾是虚假的标志。无矛盾是确定的标志。

科学哲学是存在的。诗歌哲学却不存在。我没见过道德家同时是一流诗人。有人会说：这真奇怪。

感到拥有的一切在流逝，这是一件可怕的事。如果没有什么永恒的东西，人们就只能用寻找的愿望与这一切联系在一起。

人是一个不犯错误的主体。一切都向他显示真理。没有什么能欺骗他。真理的两个原则——理性和感官可以相互阐明，

---

1 吉诺（Philippe Quinault，1635—1688）：法国剧作家。

而且它们也不缺乏真诚。感官用真实的表象阐明理性，也从理性那里得到相同的服务。双方都进行了报复。灵魂的现象安抚着感官，给感官带来了一些并不讨厌的印象。这些现象不会骗人，它们也不会争先恐后地受骗。

诗歌应该由所有人一起创作。不是一个人。可怜的雨果！可怜的拉辛！可怜的科佩！可怜的高乃依！可怜的布瓦洛[1]！可怜的斯卡龙[2]！怪癖，怪癖，还是怪癖。

科学有两个相连的极端。第一是愚昧，这是人类出生时所在的地方。第二是那些伟大的心灵达到的地方，他们穿过了人类可以知道的事物，发现人类知道了一切，于是就又在他们离开的那种愚昧中相遇了。这是一种自知的、博学的愚昧。那些走出第一种愚昧而没能达到另一种愚昧的人对这门自负的科学略知一点皮毛，就假充内行。这些人没有扰乱世界，他们的判断也并不比其他人更差。大众和精英构成了一个民族的列车。其他人尊敬这个民族，自己也可以受到同样的尊敬。

了解事物不应了解事物的细节。我们的知识因完成而牢固。

爱情与诗歌不能混淆。

女人跪在我的脚下！

描写天空时不必往那儿搬运大地上的材料。应该让大地和它的材料留在原地，用理想来美化生活。用"你"来称呼埃洛希姆，对他讲话，这是一种不合适的滑稽。对他表示感激的最好方法不是在他耳边唠叨，说他强大无比，创造了世界，我们与他的伟大相比就成了可怜虫。他对这一点知道得比我们更清

---

1 布瓦洛（Nicolas Boileau，1636—1711）：法国诗人，批评家。

2 斯卡龙（Paul Scarron，1610—1660）：法国作家。

楚。人类不必告诉他。对他表示感激的最好方法是安慰人类，把一切都还给他们，牵着他们的手，把他们当成兄弟。这更真实。

研究秩序时不必研究混乱。科学实验就像悲剧、写给我妹妹的诗篇和关于不幸事件的胡言乱语一样，在此处毫无用处。

并非所有的法则都适合说出。

为了显示善而研究恶，这不是对善本身的研究。假定已知一个现象是好的，我就会寻找它的原因。

直到目前为止，人们通过描绘不幸来唤起恐惧和怜悯。我将通过描绘幸福来唤起它的对立物。

诗歌的逻辑是存在的。它与哲学的不一样。哲学家不如诗人。诗人有权认为自己高于哲学家。

我没有必要关心我以后要做的事。我应该做我正在做的事。我没有必要发现我以后会发现什么东西。在新科学中，每种事物都轮流出现，这就是它的卓越之处。

道德家和哲学家身上有诗人的才能。诗人包含了思想家。每个种姓都怀疑另一个种姓，都展现自己的品质，同时损害那些使自己与另一个种姓相近的品质。前者出于嫉妒，不愿意承认诗人比自己强。后者出于骄傲，声称自己无法正确评价那些更温柔的头脑。无论一个人多聪明，思想方式应该对大家都是一样的。

怪癖的存在已经得到了确认，人们不必因为看到相同的词语频频出现而惊奇；拉马丁那里有马鼻孔里流出的眼泪和母亲头发的颜色，雨果那里有阴影和精神病，这一切成为了书籍装订的一部分。

我着手建立的科学是一门不同于诗歌的科学。我不歌唱诗

歌。我在努力寻找它的源泉。通过那个指导一切诗歌思想的船舵，台球教师将看到情感论题的发展。

定理嘲笑自己的本质。它并不下流。定理不要求得到应用。应用贬低了定理，使自己变得下流。你们还是把抵御物质和抵御精神灾害的斗争称为应用吧。

与恶做斗争，这太抬举恶了。既然我允许人类轻视恶，那么但愿他们不会忘记说：这是我能为他们做的一切。

人确信自己不会出错。

我们不满意自己身上的生命。我们想在别人的观念中依靠想象的生命来生活。我们尽量以我们这种面貌出现。我们努力保留这个想象的生物，而它完全不是真实的。即使我们慷慨而忠诚，我们也不会让人知道，以便把这些美德送给那个生物。我们不是把这些美德从我们身上取下来接到它身上。我们勇敢地获得不是懦夫的名声。这是一种能力的标志：让双方同时相互满意，两者都不放弃。一个不是为了保持他的美德而生活的人是卑鄙的。

尽管我们看到我们的荣誉压得我们喘不过气来了，但我们仍有一种无法抑制的本能，它纠正我们，提升我们。

自然拥有优点，以此表明它是埃洛希姆的形象；它拥有缺点，以此表明它只不过是形象。

人们服从法律，这是对的。人们明白法律怎样体现正义。人们没有放弃法律。当人们让正义依附于其他事物时，正义就很容易变得可疑。人们并不喜欢造反。

处在错乱中的人说那些处在正常中的人背离了本性。他们以为自己在追随本性。为了判断，应该有一个定点。我们难道

不能在道德中的什么地方找到这个定点吗？

没有什么比我们在人身上发现的那些矛盾更正常的了。人是为了认识真理而出生的。他在寻找真理。当他正在努力抓住真理时，他受到诱惑，他感到迷茫，以致他没有给自己找到一个夺取真理的理由。一些人想抢走真理的认识，另一些人想确保真理的认识。人只有自己本性中的光明，没有其他的光明。

我们出生时是正确的。每人都趋向自我。这是走向秩序。必须趋向普遍。通往自我的陡坡是一切混乱的结束，无论是战争还是经济。

人类治愈了死亡、贫困和愚昧之后，为了使自己幸福，竟敢不再思考这些问题了。这就是他们为了避免如此一点痛苦而发明的一切。巨大的安慰。但它不能治愈恶。它只能把恶掩盖一段时间。这种掩盖使人以为治愈了恶。即使通过对人性的一种合法颠覆，烦恼——人最明显的恶，也恰巧不是他最大的善。烦恼比任何事物都更让人寻求治愈。这就是一切。人把消遣当成最大的善，这其实是他最小的恶。消遣比任何事物都更让人寻求治愈恶的良药。上述两者都是人的贫困和堕落的反证，人不再伟大了。人感到烦恼，寻找各种各样的事物。他觉得自己获得了幸福，幸福就在他身上，他却在外部事物中寻找。他满意了。不幸不在我们身上，也不在创造物那里，而在埃洛希姆身上。

尽管自然让我们在所有状态中都幸福，但我们的欲望却向我们显现了一个不幸的状态。这些欲望把我们所处的状态与痛苦连在了一起，这些痛苦来源于我们不在其中的状态。当我们达到这些痛苦时，我们不会因此而不幸，我们将有另外的、与

一种新状态相符的欲望。

理性的力量在了解它的人身上比在不了解它的人身上显示得更清楚。

我们如此不自负，以致我们希望自己被大地了解，甚至被那些我们不在时才来的人了解。我们如此不虚荣，以致五个人，让我们假定是六个人吧，他们的好评就能让我们快乐，让我们自豪。

安慰我们的东西很少，折磨我们的东西很多。

谦虚在人的心中是如此自然，以致一个工匠都知道不能自夸，他希望有赞赏者。哲学家也希望如此。诗人尤其希望如此。那些为了荣誉而写作的人希望获得优秀作品的荣誉。那些阅读这些作品的人希望获得阅读的荣誉。我写下了这些话，我以具有这种愿望而自豪。阅读这些话的人将以同样的原因而自豪。

人类的发明越来越多。一般而言，世界的善意和恶念不再和从前一样了。

最伟大的人的精神并非如此没有主见，以致可以轻易地受到他周围最小的喧哗声打扰。阻止他的思想，这并不需要大炮的沉默，也不需要风标和滑轮的响声。苍蝇现在无法专心地推理。一个人在它耳边嗡嗡叫。这足够使它产生不出好主意了。如果我希望它能找到真理，我将赶走这只野兽，它阻挡了苍蝇的理性，打扰了这种统治王国的智慧。

这些打网球的人精神专注，身体摇晃，他们的目的就是要向朋友们夸耀他们打得比别人好。这就是他们喜爱网球的源泉。一些人为了向学者证明他们解决了一个至今为止没能解决的代数问题而在书房中流汗。另一些人为了夸耀他们夺取的一个位

置而冒险，依我看这不太精神化。最后还有一些人为了指出这些事情而累得要死。这主要不是为了让自己变得更愚蠢，而是为了显示他们了解这些事情的可靠性。他们是这群人中最不愚蠢的，因为他们了解情况。我们可以想象另外那些人不是如此，因为他们不了解情况。

亚历山大大帝的贞洁造成的禁欲者并不比他的酗酒造成的戒酒者多。人们不会因不像他一样有道德而感到羞耻。当我们比照这些伟人的品行时，我们会以为自己的品行没有达到一般人的水平。我们通过他们与人民发生联系的那点东西与他们发生联系。不论他们多么高贵，他们总归通过什么地方与其他人相连。他们没有悬挂在空中，没有离开我们这个社会。尽管他们比我们伟大，但他们抬脚和我们一样高。他们全都处在同一水平，全都依靠同一片大地。从这一端来看，他们和我们一样高，和儿童一样高，比畜生略高一点。

说服别人的最佳方式就是不说服。

绝望是我们最小的错误。

当一种思想像市面上流行的真理一样展现在我们面前而且我们也费力地对它加以发挥的时候，我们就认为这是一个发现。

我们可以是公正的，如果我们不是人。

青年时代的暴风雨先于阳光灿烂的日子。

人类的那些无意识、耻辱、淫荡、仇恨、轻蔑都要付出金钱的代价。宽容加强了财富的优势。

那些在享乐中诚实的人在生意中也诚实。这是天性并不凶残的标志，享乐使它有了人情味。

伟人的稳重只限制了自己的美德。

赞扬人类，拓宽他们功绩的边界，这是冒犯他们。许多人都很谦虚，可以无痛苦地容忍别人欣赏他们。

对时间，对人类，我们应该等待一切，无所畏惧。

如果功绩和荣誉不能使人类不幸，那么我们所说的不幸也就不值得让他们惋惜。一个灵魂可以接受命运和安宁，只是必须在上面叠加情感的活力和天资的飞跃。

当人们感到有能力取得巨大成功时，就推崇巨大的计划。

谨慎是精神的最初尝试。

当人们不是力求说出奇特的事情时，就能说出确实的事情。

一切真的都不是假的，一切假的都不是真的。一切都是梦幻和谎言的对立物。

不应该认为自然创造的那些可爱的东西是邪恶的。没有一个世纪，也没有一个民族曾经确定想象的美德和罪恶。

人只能通过死亡之美来判断生命之美。

一位剧作家可以赋予"激情"一词一种实用的意义。他不再是剧作家了。一个道德家赋予任何词一种实用的意义。他仍然是道德家！

察看一个人的生命，就可以在其中找到人类的历史。什么也没能使人类变坏。

难道为了和其他人有所区别我就应该用诗句来写作吗？发发慈悲吧！

那些为别人谋幸福的人的借口是希望别人幸福。

慷慨正在快乐地享受着别人的快乐，仿佛它对此负有责任。

秩序在人类中占统治地位。在这里，理性和美德不是最强者。

君主很少造就忘恩负义的人，因为他们把能给的一切都给

了别人。

我们可以全心全意地喜欢那些身上有许多缺陷的人。

认为只有缺陷才讨我们喜欢，这也许不合适。我们的缺陷将我们相互连在一起，就像不是美德的东西所做的一样。

如果我们的朋友帮助我们，我们会认为他们作为朋友欠我们友谊。我们根本不会认为他们欠我们敌意。

为了统治而生的人将一直统治到王位上。

当各种义务把我们耗尽时，我们以为耗尽了各种义务。我们说一切都可以填补人的心灵。

一切都通过行动而生存。因此有了生物的交流，有了宇宙的和谐。这个如此丰富的自然法则，我们却认为它是人身上的罪恶。人被迫服从这个法则。因为人不能在休眠中继续生存，所以我们得出结论说他在自己的位置上。

我们知道太阳和天空是什么。我们了解它们运动的秘密。在埃洛希姆的手中，世界是盲目的工具，是难以觉察的活力，但它引起我们的敬意。帝国的革命、时代的面貌、民族、科学的征服者，这一切来源于一个原子，它爬行着只存在了一天，却摧毁了所有时代的宇宙景观。

真理多于谬误，优点多于缺点，快乐多于悲伤。我们喜欢控制本性。我们上升到我们这个种类之上。我们用我们大量给予人类的敬意来丰富自己。我们认为不能区分我们的利益和人类的利益，认为讲人类的坏话必然累及我们自己。这种可笑的自负充斥了那些赞美自然的书籍。人类在有思想的人那里失宠了。这些人将让人类承载更少的罪恶。难道人类过去不是总在重新振作起来修复美德吗？

什么都没有被说出。自从七千年前有了人开始，我们来得太早了。无论是涉及道德还是涉及其他事物，不好的都被除去了。我们的有利之处在于我们是在前人之后工作的，是在现代人中的佼佼者之后工作的。

我们可以感受友谊、正义、同情和理性。啊，我的朋友，缺少美德是怎么一回事？

只要我的朋友们没死，我就不谈论死。

我们因我们重犯错误而沮丧，因看到我们的不幸可以改正我们的缺点而沮丧。

人只能通过生命之美来判断死亡之美。

作为结束号的三个小圆点让我怜悯地耸了耸肩。我们需要这种东西来证明我们是有才华的人，即一个笨蛋吗？就这些小圆点而言，清晰与模糊难道不是正好相等！

通知

此连续出版物没有标价。

订阅者可自行定价，

而且他也只需出他愿意出的价格。

到前两册的人，无论出于何种理由

请不要拒收。

写给一个批评家的信

巴黎，1868 年 11 月 9 日

先生：

请您大发慈悲，在贵报上评论一下这本小册子。由于一些与我本人意志无关的情况，它没能在八月出版。目前它正在小报书店出售，欧洲路上的韦伊书店和布洛克书店也有售。我将于本月底在拉克鲁瓦书局发表《第二支歌》。

先生，请接受我殷勤的敬意。

作者

写给雨果的信

巴黎，1868 年 11 月 10 日

先生：

我给您寄去两本小册子，由于一些与我本人意志无关的情况，此书没能在八月出版。目前它正在林荫大道的两家书店中出售，我决定给大约二十个批评家写信，让他们评论。但在八月，一份名为《青年报》的报纸曾谈到它！昨天我在邮局看到一个孩子手里拿着《民族的未来》，上面有您的地址，于是我决定给您写信。三星期前我把《第二支歌》交给了拉克鲁瓦先生，让他和《第一支歌》一起付印。我喜欢他胜过喜欢其他人，因为我以前在他的书店里看到了您的半身像，知道了他是您的书商。但到目前为止，他还没来得及看我的手稿，他对我说他

太忙了。如果您能给我写信，我知道给他看一下您的信，他就会变得更迅速，就会尽早读这两支歌并将其付印。从十年前开始，我就一直希望能去拜访您，但我没钱。

有如下三个印刷错误（略）。

我的地址如下（略）。

您无法想象，如果您能写给我几个字，您将会使一个人多么幸福。另外，您是否可以把您将在一月发表的那些著作每种送我一本？现在，我的信写完了，我可以更冷静地考虑我的这种鲁莽行为了，我因为给您写了信而发抖，在这个世纪，我还微不足道，但您却是一切了。

伊齐多尔·迪卡斯

写给达拉斯的信

1869年5月某日

先生：

我恰好在昨天收到您的信，上面的日期是5月21日，这是您的信。好吧，要知道，我不会可悲地放过这样一次向您道歉的机会。下面是原因：因为，如果您那天告诉我资金用完了，尽管您不知道我个人所处的糟糕情况，那我就绝不会动它，当然我也就可以体会到不给您写这三封信的快乐，同样您也可以体会到不读这三封信的快乐。您在实行我那个古怪的父亲订立的含混而可怜的监督制度，但您可以猜到，我的头痛病没有妨碍我仔细地察看从南美洲寄来的一页信纸使您陷入的困难处

境，这页信纸最主要的缺陷是不够清晰，因为对一个很容易就可以原谅的老人而言，我不会考虑某些粗俗而阴郁的意见，我第一次读到这些意见就感觉它们似乎是在强迫您将来面对一位来到首都定居的先生时必须离开您那个银行家的严格角色……

对不起，先生，我对您有一个请求：如果我父亲在九月一日前给您寄来另外的资金，即我的身体在您的银行门口出现的那个时间之前，您是否可以通知我？另外，我在一天中的任何时候都待在我的房间里，您只要给我写来一个字，我就很可能会在小姐拉门铃的同时收到，或者更早，如果我在门厅里……

我再重复一次，这一切都是因为一点微不足道的手续！伸出了十根手指而不是五根，这有什么了不起：我在沉思良久之后必须承认，在我看来，此事充满了大量毫无价值的重要性……

写给韦尔博科旺的信

巴黎，10月23日。让我首先向您解释一下我的处境。我像密茨凯维奇、拜伦、弥尔顿、骚塞、缪塞、波德莱尔等人一样歌唱了恶，当然，我把调子夸张了一点，以便沿着这种崇高文学的方向创新，这种文学歌唱绝望仅仅是为了压迫读者，促使他追求作为良药的善。因此，总而言之，人们歌唱的永远是善，只不过采用了一种更哲学化的、不像旧流派那么幼稚的方式。旧流派仍然在世的代表是雨果和其他几个人。卖书吧，我不会阻止您的：为此我应该做什么呢？提出您的条件吧。我希望，赠阅的批评家是最重要的星期一专栏作家。只有他们才能

在初审和终审中评判这个出版物，它刚刚开始，它当然会在以后结束，当我死的时候。因此，最后的教益还没产生。不过，每一页都已经有巨大的痛苦了。这是恶吗？当然不是。为此我将感谢您，因为如果受到批评界的好评，我可能会在以后的版本中删除几段，它们的威力过于强大了。因此，我最希望的是由批评界来评判我。在我被人了解之后，这一切就会自行发展了。我属于您。

伊齐多尔·迪卡斯

写给韦尔博科旺的信

巴黎，10月27日。我按照您的指示和拉克鲁瓦谈过了。他肯定会给您写信。您的那些建议被接受了：我让您当我的经销商，百分之四十。既然目前的形势使得此书在您的目录上占据了某种程度的有利位置，我想可以卖得稍贵一点，我看不出有什么不方便的地方。另外，就此问题而言，法国人的精神为品尝这种造反诗歌做出了更好的准备。去年，欧内斯特·纳维尔（法兰西学院通讯院士）在日内瓦和洛桑作了几场关于"恶的问题"的报告，列举了那些被诅咒的哲学家和诗人，这些人留下了精神烙印，这种难以觉察的潮流正在变得越来越明显。他后来把这些报告合成了一集。我要把此书寄给他一本。他可以在以后的版本中谈谈我，因为我比我的前辈更有魄力地重新探讨了这个奇特的论题。他的书在巴黎由谢尔比利耶书店发行，这个书店与瑞士法语地区和比利时有联系，在日内瓦由同一个

书店发行。他的书可以间接地使我在法国被人了解。这只是一个时间问题。您给我寄二十本书就够了。我属于您。

伊齐多尔·迪卡斯

写给韦尔博科旺的信

巴黎，1870年2月21日

先生：

请您寄给我《波德莱尔诗歌补编》，我在信中给您夹寄了两法郎的邮票作为书款。请尽快寄，因为我需要它来写下面谈到的这本著作。

我很荣幸，等等。

伊齐多尔·迪卡斯

拉克鲁瓦是让出了版权还是拿它做什么了？或者是您拒绝了？他什么也没对我说。我从那时起就没见过他。您知道，我否定了我的过去。以后我只歌唱希望了，但为了这样做，首先必须抨击这个世纪的怀疑（忧愁、悲伤、痛苦、绝望、凄惨的吼叫、人为的恶意、幼稚的骄傲、可笑的诅咒，等等）。我将在三月初带给拉克鲁瓦一本著作，我在里面挑出了拉马丁、雨果、缪塞、拜伦和波德莱尔最美的诗，修改了它们，让它们回到了希望的意义上，我指出了应该怎样写作。同时我也修改了我那本该死的书中最差的六节诗。

写给达拉斯的信

先生：

让我从不久前的事说起。我在拉克鲁瓦先生那里出版了一本诗作。但印好之后，他拒绝发行，因为书中用过分痛苦的色彩描绘了生活，他害怕总检察长。这本书是类似拜伦的《曼弗雷德》和密茨凯维奇的《康拉德》的东西，但更为可怕。出版费用是一千法郎，我已经支付了其中的四百法郎，但这一切都扔水里去了。这让我睁开了眼睛。我以前想，既然怀疑的诗歌（今天的多卷诗中以后能剩下的不会到一百五十页）已经达到了这种忧郁、绝望、理论上恶毒的地步，那么这种诗歌根本就是虚伪的，而且根据"人们讨论原则，但不应该讨论原则"这一原理来看，它根本就是错误的。这个世纪的诗歌呻吟只不过是一些丑陋的诡辩。歌唱烦恼、痛苦、伤感、忧愁、死亡、幽灵、阴暗，等等，这是不顾一切地只想观察各种事物幼稚的反面。拉马丁、雨果、缪塞自愿变成了小妇人。他们是我们这个时代的柔软的大头。永远在唉声叹气！因此我完全改变了方法，仅仅歌唱"希望"、"期待"、"宁静"、"幸福"、"义务"。这样我就把常识和冷静的链条与高乃依和拉辛连接起来了，它是被装腔作势的伏尔泰和卢梭粗暴打断的。我这本书只能在四五个月后完成。但在此期间，我想把序言寄给我父亲，它有六十页，是在勒梅尔书局印刷的。这样他就能看到我在工作了，他就会把以后所需的全书印刷费给我寄来了。

先生，我是来向您询问我父亲是否让您从11月和12月开始，

除了生活费之外，再给我一些钱。如果确有此事，那么我需要
二百法郎来印刷前言，这样我就可以在20日把它寄往蒙得维
的亚了。如果他什么也没说，您是否可以来信告诉我呢？

　　我荣幸地向您致敬。

伊齐多尔·迪卡斯

洛特雷阿蒙和《马尔多罗之歌》

对中国读者来说，洛特雷阿蒙和他的长篇散文诗《马尔多罗之歌》似乎还很陌生，我们准备在这里较为详尽地介绍一下诗人和他的作品，并在力所能及的范围内进行一点分析和评论。

1

一位法国作家曾在第二次世界大战前写道：洛特雷阿蒙和我们是同时代人，但我们对他的了解比对荷马、苏格拉底或罗马皇帝卡利古拉的了解还要少。大半个世纪过去了，人们在这方面进行了不懈的努力，但取得的进展却相当可怜，以下便是人们今天掌握的有关他的全部生平资料。

洛特雷阿蒙的真名是伊齐多尔·迪卡斯，1846年生于乌拉圭首都蒙得维的亚，父母是法国移民，在他出生前两个月正式结婚。母亲在他不满两岁时去世，死因不明，有人说是自杀。父亲是法国总领事馆职员，后来被任命为领事馆一等主事，退休后住在当地一家豪华饭店中，在八十岁高龄时去世，留了一笔可观的遗产给侄儿和侄女。

洛特雷阿蒙童年时，乌拉圭正处在与阿根廷的战争中，蒙得维的亚被围长达十年，并且轮番遭到叛乱、抢劫、饥荒、瘟疫的折磨。不过在此之后，这座城市却飞快地繁荣起来，被称作"南美的瑞士"，吸引了世界各地无数形形色色的冒险家。他的童年是怎样度过的我们今天已无从知道了。一般估计，由于他父亲的身份，他应该是避免了各种灾难的。当然，幼年即失去母爱，而且我们知道他和父亲的关系相当紧张，这肯定对他的思想和性格具有重要的影响。另外，他父亲的一个朋友回

忆说，他是一个大胆、淘气、爱吵闹、让人讨厌的孩子，整天在大街上惹事。这是关于他的童年的唯一描述，其真实性无法确定。

洛特雷阿蒙在1859年像许多法国移民的孩子一样被送回国内学习，作为寄宿生进入南方的塔布中学。他入学时学业晚了两年，但进步十分明显，学校的获奖名单显示他的拉丁语、法语、数学、绘画等课程都曾获奖，四年级结束（即初中毕业）时取得优胜一等奖的好成绩。他在塔布中学有一个名叫乔治·达泽的同学，显然是他最要好的朋友，其名在《诗》的一长串受献者中排第一，并多次出现在《马尔多罗之歌·第一支歌》的第一个版本中，但到了第三个版本却被换成了章鱼、蛤蟆、疥螨之类的动物。达泽死于1921年，当时以布勒东为首的超现实主义诗人刚刚重新发掘出洛特雷阿蒙，正在为他大吹大擂。当这些超现实主义者听到了他们以为早已不在世的达泽去世的消息时，真是懊悔不迭，他们差一点就能通过这个达泽了解到诗人的生活秘密了，这也给文学史留下了一个不大不小的遗憾。

洛特雷阿蒙于1862年8月离开塔布中学，1863年10月进入波城中学修辞班，这意味着他实际上跳了两级，估计他在私立学校学习过一年的速成课程。他在波城中学的成绩似乎不大理想，中学毕业会考，他或者是没参加，或者是不及格，总之没有档案表明他取得过业士学位，也没有档案表明他曾在任何一所大学注册。他在波城中学的一个叫莱斯佩的同学曾接受采访，回忆过这个修辞班和洛特雷阿蒙，说他高个子，白皮肤，长头发，嗓音刺耳，性格内向，有点疯疯癫癫，且患有严重的偏头痛，在文学、数学、博物学及游泳等方面表现出出众的才

华。不过，莱斯佩回忆这些时已是八十多岁的老人，已有六十多年没见过洛特雷阿蒙，而且他的回忆在内容上有一些矛盾之处，所以一般都认为不甚可靠。从《马尔多罗之歌》看，洛特雷阿蒙在这几年的中学生涯中大概感到相当压抑。

1867年5月，洛特雷阿蒙曾获得护照去过蒙得维的亚，这次旅行的目的可能是说服父亲给他一笔生活费，使他可以尝试文学创作。他在三个月后回国，随即来到巴黎，住在离林荫大道不远的一家旅馆中，以后多次换过住宿的旅馆，但都在附近。这一地区当时是有钱人的旅游中心，他下榻的旅馆也应该是一个较为高级的旅馆，所以他的生活大概并不像有些人以为的那样拮据，他父亲委托一个银行家按月给他的生活费估计还是相当充裕的，而且他还有一笔备用款，后来就是用这笔钱出版了《马尔多罗之歌》。此时的洛特雷阿蒙大约是古今中外成千上万怀有文学梦想的那些年轻人中的一个："当夜阑人静，一个渴望荣誉的年轻人，在六层楼上，伏在书桌前，听见一阵不知发自哪儿的声响。他向四处转动他那因沉思和满是灰尘的手稿而昏昏欲睡的脑袋。"《马尔多罗之歌》中的这段描述和一个名叫热农索的出版商在洛特雷阿蒙死后二十年自称经过调查提供的情况基本吻合："他是一个高个儿小伙子，褐发，无须，神经质，循规蹈矩，刻苦勤勉。他只在夜晚才坐在钢琴前写作。他大声朗读，锻造语句，弹奏和弦，这种写作方法使旅馆中的住户感到绝望。"除此之外，我们对他在巴黎的生活一无所知。他似乎十分孤独，既没有男朋友也没有女朋友，只和他的银行家和出版商来往，而且似乎深居简出，他在给银行家的信中写道："我在一天中的任何时候都待在我的房间里。"

只是到了1977年，一位名叫雅克·勒弗雷尔的研究者在他的著作《洛特雷阿蒙的面目：伊齐多尔·迪卡斯在塔布和波城》中刊出了洛特雷阿蒙的相片，世人才第一次看到了他的样子。这张相片是在前面提到的达泽的家中发现的，虽然还不能完全肯定，但种种迹象表明，这应该就是洛特雷阿蒙的相片，另外它与人们已知的洛特雷阿蒙的面目也是基本上吻合的。

洛特雷阿蒙于1870年11月24日清晨去世，年仅二十四岁，死亡证上非常奇怪地没有提及死因，作为证人签名的是旅馆的老板和一名服务员，这和他父亲在近二十年后死于蒙得维的亚的情形一模一样，在死亡证上签名的证人也是饭店的老板和一名服务员。洛特雷阿蒙去世时正是普法战争时期，法国军队节节败退，巴黎就像当年的蒙得维的亚一样也是一座围城，陷于饥荒，政治动荡，第二帝国垮台，几个月后即发生了巴黎公社起义。因此，他的死给人以多种猜测，有人说他死于高烧，另有人说他死于吸毒，还有人说他是被秘密警察暗杀的。上述这些说法今天都得不到证实，所以他的死也就同他母亲的死一样成了永久之谜。他的尸体第二天便被埋葬在一个临时出让的墓地，两个月后在同一墓地中迁移过一次，以后这块墓地被市政府收回改作他用，无人认领的尸体被扔入公共墓坑。诗人自己似乎预见到了这种结局，他在诗中写道："我知道我将彻底毁灭。"洛特雷阿蒙留下的文字除《马尔多罗之歌》外就只有两册薄薄的、题为《诗一》和《诗二》的散文片段以及七封短信了。

2

《马尔多罗之歌·第一支歌》在1868年夏出版发行，但没署名。年底，洛特雷阿蒙又将改动过的《第一支歌》寄往波尔

多参加诗歌竞赛,这样《第一支歌》就在波尔多诗歌竞赛作品集《灵魂的芳香》中再次出现了,但仍然没有作者名。

1869年春,洛特雷阿蒙和出版商拉克鲁瓦取得联系,将《马尔多罗之歌》全书交他出版并预付了部分款项。这对作者来说是巨大成功,因为拉克鲁瓦-韦尔博科旺国际书局很有威望,在法国、比利时、德国、意大利都有业务,曾出版过雨果、左拉、欧仁·苏等著名作家的作品。拉克鲁瓦读都没读便糊里糊涂地把书稿送到布鲁塞尔的印刷厂付印,1869年夏成书,然而当他看到印出的书后,却被大胆的内容吓坏了,拒绝发行。于是,洛特雷阿蒙便与韦尔博科旺单独联系售书事宜,从现存的三封信中可以看出他们达成了某种协议。尽管如此,这些书却继续堆在印刷厂书库中,作者生前没能看到发行,只收到了二十来本样书。在这个版本中,《第一支歌》又有了很大的改动。因出版波德莱尔的《恶之花》而在布鲁塞尔避难的出版商普莱马拉西那时正专注于法国的禁书,他发行的《法国禁止出版物公报》上登载过《马尔多罗之歌》出版的消息,第一次写出了作者的笔名洛特雷阿蒙伯爵,同时注明出版商拒绝发行。这些存书在1874年被布鲁塞尔的另一个书商买下,换了封面后在书店销售,但没有获得商业成功。

1870年4月和6月,洛特雷阿蒙又在出版《第一支歌》的出版商那里发表了两册《诗》,这次署名是伊齐多尔·迪卡斯。现在有一些版本喜欢给《诗》加上副标题"一本未来之书的序言",这是因为洛特雷阿蒙在2月的一封信中谈到他准备3月初再让拉克鲁瓦出一本新书,他在这本书中修改了拉马丁、雨果、缪塞、拜伦、波德莱尔等人的诗句,以及他自己原先那本书

中写得最差的六节诗。他在3月的一封信中也谈到这本书将在四五个月后完成，但他想先把已印好的六十页的序言部分寄给他父亲。然而，也有人认为这两册《诗》并不是这里谈到的序言，事实上，出版时间、出版地点、内容、长度等都不尽吻合，而且在《诗》的献词中，作者明确说明这是他今后将继续写作的散文片段的第一部分。1870年版的两册《诗》仅在法国国家图书馆保存了下来，布勒东于1919年在他和苏波、阿拉贡等人创办的《文学》杂志上将其重新发表后才为世人所了解。

　　洛特雷阿蒙在《马尔多罗之歌》中骄傲地写道："十九世纪末叶将看到它的诗人。"然而，十九世纪末叶虽然产生了它的重要诗人，却并没意识到他的重要，这正如纪德所说："他在十九世纪全然没有影响，但他和兰波一起，也许还超过兰波，却成了明日文学的大师。"诗人和他的作品默默无闻地等了整整五十年，才在第一次世界大战后超现实主义运动蓬勃兴起、席卷欧洲时被人们重新发现，重新认识。超现实主义诗人高举起洛特雷阿蒙的大旗来反对一切，称他为超现实主义运动的"授精者"。这些天真可爱的超现实主义者曾在1921年聚在一起，极其严肃地给包括他们自己在内的古今各国文学家、艺术家、政治家等名人打分，以便建立一种评价标准，确定每人应受的赞扬，结果洛特雷阿蒙名列第五（前四名依次是布勒东、苏波、卓别林、兰波）。此事虽然近乎荒唐，但我们却可以从中看出洛特雷阿蒙在超现实主义者心目中的地位是多么重要。从此，洛特雷阿蒙和他的作品受到了和以前的冷落一样难以置信的赞誉。纪德说，读《马尔多罗之歌》使他对自己写的东西感到羞愧；阿拉贡说，只要略微品尝一下《马尔多罗之歌》，一切诗歌即

变得有点乏味；法国当代著名诗人蓬热则说得更为形象，也更
为准确："打开洛特雷阿蒙,整个文学便像一把雨伞般翻转过来;
合上他，一切又立即恢复正常。"确实，《马尔多罗之歌》呈现
出一种罕见的复杂性和极端性，十分难读，但几乎每一个与文
学打交道的人不仅读过,而且还都或多或少写过一些评论文字,
法国伽利玛出版社1970年版"七星文库"中列出的研究洛特
雷阿蒙的专著就达三百多种，散见于各种杂志的文章更是不计
其数。然而，各家的观点五花八门，相差甚远，提出的问题远
比解答的多。

3

《马尔多罗之歌》采用歌的形式，分成长短不等、或抒情
或叙事、表面上并无多大联系的散文小节，这种体裁以及它那
偏激的内容，尤其是某些细节很容易让人想到文学史上的一些
著名作品。在这种影响研究方面，人们已经进行了大量的考证,
开出了包括《圣经》在内的长得惊人的清单，其中我们中国读
者比较熟悉的法国以外的作家有荷马、但丁、莎士比亚、弥尔
顿、扬格、拉德克利夫、司各特、拜伦、歌德、密茨凯维奇等,
法国方面则有夏多布里昂、瑟南古、拉马丁、大仲马、雨果、
奈瓦尔、缪塞、戈蒂耶、波德莱尔等。在《诗》中，洛特雷阿
蒙自己都列举了近百位作家，而且还改写了法国著名思想家拉
罗什富科、帕斯卡尔、沃维纳格等人的大量格言。另外，"洛
特雷阿蒙"（*Lautréamont*）这个笔名也来自欧仁·苏的小说《拉
特雷奥蒙》（*Latréaumont*），拼写上的微小差别有证据表明是
排版错误造成的。拉特雷奥蒙是法国历史上诺曼底地区的一个
封建领主，在苏的笔下，他是一个神秘而可怕的人物，曾长期

行善，但生活中的波折和打击使他变得十分残忍，最后走上断头台仍不思悔过。毫无疑问，《马尔多罗之歌》是一部浸透了整个文学史、整个文化史的作品，然而，对它的源泉进行清点，虽然必要，但正如一个批评家所说，这几乎是对我们的宇宙进行清点。人们指出的来源如此多样、如此矛盾，这个事实本身就说明诗人超越了环绕他的书本，把一切都融进了他那不可替代的独特歌声中，更何况这是一部反传统的作品，文学遗产在其中受到无情的嘲弄，被变形、改造、粉碎，最终成为一片文学废墟。

近年来还有人指出《马尔多罗之歌》中一些陈述科学事实的语句和段落是剽窃，其中最著名的是《第五支歌》开始处对椋鸟飞行的描写，这是"只差一字"地抄袭了法国著名博物学家和散文家布丰的《自然史》。洛特雷阿蒙在《诗》中曾公然宣称"抄袭是必要的"，然而人们却花了近百年的时间才发现这些抄袭，可见它们是多么完美地融进了他的作品，成为不可分割的一部分。布丰以强调作家的个人独特风格而著称，他的名言是"风格即人"。在他看来风格是作品中最不可替代、最为重要、最为不朽的部分。而洛特雷阿蒙恰恰抄袭了他，把他的一些语句和片段自然地糅进了自己的作品，这显然是以一种幽默方式利用最古典、最理性的散文来反对古典主义和理性主义，嘲笑文学传统。

如果谈论洛特雷阿蒙所受的影响，也许更应该研究一下他与他所处的时代的关系。这个生于围城、死于围城的诗人远不是不闻窗外事的书呆子，他在这本书中写道："就在我写作的时候，新的震颤又穿过思想氛围：必须鼓起勇气正视这些震颤。"

确实，他写作的时候正是法国历史上政治最黑暗的时期，也是思想界苦苦地寻求彻底摆脱一切束缚的时期，这尤其表现在对基督教和上帝的抨击上。奈瓦尔先于尼采喊出"上帝死了"，大学生中流行的口号是："出生不要神甫，结婚不要神甫，死亡不要神甫。"而洛特雷阿蒙则写道："我在生命的最后一刻不会被神甫围绕。"可见我们的诗人至少感到了时代的气息，他的作品虽然在当时并未引起注意，但实际上却回答了一种时代的需要。洛特雷阿蒙死后半年，兰波即在他那两封著名的《通灵人信札》中以蔑视一切的叛逆态度，把诗人的职责、诗歌的功能和社会的进步、人类的命运联系起来，明确地提出了划时代的诗论，这绝不应该是一种纯粹的偶然。

人们经常喜欢把实际上互不相识的洛特雷阿蒙和兰波相提并论，因为他们实在太相似了。他们基本上是同时开始文学创作的，两人都年轻，几乎还是孩子，都是只身从外省来到巴黎，幻想成为巴黎诗人，但与当时的文坛又几乎没有发生任何关系。他们都阅读了大量的书，但差不多都是自学性质的，因此从这些书中得出的结论也完全不同于正统文学界的成见。他们都写出了充满反抗精神的作品，无情地嘲讽了文学教条，却又很快地销声匿迹：一个奇怪地死了，另一个更奇怪地成了庸俗的商人。他们都是等了很久才得到承认，并获得无可比拟的荣誉，但他们的作品直到今天仍让人难以理解，难以评论。如果说他们有什么不同的话，那就是洛特雷阿蒙比兰波更倾向于摧毁，他的作品显出更多的仇恨和疯狂，所以他比兰波让人更难以接受。

当我们阅读他们的作品时，首先感到的正是这种对诸如上帝、人类、家庭、爱情、道德等一切组成社会生活的事物进行

绝望而悲壮的反抗，以及一种按照自己的愿望创建一个新世界的努力，而这正是那个时代共有的思考。这个全新的世界当然只能通过一种全新的语言来达到，正是在这一背景下，他们才选择或者说创造了他们各具特色的散文诗，正如一个法国学者指出的，散文诗从本质上讲是一种个人主义和无政府主义的表现，是一种反文学的产物。也许这两个年轻的诗人最终承认了自己的失败，洛特雷阿蒙在《诗》中似乎否定了《马尔多罗之歌》，兰波则确实否定了《彩图》（在哈勒尔，当有人试图与兰波谈论他少年时代的诗作时，他回答说："可笑！荒唐！恶心！"），但他们留下的作品却改变了诗歌发展的方向，这一点我们只要看看散文诗在二十世纪法国诗坛上所占的地位就清楚了。

4

《马尔多罗之歌》显然是一首恶的颂歌。"马尔多罗"这个主人公的名字在法语中可以让人联想到"黎明之恶"、"青春之苦"等多种意义，还有人说这是一个极其鲜为人知的魔鬼的名字。在这部作品中，他确实是恶的化身，无恶不作：攻击上帝，滥杀无辜，破坏家庭，摧残儿童，践踏道德。他甚至修建了一个矿坑来养殖虱子，让它们向人类开战："如果虱子覆盖地球如同沙砾覆盖海滨，那人类将为可怕的痛苦所折磨，将会被歼灭。这是什么样的景象！我将展开天使的翅膀，停在空中观望。"上帝虽然有时也具有和马尔多罗一样的力量和狡猾，但在更多的情况下则是一个丑陋、卑鄙、放荡的家伙，甚至嫖妓，酗酒，吃人，在与马尔多罗的战斗中屡遭侮辱。人类的命运比上帝的也好不了多少，他们始终是上天迫害的对象，命中注定要过一种荒谬的生活："我们的人生在这些秘密中就像一条舱底的鱼

一样感到窒息。"书中对人类各种丑行的描写彻底粉碎了人的所谓高贵和尊严，例如妻子和母亲吊打男人的那个场面就很典型，连狼都感到恐惧："那只狼不再像它以前让陶醉的想象力走上一条虚幻的饭菜之路时那样，从这个妻子和母亲在春日里共同竖立的绞架下经过。当它看到地平线上这缕被风吹动的黑发时，它非但不敢鼓起它那迟钝的勇气，反而以无可比拟的速度逃开。是否应该把这种心理现象看成是一种高于哺乳动物的一般本能的智慧呢？我什么也没有证明，甚至什么也没有预言，但我觉得这只动物明白了什么是罪行！当一些人以这种无法形容的方式抛弃理性帝国、只让凶残的报复占据这个被废黜的皇后的位置时，它怎么会不明白呢？"在这本书中，马尔多罗（或者说洛特雷阿蒙）有时也对某些不幸的人表现出怜悯和同情，如对《第一支歌》中那个名叫淫荡的女人、《第二支歌》中那个深夜追赶马车的小孩和那个阴阳人、《第四支歌》中那个两栖人等就是这样，但他们恰恰都是作为人类所犯罪行的反衬出现的。他有时甚至对一些理想化的少年还表现出一种爱情（同性恋）倾向，但这些情感运动总是很快地淹没在新的暴力浪潮中，这些少年被带离家庭，却走向了受虐和死亡，《第六支歌》的麦尔文就是他们的代表。

《马尔多罗之歌》这种内容上的极端是每一个读者都可以立即感觉到的，也是众多研究者试图解释的。人们指出了各种情结、各种压抑、各种心理挫折和精神病现象，这些当然都有一定的道理，但正如我们前面所说，由于作者的生平资料实在太少，我们什么也无法确定，阅读毕竟不是猜谜。

其实，不论是对恶的赞美还是揭露，本身在文学史上并不

稀奇，甚至是浪漫主义的传统之一。洛特雷阿蒙这种对恶的偏爱可说是当时的一种文学倾向，他在给出版商的信中也写道："我像密茨凯维奇、拜伦、弥尔顿、骚塞、缪塞、波德莱尔等人一样歌唱了恶。当然，我把调子夸张了一点。"上面的这些诗人都是有感于当时那种触目惊心的恶的表现，不能饶恕造物主那种未使人间成为天堂、未使宇宙成为和谐的失败的创世，因此在一个有罪的世界中自己也感到有罪，在一个造反的社会里自己也造反。但是《马尔多罗之歌》表现出的这种无边无际的深仇大恨、这种对上帝和人类的咒骂之恶毒却是文学史上从未有过的，达到了想象力的极限，造成了全新的印象。另外，作者在这里也不是像他之前的大部分作家一样展开有关善恶的哲学讨论或道德说教，而作品本身就是一种对恶的血淋淋场景的如痴如醉的描绘："有人写作是为了寻求喝彩，他们的心灵凭空想象或天生具有高贵的品格。我却用我的才华描绘残酷的乐趣。"这种火热的激情，这种沸腾的疯狂，这种奇异的恐怖远远超出了善恶二元论的范围："哎，什么是善？什么是恶？它们是一回事，表明我们疯狂地采用最荒谬的办法来达到无限的热情和枉然？"这和一切真正的诗歌中的情形一样，表明的是人类对忍受自身限制的真诚的焦虑，是对冲破一切束缚的绝望的渴望，而这一切化成了诗歌的内在动力，造成了一种强大的力量，把作品带入永恒的运动中。

因此，这六支歌飞速地展开，各种事件接踵而来，令人眼花缭乱，应接不暇。一切都处在兴奋中，处在变形中，处在施暴、攻击、摧毁的激流中，行动的快乐浸透了全书。当然，这是一种残酷、邪恶的快乐，但同时也是一种令人陶醉的战斗，一种

令人尽兴的生活,一种摆脱个人压抑和社会压迫的力量。总之,正是这种"疯狂地采用最荒谬的办法来达到无限的热情和枉然"使得洛特雷阿蒙最终超越了对天地万物的指控,并且超越了那些他在一封信中界定为"自愿变成了小妇人"的、"歌唱烦恼、痛苦、伤感、忧愁、死亡、幽灵、阴暗"的、从总体上说是矫揉造作、无病呻吟的浪漫派诗人,预示了世界范围内现代文学革命的到来。

5

《马尔多罗之歌》仅就长度来讲在散文诗史上也是绝无仅有的,它似乎更像一篇史诗或一篇小说(欧洲文艺复兴时期形成的小说正是从中世纪的史诗演变而来),总之像一部叙事作品。作者在《第六支歌》中也写道:"我希望能迅速地看到我的理论某一天得到某一种文学形式的认可,我相信我在几经摸索之后终于找到了我的确定方式。这是最好的:因为这是小说!"确实,不仅《第六支歌》如此,整部作品从头至尾都由一连串的行动所构成,无数的故事雏形都可能发展成一篇完整的、甚至情节曲折惊险的小说。这使它显出一种叙事性,近似小说,因为简单地看,小说首先就是在叙述一个或一系列事件,就是讲故事。不过,《马尔多罗之歌》最能让人把它和小说联想到一块的地方还是在于它大量地采用了小说中常见的各种叙事方法和技巧,仿佛是一本"小说创作法实例大全"。

作者在叙述人称上交替使用第一人称和第三人称,时序上既有正叙,也有倒叙和追叙,视角上有时是全知焦点,有时是内部或外部限制焦点,至于其他表现手段如独白、对话、书信等更是一应俱全。洛特雷阿蒙采用的小说技巧有时甚至陈旧、

拙劣得让人哭笑不得。例如，在《第二支歌》第十四节中马尔多罗曾抢救一个被人从塞纳河里打捞起来的溺水者："他按摩太阳穴，擦擦这条胳膊，又擦擦那一条。他把自己的嘴唇贴在陌生人的嘴唇上，往嘴里吹了一个小时的气。"最后他终于救活了溺水者，而且突然发现这个陌生人其实并不陌生，原来是自己的一个好朋友。这种我们姑且称之为"恍然大悟法"的技巧即使在当时也为小说家所不齿，倒是容易让人想起国内时下的某些小说，尤其是某些电影和电视剧。这种现象在《第六支歌》这篇所谓"三十页的小说"中更是达到了无以复加的地步，各种小说技巧乱糅一气，甚至连当时流行的连载小说中为了吸引读者而在一章后提示下一章的内容这种方法都用上了，在每一节末尾反复出现，而且弄得神神秘秘，夸张、歪曲得成了荒诞。试想一下，如果我们在一首汉语散文诗末尾添上一句"欲知后事如何，且听下回分解"，那该是什么效果！当然，我们这里并不是在进行价值判断，事实上，许多人都认为《第六支歌》是《马尔多罗之歌》中写得最出色、最迷人的部分。

洛特雷阿蒙的态度实在是太随便、太潇洒、太无所谓了，正是由于如此大量、强调、不加掩饰地应用这些叙事方法和技巧使得这部作品说到底只可能是对小说形式的戏拟和嘲讽，大概也因为此，他在《诗》中又出尔反尔地写道："小说是一种虚假的体裁。"实际上，这里的故事和人物既不引起读者的兴趣，也不引起作者的兴趣。所谓故事其实从来没有展开过，各种事件在时空和逻辑上全都无法吻合。而所谓人物其实也根本没有独立的存在和独立的人格，他们只不过是作者手中的玩偶，只能被动、消极地接受早已安排好的命运，所以他们往往

是"刚出生便死去，如同目光难以追随的火星转瞬间消逝在烧焦的纸上"。就连马尔多罗这个主人公也没有存在的同一性和形象的完整性。他"长得又漂亮又纯洁"，"震撼过不止一个女人"，但有"鬣狗般的面容"，"天生的畸形化了浓妆"；他是一个"不会哭泣的人"，但"眼睛流出泪水"，"每夜都在为此哭泣"；他"不会笑"，"从未能笑出来"，但"像绵羊一样大笑"，他诞生在"遥远的史前年代"，"目睹了我们这个星球的各次革命"，但"活过的岁月并不多"，只有"三十年的生活经验"；他"双脚在地上生了根"，"四个世纪以来没有移动过肢体"，但"每隔十五年……铲出像山峰般巨大的虱块，用斧子砍碎，在深夜里运送到城镇的交通要道上"，"今天他在马德里，明天他将在圣彼得堡，昨天他却在北京"。类似的描述比比皆是，数不胜数。实际上，谁也弄不清马尔多罗到底是地狱中的魔鬼，还是神圣的天使，或只是"男人和女人的儿子"，何况由于作者随心所欲、全然没有过度地在他身上使用第一人称和第三人称（有时也用第二人称），所以他还不断地和他的创造者混为一体。

显然，马尔多罗不能算作一个小说人物，在他身上，法国小说家一向看得十分重要的性格塑造和心理分析等全不见踪影。同样《马尔多罗之歌》也不能算作一本小说，它没有严格意义上的人物、情节和环境，不是对生活的观察和描写，不追求客观和真实。因此，它的价值主要是诗歌的价值，我们不是进入一个故事，而是被不可抗拒的激流卷入一个诗歌世界，但有趣的是，就像否定小说一样，这个诗歌世界也同样是一个对诗歌的否定。

顺便值得补充一笔的是，小说在二十世纪也和诗歌一样

经历了极其深刻的变化，产生了各种相差甚远的形式，现在已经很难笼统地谈论小说文体了。《马尔多罗之歌》和一些现代小说，如那些二十世纪初出现的所谓诗化小说或五六十年代兴起的新小说流派中的某些作品有更多更本质的相似之处。当然，散文诗本来就是处在叙事和抒情这两极之间的文学形式，但洛特雷阿蒙正是这种形式的最主要创建者之一。另外，首先发难批评现实主义小说的是超现实主义者，而洛特雷阿蒙正是他们公认的先驱。事实上，《马尔多罗之歌》对小说的影响至少和对诗歌的一样大。

6

洛特雷阿蒙的诗歌世界是一个奇异的世界，它重叠、混淆了真实和想象，摆脱了理性法则的控制，充满了各种光怪陆离的事物和意象。这当然是一种梦幻世界，不过它比我们熟悉的那种浪漫主义的梦幻世界更为畸形。

《马尔多罗之歌》最明显的特点之一是书中云集着形形色色的动物，种类之繁多，数量之庞大，堪称一本动物寓言集。其中占据主要位置的是那些形象丑陋、本性凶残、一般遭人嫌憎的动物，如虱子、蜘蛛、螃蟹、蝰蛇、章鱼、獒狗等。显然，这些动物体现了一种根本的好斗性，它们从头至尾都在不停地撕、抓、吸、咬，不仅人类受到它们的攻击，连上帝和马尔多罗也不能幸免。这些动物大约也来自博物学书籍，但通过诗人非凡的想象力获得了各种千奇百怪的本领和形态。

事实上，一切都处在永恒的变形运动中，一切的束缚和界限都不存在了，上帝和魔鬼、人和物、动物和植物、生命体和无生命体，具体事物和抽象观念全都出现在同一个层面

上，相互渗透、转化和混合，形成了各种出人意料的奇观：像房子般大的萤火虫、像人一样高的头发、和天使化为一体的油灯、长着鹈鹕脑袋的男人、成为女人并结婚生子的"肮脏"、被揪下头并遭鞭打的"意识"，而咏唱《第四支歌》的是"一个人或一棵树或一块石头"。洛特雷阿蒙的诗歌世界中这种万物特有的相关性和相似性，当然或多或少让人看到波德莱尔的感应论的影子，不过洛特雷阿蒙建立的联系往往更广泛、更遥远、更人为，由此产生的意象也更强烈、更奇特、更幽默，所以超现实主义诗人把洛特雷阿蒙称为"意象中的超现实主义者"（兰波则被称为"生活中的超现实主义者"）。什么是诗歌的意象历来众说纷纭，存在多种理论，我们这里只看一下隐喻和明喻的应用，这在西方诗歌中是建立狭义的意象的最基本手段。

洛特雷阿蒙似乎特别地考虑过隐喻的意义，他写道："这一修辞格帮助人类憧憬无限，它提供的服务比一些人努力想象的还要多，这些人浸透了成见和错误思想——这是一回事。"我们知道，隐喻在今天早已超出了修辞学的范围，成为现代哲学、美学、文学、语言学的最关键问题之一。在这本书中，通过各种形式的隐喻建立的意象源源不断地涌现，尽管它们有时还带着浪漫主义的痕迹，但从总体上说显得新颖、深刻，富有诗意，如"暴雨——狂风的姐妹"、"古老的海洋，啊，伟大的单身汉"、"丝绸的目光"等就是经常被人称道的意象。另外，更重要的是这部作品中的隐喻往往具有现实化倾向，它们联想任意，出现突然，变化持续。我们前面提到的成为女人并结婚生子的"肮脏"、被揪下头并遭鞭打的"意识"等都是这种现实化的结果。再如，在《第二支歌》第十五节中，马尔多罗把

他的四百个吸盘贴在上帝的身上，上帝发出吓人的喊声："这些喊声从他的嘴中出来后就变成蝰蛇，躲藏在荆棘丛中，躲藏在坍塌的城墙下，白天潜伏，黑夜潜伏。这些成为爬行动物的喊声具有无数的环圈、一个又小又扁的头以及一双阴险的眼睛，它们发誓遇到人类的纯洁便停止攻击。"这里喊声和蝰蛇之间实质上是一种隐喻关系，但它没有以一般应有的类似点为基础，而且它也不是在两种事物之间建立静止的联系，而是真正地展现变化过程，成为一种现实，喊声最后以蝰蛇的本性进入了行动。这就是作者在书中写的"我说到做到"，"哎！现在我们已经进入了现实"。

相对隐喻而言，洛特雷阿蒙显然更喜欢明喻，仅在《第一支歌》第一节中就应用了近十次，其中著名的鹤群的明喻占了这节诗一半以上的篇幅，而且它还包含了几个较短的明喻。这是一个典型的荷马式明喻，它的特点就是"喧宾夺主"，即重心不像常见的那样落在本体上，而是落在喻体上，好处是容易自由发挥，大做文章（最近国内有研究者指出钱钟书先生的《围城》中也充满了荷马式明喻，这似乎是国人系统使用这种明喻的唯一例子）。我们在前面谈到的隐喻的那些特点在明喻中表现得更为充分。当我们读到"这些狗垂耳抬头，鼓起可怕的脖子，开始一个接一个地吠叫，有时像一个喊饿的孩子，有时像房顶上一只肚子受伤的猫，有时像一个临产的女人，有时像医院里一个垂死的瘟疫病人，有时像一个唱圣歌的姑娘"或"你那道德的伟大是无限的写照，辽阔宽广如同哲人的反省，如同女人的爱情，如同诗人的沉思，如同鸟儿神圣的美"这样的句子时，我们当然很容易就能理解这些明喻的意义，而且可以感

到这里的意象或深刻，或悲壮，总之很美，因为它们基本上还是属于浪漫主义的，而当我们看到"你的神情比人更有人情味，忧愁得像宇宙，美丽得像自杀"时，我们也许多少会有点惊讶，不过我们为了解释这种现象，大约总还可以在"宇宙"和"自杀"可能产生的各种内涵中找出这种"忧愁"、"美丽"的联系，因此仍然可以接受这里的意象，甚至还可能会赞叹一番诗人这种不落俗套的才华；而当《第五支歌》和《第六支歌》中多次出现那一串串的"美得像……"时，我们的常识和理智便面临严峻的考验了，如"他美得像猛禽爪子的收缩，还像后颈部软组织伤口中隐隐约约的肌肉运动，更像那总是由被捉的动物重新张开、可以独自不停地夹住啮齿动物、甚至藏在麦秸里也能运转的永恒捕鼠器，尤其像一台缝纫机和一把雨伞在解剖台上的偶然相遇！"显而易见，比喻不可或缺的条件之一就是所比的事物要有相似点，否则无法相比。然而，作者硬是在这些毫无相似性的事物之间建立起了联系，而且不是隐喻，是用连词强调的明喻，而且由于使用了副词"还"、"更"、"尤其"，这些明喻在形式上似乎层层递进，越来越精确，但实际上意义却越来越模糊，读者当然要感到迷惑不解了。这是《马尔多罗之歌》中最著名的诗句，人们无数次地赞美、评论、解释，找出过包括"性"在内的各种象征。实际上，这里确实只是一种偶然相"喻"，是一种以人为、幽默的方式建立起来的纯粹机械的关系，它遵循的是任意法则，追求的是荒诞效果，所以将完全没有联系，甚至截然相反的事物放置在一起，正如作者所说："一般地讲，我们那种诱人的倾向确实是一件怪事，它驱使我们去寻找（然后表达）那些截然相反的事物的自然属性中所包

含的相似之处和相异之处，而这些事物有时从表面上看最不适合于这类给人以好感的奇怪组合。"

从这台缝纫机和这把雨伞的这种偶然相遇中，产生了多少诗歌、绘画和其他艺术作品！超现实主义诗人更是把各种事物之间关系是否遥远当成了衡量诗歌意象好坏的标准，他们在一次集体写作试验中，甚至创造出了"香尸喝新酒"这种莫明其妙、然而闻名遐迩的语言组合（这个超现实主义游戏后来就被叫作"香尸"，至今在学校的课堂上还很流行）。洛特雷阿蒙就是这样通过打破逻辑的狭隘束缚、挖掘语言的潜在能力，在摧毁的同时创造了一个崭新的、闻所未闻的诗歌世界。这当然对二十世纪诗歌观念的改变起到了举足轻重的作用，特别是促使人们重新思考了诗歌语言的功能和诗歌独立存在的意义。诗歌不再仅仅是抒情、"言志"或"载道"的手段，更是用语言特有的能力来认识现实和创造现实的不可替代的工具，只有诗歌才能理解和表达最纯、最本质的真理。不过，从此法国诗歌也变得越来越晦涩难懂，只是大家都习以为常，见怪不怪了。

7

《马尔多罗之歌》的语言基本上是古典风格的，当然这并不妨碍作品中偶尔使用口语或俗语的词汇和句式，而且有时也在某种程度上显出了中学生特有的"学生腔"的痕迹。众多评论者已经千百次地夸赞了洛特雷阿蒙的诗歌语言，说它和谐、庄严、宏伟、华丽、雄辩，具有罕见的气势和力量。诗人表达的内容和情感如此激烈、疯狂，而且散文诗本身就是极其自由的形式，但他似乎从未忘记追求艺术效果，因此精心地结构了每一个诗节，并且大量地使用了诸如反复、平行、排比、回环

等各种令人眼花缭乱的修辞手段，使他这种无韵无律的散文产生了一种内在的节奏。这一切真的让人倾向于相信诗人写作时在钢琴上弹奏和弦来检验诗句的传说。

《第一支歌》第九节，即咏唱大海的那个著名诗节，就是最典型的例子。在其中，诗人并没有如他所说的那样"不动情"，而是有时亲切、有时焦急、有时愤怒、有时痛苦地不断呼喊着大海，汹涌澎湃的语句再现了大海翻腾着浪花而来的连续运动，最终唤起了永恒和无限的感觉。那些以"古老的海洋"开始并结束的自然段形成鲜明的节奏，而且越来越长，和诗人越来越激烈的情感成比例地发展，使大海的形象和诗人的内心统一起来，具有极强的表现力和感染力。

即使一些似乎十分混乱的诗节也往往经过精心的构建，洛特雷阿蒙采用的一些方法甚至在当下都还相当新颖，丰富了诗歌的艺术手段。如在《第四支歌》第八节（"每天夜晚，我展开翅膀进入我那垂死的记忆……"），他运用内心独白，随着马尔多罗混乱的思想向我们展现一些细节，语言十分破碎，不断重复，似乎缺乏逻辑联系，但最后却巧妙地组成了完整的事件。这节诗有点像一幅拜占庭艺术中常见的镶嵌画，或者说像一个使用对位法的复调音乐片段。这样的表现手法在十九世纪的法国似乎还没有人运用过，但在二十世纪的文学作品中则随处可见，而且走得更远，破碎的形象往往最后也不能构成完整的画面。

这些文体和结构方法，这种语言追求（当然包括前面谈到的意象营造），使我们在这部作品中感到一种有意加工制造出来的艺术美感，它本来完全可以达到诗歌应有的高度。然而，

洛特雷阿蒙毕竟不是在按照传统的美学标准进行创作，因此他的诗歌语言在追求这种艺术美感的同时，不断地受到残酷的、几乎令人惋惜的侵蚀和破坏。随着作品的发展，同位语、插入句、括号越来越多，冗长的离题、极端的夸张、滑稽的模仿反复出现，各种各样的陈词滥调、胡言乱语、奇谈怪论充斥着全书，就连"因为"、"所以"、"然而"、"但是"之类表达逻辑关系的连词，由于过度频繁地出现（往往还由逗号断开而得到强调），也使雄辩成了一种疯狂，何况它们引出的语句在内容上经常恰恰是自相矛盾的。这一切最终肢解了诗歌语言，改变了它的方向、效果和意义。我们来略看几个例子。

《第四支歌》第三节中有一段长长的离题发挥是以下面这句话结束的："为了结束这段以一种极其可悲又极其有趣的轻率方式蜕去表皮主动出现的短小插曲（每人只要检查一下自己最近的记忆就可以验证此事），最好还是，如果各种才智绝对平衡，或者说，如果在天平上愚蠢不是大大压过那个盛着高贵、华丽的理性的托盘，就是说，为了更清楚起见（因为，至今为止我的文笔一直都很简洁，但有些人却不承认，因为我的句子很长，而这只是想象的长度，因为这些长句完成了它们的使命，它们用分析的解剖刀围剿转瞬即逝的真理，一直追到它最后的堡垒），如果智慧足以战胜习惯、天性、教育这些使它感到窒息的缺陷，那么，最好还是，我再说最后一遍，因为，重复太多常常会使人们无法相互理解，最好还是夹着尾巴（如果说我真有一条尾巴）回到凝固在这一节诗中的悲剧主题上来。"显然，这样的语句，即使仅就它的啰嗦而言也已经远远超出了一个诗句应有的界限。《第二支歌》第十节是一首精心雕琢、极富诗

意的数学赞歌，但类似"我见过死亡，就是肉眼也能看出它企图向坟墓移民"这样带有明显嘲讽意味的语句不断出现，无情地腐蚀了主题的庄严和语言的华丽。《第六支歌》第二节本来只是平常的家庭场景描写，但其中人物的关系和他们的言行夸张得让人难以忍受，海军准将对他的妻子是这样说话的："女人，离开这儿，你的眼睛让我心软，你最好关上你的泪腺导管。"如此矫揉造作的语句当然不会是以美文为目的，它几乎是在提醒我们不要上当受骗。

实际上，作者在不断地自我否定，如在《第六支歌》开始，他把自己的作品称作交趾支那母鸡的怪叫。在《诗》中，这种自我否定更是登峰造极，他写道："我用勇敢代替忧郁，用确信代替怀疑，用希望代替绝望，用善行代替恶毒，用义务代替抱怨，用信仰代替怀疑主义，用平静的冷淡代替诡辩，用谦虚代替骄傲。"果然，他在改写大量名家格言的同时，颠倒是非善恶，几乎逐词地反写了《马尔多罗之歌》中的一些诗句。显然，对洛特雷阿蒙来讲，不存在什么绝对真理，《马尔多罗之歌》也不能一般地用真假、善恶、美丑来界定。当然，任何人都确实可以在这部作品中感到一种美，感到一种尽管病态，然而却奇幻、深刻的诗情诗意，但这是一种和传统的美全然不相干的另一种美，它恰恰是通过打乱界限和颠倒标准产生的，是一种对传统美学的嘲笑。

在这种不断建设又不断摧毁的永恒运动中唯一可能产生的效果便是幽默，应该说幽默是洛特雷阿蒙的语言乃至他的诗歌的最根本特点，而他也是法国文学史上第一个系统地把幽默引进诗歌、确立了幽默在诗歌中的合法地位的人，这是他对诗歌

的最重要贡献之一。当然,这是一种"黑色幽默",它腐蚀了现实,使一切社会、生活、美学、逻辑的标准和规则都成了问题。作者的灵巧就在于从头至尾保持了一种永恒的不确定感,读者几乎永远无法知道作者是在说教还是在嘲讽,是在忏悔还是在挑衅,是在肯定还是在否定。面对"原则上讲不应该肯定地否定犯错误的假定可能性"这样的句子或《马尔多罗之歌》的结束语"如果你们不愿相信我,那就自己去看吧",读者除了无可奈何地苦笑之外,还能做什么呢?

8

在文学史上,很少有一部作品像《马尔多罗之歌》这样给予读者如此多的"关心",它从开篇第一句起就对读者提出了严肃的要求和警告:"愿大胆的、一时变得和这本读物一样凶猛的读者不迷失方向,找到偏僻的险路,穿过荒凉的沼泽——这些阴森的、浸透毒汁的篇章;因为,如果他在阅读中疑神疑鬼,逻辑不严密,思想不集中,书中散发的致命烟雾就会遮蔽他的灵魂,仿佛水淹没糖。"其后,作者也从没忘记读者,书中充满了对读者的恳求、安慰、引诱、奉承和对读者的谴责、嘲笑、侮辱、咒骂。这样不断地呼唤读者表明的当然应该是一种打破读者的惰性,以便和读者交流的愿望。到了二十世纪,人们普遍意识到以往文学的最主要缺陷之一便是作者和读者的隔绝,正如巴特在《S/Z》一书中所指出的:"文学劳动(作为劳动的文学)的赌注不是要使读者成为一个文本消费者,而是成为一个文本生产者。文学体制给我们的文学打上了文本的生产者和使用者、它的主人和顾客、它的作者和读者无情离异的烙印。于是这个读者陷入一种无所事事、闭目塞听,或者说一本

正经的状态：不是亲自参加游戏，不是充分进入能指的魅力和文字的快感中，而是仅仅保留了接受文本或拒绝文本的天赋的可怜自由：阅读只成为一次公民投票。"然而，洛特雷阿蒙的最终选择和大多数作家恰恰相反，他不是唤醒读者，而是让读者沉睡，使之更加愚蠢："为了机械地建造一篇催眠童话的脑髓，不仅需要剖析一些傻话，使读者的智力因反复用药而严重迟钝，使他的才能在余生中因疲劳法则而必然瘫痪，而且还需要用强大的磁流巧妙地把他带入无法行动的梦游状态，迫使他的眼睛在你们的凝视下失去本性，变得模糊……我至少要让为我服丧的读者能够说：'应该还他公道。他使我变得非常愚蠢。如果他能活得更久，那什么事情做不出来！这是我知道的最出色的催眠教师！'人们将把这几句感人的话语刻在我的大理石墓碑上，我的阴魂将得到满足！"因为他深深地感到了这种企图和读者建立联系的枉然："为什么我不能透过这些天使般的书页凝视我那个读者的脸庞……这张书页的不透明性有种种理由值得注意，它是阻止我们完全结合的最大障碍。"洛特雷阿蒙在这里极其敏感地接触到了文学的一个基本问题，但他却无法解决，或者说不屑于解决，由此必然产生了文学的无能、无聊、无意义。在这种情况下，他唯一能做的就是肯定自己的存在，肯定自己的清晰，表明自己对文学并不抱有幻想，并没有被文学欺骗。

因此，洛特雷阿蒙不断地以批评家的身份在作品中出现，不断地对自己的文笔进行讥笑性质的评论。他清楚地知道自己什么时候滑稽，什么时候平庸，什么时候矛盾。奇迹就在于一个如此年轻的作者却能自始至终如此清晰地了解自己的行为，

而如此多的清晰却又和如此多的胡言乱语结合在了一起。如他在比较了两根柱子和两棵猴面包树之后，马上就为这种方法进行此地无银式的辩护；他在谈到一只鹈鹕大得像一座山，至少像一个岬角之后，立即让我们欣赏这种虚假让步的效果："我请你们欣赏这种限制的巧妙，它并未丧失一寸土地。"在《第六支歌》中，作者公然声明："当这篇虚构故事的情节感到方便时，每种效果特技都会在适当的场合出现"，所以他的干预变得更加自觉、更加系统。当马尔多罗把麦尔文装进口袋往桥栏杆上拍打时，作者写道："这真是独一无二、任何小说家都不可再得的场面！"然后他宣布"结局将加速到来"，果然我们就见到各种荒诞事件像瀑布般倾泻而来：插上翅膀的鱼尾、高喊复仇的房梁、骑马疾奔的黄道蟹、头顶便盆的疯子、变成犀牛的上帝、白雪公主等都被机械地排列组合在了一起，谈不上有任何真实因素，也不受任何艺术规律的制约。说到底，作者实际上是在嘲笑自己所写的东西，是在以完全无所谓的态度任意地牵动"小说的引线"。像"你们建议我就在此地结束第一小节，这次我愿意尊重你们的意愿"这样的语句实际上表现的当然是作家的意志，他有绝对的自由，是他的世界的唯一主人："我这些歌将表现出威严的力量，足以蔑视成见。他是为自己，而不是为自己的同类歌唱。他不在人类的天平上衡量他的灵感。他像风暴一样自由。"所以当兰波喊出他的名言"我是一个他人"时，洛特雷阿蒙却写道："如果我存在，我就不是他人。我不容许我身上具有这种暧昧的多元性。"

洛特雷阿蒙这种近似狂妄的骄傲使他大胆地"摘除了文学美的花瓣"，否定了以往的整个诗歌，试想文学史上能有几

人敢写下这样的话："直到当代，诗歌走错了路，它或者上天，或者下地，不了解自己的生存法则，并且不断地被那些正人君子讥笑——这不无道理。"《马尔多罗之歌》中处处可见一种对文学的公开或隐蔽的思考和批评，而《诗一》和《诗二》几乎就是文学理论著作，以今天的观点看，洛特雷阿蒙的意见并非都正确（其实，这些意见的表达也是真真假假，似是而非，很难确定作者的意图），但它们经常表现出一种罕见的敏锐性，"打开了一片无边无际、若明若暗的新天地"。这一切迫使文学对自身产生了疑问，迫使人们重新考虑文学的各种基本问题，而一代代的继往开来者正是通过对这些问题的探求和不同的回答来不断地发展、更新诗歌和文学的。

车槿山

1991年夏写于珞珈山

2000年夏改于中关园

洛特雷阿蒙生平和创作年表

1846	出生于乌拉圭首都蒙得维的亚，真名是伊齐多尔·迪卡斯，父母是法国移民。
1848	母亲去世，死因不明。
1859	进入法国南方的塔布中学。
1862	进入法国南方的波城中学修辞班。
1867	回蒙得维的亚探亲旅行。
1868	《马尔多罗之歌·第一支歌》出版发行，但没署名。年底，《第一支歌》再次出现在波尔多诗歌竞赛作品集《灵魂的芳香》中，但仍没署名。
1869	《马尔多罗之歌》全书出版，作者署名洛特雷阿蒙伯爵，但出版商因书中大胆的内容而拒绝发行。
1870	两册《诗》发表，署名是伊齐多尔·迪卡斯。
1870	去世，年仅二十四岁，死因不明。

图书在版编目（CIP）数据

马尔多罗之歌 / (法)洛特雷阿蒙著；车槿山译.
– 成都：四川文艺出版社，2018.9（2022.1重印）
ISBN 978-7-5411-5120-0

Ⅰ.①马… Ⅱ.①洛…②车… Ⅲ.①散文诗 – 诗集
– 法国 – 近代 Ⅳ.①I565.24

中国版本图书馆CIP数据核字(2018)第198509号

MAERDUOLUO ZHIGE

马尔多罗之歌

〔法〕洛特雷阿蒙 著

车槿山 译

出 品 人	张庆宁
选题策划	后浪出版公司
出版统筹	吴兴元
编辑统筹	梅天明
责任编辑	邓　敏
特约编辑	赵　波
责任校对	汪　平
装帧制造	墨白空间·陈威伸
营销推广	ONEBOOK

出版发行	四川文艺出版社（成都市槐树街2号）
网　址	www.scwys.com
电　话	028-86259303（编辑部）
传　真	028-86259306

印　刷	华睿林（天津）印刷有限公司		
成品尺寸	130mm × 210mm　1/32		
印　张	9	字　数	200千字
版　次	2018年9月第一版	印　次	2022年1月第四次印刷
书　号	ISBN 978-7-5411-5120-0		
定　价	68.00元